杜甫詩文集の形成に関する文献学的研究

長谷部　剛　著

関西大学出版部

【本書は関西大学研究成果出版補助金規程による刊行】

目次

凡例

一、本論文で主に使用した杜甫詩文集は、右に掲げる四種である。それ以外のテキストの書誌情報については、それぞれ論文中に注記した。

『宋本杜工部集』（續古逸叢書第四十七種、商務印書館、一九五七年）

『錢注杜詩』（〔清〕錢謙益箋注、上海古籍出版社、二〇〇九年）

『杜詩詳注』（〔清〕仇兆鰲注、中華書局、二〇〇七年）

『杜甫全集校注』（蕭滌非主編、人民文学出版社、二〇一四年）

二、本論文の本文では常用漢字を用いる。ただし、中国語原文および中国語資料を引用・紹介する場合は漢字を基本的には康熙字体に改めた。

引用文中の詩句や（人名・書名などの）固有名詞を、本論文の本文で再び取り上げる際は字体を常用漢字に改めていない。

第一部　本論

第一章　唐代における杜甫詩集の集成と流伝

一

杜甫はいったい生前にどれほどの詩を書いたのか。この問題に関連する杜甫自身の言及は、管見の限り、以下の一条のみである。

自七歳所綴詩筆、向四十載矣、約千有餘篇。（「進鵰賦表」(1)）
七歳より綴る所の詩筆、四十載に向《なんな》んとして、約千有餘篇。

天宝十三載（七五四）、四十三歳の杜甫は「封西嶽賦」「鵰賦」の両篇を延恩匭に投じる(2)。右の「進鵰賦表」はその「鵰賦」に附された表であり、これを読むと杜甫五十九歳の人生で、四十三歳の時点で一千篇以上の作品があったことがわかる。ただし、これは詩と散文（「筆」）を合わせた数であり、詩の総数ではない。しかも、その後の後半生の詩作も含まれておらず、この一条の言及では杜甫生涯の文学的営為の全貌を知ることはできない。

次に、杜甫の死後、彼の詩文集が編纂された状況について概観したい。

『新唐書』巻六十「藝文志」四は、樊晃なる人物が潤州刺史在任中に編纂した「杜甫集」の「小集」を著録する。この「小集」は散逸して現存しないが、樊晃の序文が『錢注杜詩』附録に「杜工部集小集」と題して収められている。

工部員外郎杜甫、字子美、膳部員外郎審言之孫。至徳初、拝左拾遺、直諫忤旨、左轉。薄遊隴蜀、殆十年矣。黄門侍郎嚴武總戎全蜀、君爲幕賓、白首爲郎。待之客禮、屬契濶湮阨、東歸江陵、縁湘沅而不返、痛矣夫。文集六十卷、行於江漢之南、常蓄東遊之志、竟不就。屬時方用武、斯文將墜。故不為東人之所知。江左詞人所傳誦者、皆公之戯題・劇論耳。曾不知君有大雅之作、當今一人而已。今採其遺文、凡二百九十篇。各以志類、分爲六卷、且行於江左。君有子、宗文・宗武、近知所在、漂寓江陵。冀求其正集、續當論次云。

工部員外郎 杜甫、字は子美、膳部員外郎 審言の孫なり。至徳の初、左拾遺を拝するも、直諫して旨に忤《さから》ひ、左轉せらる。隴蜀に薄遊し、殆ど十年。黄門侍郎 嚴武 戎を全蜀に總《す》べ、君 幕賓と爲り、白首にして郎と爲る。之を待するに客禮をもってするも、契濶・湮阨屬《つづ》き、東のかた江陵に歸し、湘沅に縁りて返らず、痛ましい夫《かな》。文集六十卷、江漢の南に行はれ、常に東遊の志を蓄ふるも、竟に就らず。屬《つづ》けて時 方に武を用ふ、斯文 將に墜ちんとす。故に東人の知る所と爲らず。江左の詞人 傳誦する所の者、皆公の戯題・劇論のみ。曾《すなは》ち君に大雅の作有りて、當今《いま》一人なるのみを知らず。今 其の遺文を採る、凡そ二百九十篇。各おの志を以て類し、分ちて六卷と爲す、且く江左に行はしむ。君に子有り、宗文・宗武、近ごろ所在を知る、江陵に漂寓すると。冀《ねが》はくは其の正集を求め、續けて當に次を論ずべしと云ふ。

この序文で注目すべき点が二点ある。まず、この「小集」が二百九十篇の詩しか収めぬ、まさしく「小集」であったのに対し、杜甫の詩文集六十巻が存在し、それが「江漢之南（長江と漢水流域の南）」で流行していたと伝聞されることとである。序文は、杜甫の二子、宗文・宗武が「江陵（現在の湖北省荊沙市一帯）」に流遇していたことを記すが、「江漢之南」と「江陵」は地理的にほぼ一致するから、六十巻の杜甫集が存在していたとするならば、それは宗文・宗武のもとから出たものと考えられる。

次に、この「小集」が編纂された時期に注目したい。郁賢皓『唐刺史考全編』(3) 巻一二四「江南東道・潤州（丹陽郡）」によると、樊晃の潤州刺史在任期間は大暦五年～六年（七七〇～七七一）であり、杜甫が五十九歳で没したのは大暦五年であるから、ほぼ同時期ということになる。杜甫の作品群は彼が没するころにはすでに、潤州（現在の江蘇省鎮江市一帯）をはじめ「江左（長江下流域）」で一部ながら伝播していたのであり、「江漢之南」には六十巻本が存在していたと伝えられるのである。この六十巻本について、張忠綱［等編著］『杜集叙録』(4) は、杜甫が生前自ら編纂した可能性を指摘する。『舊唐書』巻一九〇「文苑傳」下「杜甫」に「甫有文集六十巻」とあり、前掲の『新唐書』「藝文志」にも「杜甫集六十巻」とある。このように、文献上は「杜甫集＝六十巻」を確認できるものの、六十巻本は現存しない。時代をさかのぼると、北宋・宝元二年（一〇三九）、王洙が『杜工部集』二十巻を編集した時点ですでに六十巻本は存在していなかった(5)（第五章「『宋本杜工部集』の成立」参照）。

前述の通り、樊晃の「小集」も現存しない。しかしながら、部分的な復元を試みることはできる。後世の杜甫詩集は異文を注記する際に「樊作某」と校記しており、この樊晃の「小集」を参考にしていたことがわかる。陳尚君「杜詩早期流傳考」(6) は、『宋本杜工部集』に十五箇所、蔡夢弼『杜工部草堂詩箋』に二十箇所、黄鶴『集千家注杜工部史補遺』に十箇所・錢謙益『杜工部集箋注』に五十八箇所・仇兆鰲『杜詩詳注』に三十九箇所、「樊作某」とあり、重複しているのを削除すると、六十二首の杜詩が樊晃の「小集」に採録されていたことを指摘する。仇兆鰲『杜詩詳注』は、杜詩を制作年代順に配列しているので、以下、樊晃「小集」所録の杜詩を仇兆鰲『杜詩詳注』

の配列順に示す。

仇兆鰲『杜詩詳注』巻数	詩題	校記
3	「城西陂泛舟」（七言律詩）	「不有小舟能盪槳」：樊作披。
3	「上韋左相二十韻」（五言排律）	「丹青憶老臣」：一作直。樊作舊。
3	「夏日李公見訪」（五言古詩）	「水花晩色靜」：樊作淨。
3	「戲贈鄭廣文兼呈蘇司業」（五言古詩）	「醉則騎馬歸」：樊作即。
4	「自京赴奉先縣詠懷五百字」	「許身一何愚」：樊作過。
4	「悲青坂」（七言古詩）	「山雪河冰野蕭颼」：樊作晩。樂府作已。
4	「哀王孫」（七言古詩）	「長安城頭頭白烏」：樊作多白烏。一作頭白烏。
4	「後出塞五首」其三（五言古詩）	「遂使貔虎士」：樊作螭
5	「送樊二十三侍御赴漢中判官」（五言古詩）	「補闕暮徵入、柱史晨征憩」：補闕入柱史、晨征固多憩。
5	「奉送郭中丞兼太僕卿充隴右節度使三十韻」（五言排律）	「元帥調新律」：樊作鼎。
6	「送李校書二十六韻」（五言古詩）	「清峻流輩伯」：樊作時。 「二十聲輝赫」：一作燀。樊作烜。
5	「行次昭陵」（五言排律）(7)	「塵沙立暝途」：樊作暗。

仇兆鰲『杜詩詳注』巻数	詩題	校記
6	「送許八拾遺歸江寧覲省甫昔時嘗客遊此縣於許生處乞瓦棺寺維摩圖樣志諸篇末」（五言排律）	「慈顏赴北堂」：樊作拜。
6	「至德二載甫自京金光門出問道歸鳳翔乾元初從左拾遺移華州掾與親故別因出此門有悲往事」（五言排律）	詩題「問道歸鳳翔」：樊作間。
7	「月夜憶弟」（五言律詩）	「寄書長不避」：樊作達。
7	「新婚別」（五言古詩）	「結髮爲妻子」：樊作子妻。
7	「遣興三首」其一（五言古詩）	「漢虜互勝負」：樊作失約
7	「夢李白二首」其一（五言古詩）	「猶疑照顏色」：樊作見。
7	「有懷台州鄭十八司戶」（五言古詩）	「更被時俗惡」：樊作遭。
8	「寄彭州高三十五使君適虢州岑二十七長史參三十韻」（五言排律）	「沈鮑得同行」：樊作周。
8	「寄岳州賈司馬六丈巴州嚴八使君兩閣老五十韻」（五言排律）	「如公盡雄俊、志在必騰騫」：一云、公如盡憂患，何事有陶甄。樊云、如公盡雄俊，何事負陶甄。
8	「寄張十二山人彪三十韻」（五言排律）	「關山信月輪」：樊作倚。
8	「兩當縣呉十侍御江上宅」（五言古詩）	「仲尼甘旅人、向子識損益。朝廷非不知、閉口休歎息」：樊本「仲尼」一聯、在「朝廷」一聯下。

仇兆鰲『杜詩詳注』巻数	詩題	校記
9	「木皮嶺」（五言古詩）	「別有他山尊」：樊作更。
9	「江村」（七言律詩）	「多病所須唯薬物」：一云「但有故人供禄米」、「供」、樊作分。
9	「和裴迪登蜀州東亭送客逢早梅相憶見寄」（七言律詩）	「送客逢春可自由」：樊作更。
9	「村夜」（五言律詩）	「蕭蕭風色暮」：樊作風色蕭蕭暮。
9	「贈蜀僧閭丘師兄」（五言古詩）	「峻極逾崑崙」：樊作侔。
10	「病橘」（五言古詩）	「剖之盡蠹蟲」：樊作蝕
10	「入奏行贈西山檢察使竇侍御」（七言古詩）	「竇氏檢察應時須」：樊作才能俱。「綵服日向庭闈趨」：樊本此下有、開濟人所仰、飛騰正時須。
10	「枏樹爲風雨所拔歎」（七言古詩）	「虎倒龍顛委榛棘」：樊作荊。
11	「有感五首」其二（五言律詩）	「幽薊餘蛇豕」：樊作封。
12	「喜雨（春旱天地昏）」（五言古詩）	「農事都已休」：樊作未。
12	「陪章留後恵義寺餞嘉州崔都督赴州」（五言古詩）	「回策匪新岸」：樊作崖。
12	「將適呉楚留別章使君留後兼幕府諸公得柳字」（五言古詩）	「昔如縱壑魚」：樊作若。

仇兆鰲『杜詩詳注』巻数	詩題	校記
12	「送陵州路使君之任」（五言排律）	「霄漢瞻佳士」：樊作家事。
12	「嚴氏溪放歌行」（七言古詩）	「邊頭公卿仍獨驕」：樊作何其驕。 「秋宿霜溪素月高」：樊作夜。
12	「發閬中」（七言古詩）	「秋花錦石誰復數」：樊作能。
13	「江亭王閬州筵餞蕭遂州」	「倶宜下鳳皇」：樊作看。
13	「奉寄別馬巴州」（七言律詩）	「難隨鳥翼一相過」：樊作烏。
13	「韋諷録事宅觀曹將軍畫馬圖」（七言古詩）	「將軍得名三十載」：樊作四。
13	「丹青引　贈曹將軍霸」（七言古詩）	「英姿颯爽來酣戰」：樊作猶。
14	「莫相疑行」（七言古詩）	「男兒生無所成頭皓白」：樊作、男兒一生無成頭皓白
15	「謁先主廟」（五言排律）	「竹送清溪月」：樊作青。
17	「秋興八首」其四（七言律詩）	「征西車馬羽書遲」：樊作騎。
18	「入宅三首」其二（五言律詩）	「半頂梳頭白」：樊作犂。
20	「復愁十二首」其八（五言絶句）	「諸將角榮華」：樊作擢。
21	「秋日荊南述懷三十韻」（五言排律）	「聖慮窅徘徊」：樊作睿。
22	「移居公安山館」（「山館」）[8]懷	「身遠宿雲端」：樊作迥。

仇兆鰲『杜詩詳注』巻数	詩題	校記
22	「上水遣懐」（五言古詩）	「鬱沒二悲魂」：樊作悒。 「歌謳互激遠」：樊作越。 「回斡明授受」：樊作相。
22	「宿鑿石浦」（五言古詩）	「草草頻卒歳」：樊作年。
22	「早行」（五言古詩）	「崩迫開其情」：樊作闢。
22	「銅官渚守風」（五言律詩）	「不夜楚帆落」：樊作亦。
22	「岳麓山道林二寺行」（七言古詩）	「香廚松道清涼倶」：樊作崇。 「蓮花交響共命鳥」：樊陳倶作池。
23	「幽人」（五言古詩）	「洪濤隱語笑」：樊作笑語。
23	「白鳧行」（七言古詩）	「聞道如今猶避風」：樊作于。
23	「送重表姪王砅評事使南海」（五言古詩）	「大夫出盧宋」：樊作宗。 「聊作鶴鳴皐」：樊作不。 「聊（一作不）作鶴鳴皐。」
23	「追酬故高蜀州人日見寄并序」（七言古詩）	（序文）「獨漢中王作郡王瑀」：樊作郡王。
23	高適「人日寄杜二拾遺」	「梅花滿枝空斷腸」：樊作堪。
23	「送魏二十四司直充嶺南掌選崔郎中判官兼寄韋韶州」（五言排律）	「佳聲斯共遠」：樊作不。

仇兆鰲『杜詩詳注』巻数	詩題	校記
23	「暮秋將歸秦留別湖南幕府親友」（五言律詩）	「水闊蒼梧野」：樊作晩。

もと二九〇篇あった樊晃「小集」所録の杜詩のうち、右の表によって六十二篇、約五分の一が復元されたことになる。陳尚君「杜詩早期流傳考」は以下のように分析する。

［1］制作年代の分類

1. 杜甫生涯の詩作をすべて網羅している。
2. ただし、安禄山の乱勃発前の作品（仇兆鰲『杜詩詳注』巻3から4の「自京赴奉先縣詠懐五百字」まで）と夔州時代の作品（同書巻15「謁先主廟」から巻20「復愁十二首」まで）が少ない。夔州時代の作品は杜甫の現存する作品の三分の一を占めるにもかかわらず、それに比例せず、樊晃「小集」に採録された夔州時代の作品は少ない。
3. 安禄山の乱が勃発してより四川に流寓した時期の作品（同書巻4「悲青坂」から巻14「莫相疑行」まで）が最も多い。大暦四、五年の湖南での作品（同書巻22「上水遣懐」から巻23「暮秋將歸秦留別湖南幕府親友」）がそれに次いで多い。杜甫が大暦五年に没し、樊晃が「小集」を編纂した潤州刺史在任期間が大暦五年～六年であることを考えると、杜詩がわずか二年で湖南から千里を隔てる潤州に伝わっていたことになり、その流伝の速さがわかる。

［2］詩型については、五言古詩が二十三首、七言古詩が十三首、五言排律が十一首、五言律詩が九首、七言律詩が五首、五言絶句が一首と、すべての詩型を収めているが、古体詩に偏重している。現存の杜詩のうち古詩は十分の三以下で、五言律詩が半分近くを占めている。また、大暦年間の詩人たちが五言律詩に長けていたことを考えると、樊晃が「小集」において杜甫の古体詩を重んじ近体詩を軽んじていることは、杜詩によって大暦年間の詩風を転換させようとする樊晃の意図をはっきりと認めることができる。

［3］樊晃は序文で杜甫の「有大雅之作」を尊重していることを述べている。「小集」採録の杜詩を見ると、社会の現実が映し出され、国を憂い民を愁う作品が多く、杜詩の陰鬱で屈折した詩風をよく表している。詩の選択を歴代の著名な唐詩のアンソロジーやこの数十年の各種の杜詩のアンソロジーと比較してみても、多くが古くより伝誦されてきた名篇である。樊晃の選択の精確さは驚くべきもので、この「小集」は唐・宋の二代にわたって広く流伝し、杜詩の流伝にも推進的な作用をもたらした。（以上、陳尚君「杜詩早期流傳考」の要約）

二

右に述べた樊晃「杜工部集小集」は杜詩だけを集めたものであるが、本節では唐代の選集（アンソロジー）に杜詩がどれだけ採録されているのか見てみたい。

殷璠（生没年不詳）によって編選された『河岳英靈集』(9)二巻は、開元・天寶年間の詩人二十四名、詩二百三十四首を収め、そのなかでは李白・高適など杜甫を親交のあった詩人の作品が採られているものの、杜甫の詩は一首も採られていない。芮挺章（生没年不詳）編選の『國秀集』(10)二巻は、天寶三、四載（七四四〜五年）ごろの成立で、杜甫の同時代人である王昌齢・王維、そして杜詩の小集を編んだ樊晃の詩を採録するものの、杜甫の詩は一首も採られていない。元結が乾元三（七六〇）年に編選した『篋中集』(11)は七名の詩人、二十四首の詩を収め、そのなかには杜甫と親交のあった孟雲卿の詩が採られるものの、やはり杜甫の詩は一首も採られていない。このように、杜甫の同時代の選集において、杜甫の詩はまったく注視されていないことがわかる。現存する唐代の選集において杜詩が採録されるのは、晩唐期、韋荘（八三六？～九一〇）が光化三（九〇〇）年に編選した『又玄集』(12)に七首が採られるのを待つしかなかった。

そのなかで注目すべきは、すでに佚書となった『唐詩類選』である。書物本体は散逸したものの、編選者である顧陶の「唐詩類選序」「唐詩類選後序」の二篇が、『文苑英華』巻七一四および『全唐文』巻七六五に収録されているので、これによって同書編選の経緯・内容・規模を知ることができる。顧陶（七八三～？）については、『全唐文』の作者注記に「會昌四年進士、大中時、官校書郎」とあり、會昌四（八四四）年に進士に及第し、大中年間（八四七～八五九）に校書郎の官にあったことがわかる。『唐詩類選』の書物としての規模および成書時期については、「唐詩類選序」の末尾に以下のようにある。

始自有唐、迄於近歿、凡一千二百三十二首、分爲二十卷、命曰唐詩類選。（省略）時大中景子之歳也

始めは有唐よりし、近く歿するに迄《およ》び、凡そ一千二百三十二首、分ちて二十巻と爲し、命じて曰く唐詩類選と。（省略）時に大中景子の歳なり。

これによれば『唐詩類選』は、一千二百三十二首の唐詩を収め二十巻からなる大部なもので、選集というよりは

総集に近いものであったことがわかる。「二十巻」については、『新唐書』巻六十「藝文志」四に「顧陶唐詩類選二十巻」とあるのと一致する。続けて、成書時期については、大中十年（丙子）(13)、西暦八五六年、であることがわかる。

では、『唐詩類選』にどのような詩人の作品が採録されていたのだろうか。同書の序文に、

> 國朝以來、人多反古、徳澤廣被、詩之作者繼出。則有杜・李挺生於時、羣才莫得而並。其亞則昌齡・伯玉・雲卿・千運・應物・益・適・建・況・鵠・當・光羲・郊・愈・籍、合十數子。（中略）爰有律體、祖尚清巧、以切語對為工、以絶聲病爲能。則有沈・宋・燕公・九齡・嚴・劉・錢・孟・司空曙・李端・二皇甫之流、實繁其數。
>
> 國朝以來、人多く古に反り、徳澤廣く被《おお》ひ、詩の作者繼出す。則ち杜・李有りて時に挺生し、羣才並ぶるを得ること莫し。其の亞は則ち昌齡・伯玉・雲卿・千運・應物・益・適・建・況・鵠・當・光羲・郊・愈・籍、合せて十數子。（中略）爰《ここ》に律體有り、清巧を祖尚し、切語の對を以て工と爲し、聲病を絶つを以て能を爲す。則ち沈《しん》・宋・燕公・九齡・嚴・劉・錢・孟・司空曙・李端・二皇甫の流有り、實《まこと》に其の數繁し。

杜甫・李白を他の追随を許さぬ優れた詩人として挙げたあと、この両名に続くものとして十五名の詩人の名が列挙される。『文苑英華』には、割り注がありそれによって姓を加えると、王昌齡・陳伯玉・孟雲卿・沈千運・韋應物・李益・高適・王建・顧況・于鵠・暢當・儲光羲・孟郊・韓愈・張籍。続けて、近体詩の作者として対偶・声律に優れた詩人に、沈佺期・宋之問・張説・張九齡・嚴維・劉長卿・錢起・孟郊・司空曙・李端・皇甫曾・皇甫冉が

挙げられている。

『河岳英靈集』など同時代の選集にほぼ無視されてきた杜甫が『唐詩類選』においては最高の詩人とされ、しかも「李杜」ではなく「杜李」と、李白の上位に置かれていることに注目すべきである。中唐期に高まった杜甫への評価のなかでも最も高いものと判断される。

このように杜甫を最も高く評価する『唐詩類選』であるから、杜甫の詩が多く採録されていたであろうことは想像できるが、いったい何首の詩が採られたのかは同書が散逸した以上わからない。しかしながら、卞孝萱「顧陶『唐詩類選』是第一部尊杜選本」(14)、及び胡可先「『唐詩類選』選杜詩發微」(15)は、宋代の詩話類に『唐詩類選』所収の杜詩が引用されていることに注目して、その部分的な復元を試みている。

仇兆鰲『杜詩詳注』巻数	詩題	校記（上が通行の杜詩、下が『唐詩類選』）
2	「冬日洛城北謁玄元皇帝廟」（五言排律）	「山河扶繡戸」、作「星河浮繡戸」（曾季貍『艇齋詩話』）
2	「同諸公登慈恩寺塔」（五言古詩）	「俯視但一氣」、作「俯視但吁氣」（曾季貍『艇齋詩話』）
3	「過何氏重五首」其一（五言律詩）	「犬迎曾宿客」、作「犬憎閒宿客」。（呉曾『能改齋漫録』巻三・曾季貍『艇齋詩話』）

仇兆鰲『杜詩詳注』巻数	詩題	校記（上が通行の杜詩、下が『唐詩類選』）
3	「贈獻納使起居田舍人澄」（七言律詩）	「宮女開函近御筵」、作「宮女開函進御筵」（曾季貍『艇齋詩話』）
4	「一百五日夜對月」（五言律詩）	「斫却月中桂」、作「折盡月中桂」。（呉曾『能改齋漫録』巻三・曾季貍『艇齋詩話』）
4	「遣興」（五言排律）	「家貧仰母慈」、作「家貧頼母慈」。（曾季貍『艇齋詩話』）
5	「奉和賈至舍人早朝大明宮」（七言律詩）	「九重春色醉仙桃」、作「九天春色醉仙桃」（曾季貍『艇齋詩話』）
6	「寄高三十五詹事」（五言律詩）	「池中足鯉魚」、作「河中足鯉魚」。（呉曾『能改齋漫録』巻三）
2	「冬日洛城北謁玄元皇帝廟」（五言排律）	「山河扶繡戸」、作「星河浮繡戸」（曾季貍『艇齋詩話』）
2	「同諸公登慈恩寺塔」（五言古詩）	「俯視但一氣」、作「俯視但吁氣」（曾季貍『艇齋詩話』）
3	「過何氏重五首」其一（五言律詩）	「犬迎曾宿客」、作「犬憎閒宿客」。（呉曾『能改齋漫録』巻三・曾季貍『艇齋詩話』）

仇兆鰲『杜詩詳注』巻数	詩題	校記（上が通行の杜詩、下が『唐詩類選』）
3	「贈獻納使起居田舍人澄」（七言律詩）	「宮女開函近御筵」、作「宮女開函進御筵」 （曾季貍『艇齋詩話』）
4	「一百五日夜對月」（五言律詩）	「斫却月中桂」、作「折盡月中桂」 （呉曾『能改齋漫録』巻三・曾季貍『艇齋詩話』）
4	「遣興」（五言排律）	「家貧仰母慈」、作「家貧頼母慈」 （曾季貍『艇齋詩話』）
5	「奉和賈至舍人早朝大明宮」（七言律詩）	「九重春色醉仙桃」、作「九天春色醉仙桃」 （曾季貍『艇齋詩話』）
6	「寄高三十五詹事」（五言律詩）	「池中足鯉魚」、作「河中足鯉魚」 （呉曾『能改齋漫録』巻三）
6	「九日藍田崔氏莊」（七言律詩）	「興來今日盡君歡」、作「興來終日盡君歡」 「羞將短髮還吹帽」、作「羞將短髮猶吹帽」 「明年此會知誰健」、作「明年此會知誰在」 （曾季貍『艇齋詩話』）
6	「至日遣興奉寄北省舊閣老兩院故人二首」其二（七言律詩）	「去年今日侍龍顏」、作「去年冬至侍龍顏」 （曾季貍『艇齋詩話』）
7	「夢李白二首」其一（五言古詩）	「明我長相憶」、作「知我長相憶」 （曾季貍『艇齋詩話』）

仇兆鰲『杜詩詳注』巻数	詩題	校記（上が通行の杜詩、下が『唐詩類選』）
7	「秦州雜詩二十首」其二（五言律詩）	「勝跡隗囂宮」、作「傳是隗囂宮」 「丹青野殿空」、作「丹霄野殿空」 （曾季貍『艇齋詩話』）
7	「天河」（五言律詩）	「秋至輒分明」、作「秋至轉分明」 （曾季貍『艇齋詩話』）
8	「病馬」（五言律詩）	「乘爾亦已久」、作「乘汝亦已久」 （曾季貍『艇齋詩話』）
9	「酬高使君相贈」（五言律詩）	「賦或似相如」、作「賦或比相如」 （曾季貍『艇齋詩話』）
9	「田舍」（五言律詩）	「欅柳枝枝弱、枇杷對對香」、作「楊柳枝枝弱、枇杷樹樹香」 （呉曾『能改齋漫録』巻三）
9	「遣興」（五言律詩）	「衰疾那能久」、作「衰病那能久」。 （曾季貍『艇齋詩話』）
9	「和裴迪登新津寺寄王侍郎」（五言律詩）	「老夫貪佛日」、作「老夫貪賞日」 （曾季貍『艇齋詩話』）
9	「題新津北橋樓」（五言律詩）	「白花簷外朶」、作「白花筵外朶」 （曾季貍『艇齋詩話』）

仇兆鰲『杜詩詳注』巻数	詩題	校記（上が通行の杜詩、下が『唐詩類選』）
10	「送韓十四江東省覲」（七言律詩）	「黄牛峽靜灘聲轉」、作「黄牛峽淺灘聲急」（曾季貍『艇齋詩話』）
10	「不見」（五言律詩）	「吾意獨憐才」、作「惟我獨憐才」（曾季貍『艇齋詩話』）
10	「少年行」（七言絶句）	「不通姓氏粗豪甚」、作「不通姓氏粗豪困」（曾季貍『艇齋詩話』）
11	「送梓州李使君之任」（五言排律）	「老思笻竹杖」、作「老思笻竹柱」（曾季貍『艇齋詩話』）
12	「遣憂」（五言律詩）[16]	「臨危憶古人」、作「臨危傷故臣」。「隋氏留宮室」、作「隋氏營宮室」（呉曾『能改齋漫録』巻三）
14	「倦夜」（五言律詩）	「暗飛螢自照、水宿鳥相呼」、作「飛螢自照水宿鳥競相呼」。（呉曾『能改齋漫録』巻三）
15	「上白帝城二首」其一（五言排律）	「取醉他郷客、相逢故国人」、作「取醉他郷酒、相逢故里人」（曾季貍『艇齋詩話』）

仇兆鰲『杜詩詳注』巻数	詩題	校記（上が通行の杜詩、下が『唐詩類選』）
20	「孟冬」（五言律詩）	「破甘霜落爪」、作「破瓜霜落刃」（曾季貍『艇齋詩話』）
22	「哭李尚書」（五言排律）	「欲挂留徐劍」、作「欲把留徐劍」（曾季貍『艇齋詩話』）

このように、少なくとも二十八首の杜詩が『唐詩類選』に採られていたことが確認できる[17]。しかし、これらは宋代の詩話、曾季貍『艇齋詩話』と呉曾『能改齋漫録』が杜詩の異文を記録したために後世に伝わったのであり、『唐詩類選』選録の杜詩はこの二十八首に止まるものではない。『唐詩類選』は一千二百三十二首の唐詩を収めるものであり、序文では杜甫を含め十七名の詩人が挙げられている。序文で列挙されなかった詩人の作が収録されたかどうかは不明であるが、おそらく十七名には止まらずもっと多くの詩人の作が収められていたのであろう。前述の通り、杜甫はその中でも筆頭格に位置にしているので選録された詩も最も多かったであろうと考えられるが、現存する一千四百余首のすべてが選別の対象（母体）になっていたとは考えられず、そこから推測すると、二十八首の杜詩の存在は決して少ない数ではなく、これらからどのような杜詩が優れた詩として『唐詩類選』選録の対象となったのか、分析することも可能であろう。

以下、第一節で紹介した、陳尚君「杜詩早期流傳考」が樊晃「小集」について行った分析方法にならって箇条書きで記したい。

［1］制作年代の分類

1. 杜甫生涯の詩作をすべて網羅している。

2. ただし、安禄山の乱勃発前の作品（仇兆鰲『杜詩詳注』巻2から3の「贈獻納使起居田舍人澄」まで）と、夔州時代の作品（同書巻15「上白帝城二首」から巻20「孟冬」まで）とそれ以降の作品が少ない。夔州時代の作品は杜甫の現存する作品の三分の一を占めるにもかかわらず、それに比例せず、顧陶『唐詩類選』に採録された夔州時代の作品は少ない。

3. 安録山の乱が勃発してより四川に流寓した時期の作品（同書巻4「一百五日夜對月」から巻14「倦夜」まで）が最も多い。

［2］詩型については、五言古詩が二首、七言古詩が零首、五言排律が五首、五言律詩が一五首、七言律詩が五首、七言絶句が一首と、古体詩を重んじず近体詩を重視する姿勢をはっきりと確認できる。

樊晃「小集」と顧陶『唐詩類選』とを比較してみると、［1］の制作時期についてはほぼ同じ傾向であるが、後者において夔州時代以降の作品の少なさが顕著であることは看過できない。特に、樊晃「小集」では多い、杜甫最晩年の大曆四、五年、湖南での作品がきわめて少ないことに注意すべきであろう。顧陶による選別の対象（母体）になっていた杜詩群自体にそもそも夔州時代以降の作品――とりわけ湖南での作品――が少なかった可能性がある。『唐詩類選』を編纂した大中年間、顧陶は中央朝廷の官職にあり、都長安にいたと考えられる。都長安では、杜甫の四川流寓期以前の作品が多く流伝していて、それ以降の作品は少なかったのではなかろうか。そして、このことは、湖南での作品が多い樊晃「小集」が樊の潤州刺史在任期間の編纂であり、湖南とも潤州とも長江流域（華中・華東）であるという地理的関係とも対照的な位相を示している。
次に、［2］の詩型については、前者が杜甫の古体詩を重視し、後者が近体詩を重視している点ではっきりとした相違を示している。

三

大暦五年～六年（七七〇～七七一）編纂の樊晃「小集」と、大中十年（八五六）の顧陶『唐詩類選』には八十数年間の隔たりがある。この間に杜甫の詩文集はどのようなかたちでどのように流伝していたのであろうか。杜甫没後の中晩唐の杜詩の発見・評価についてはすでに先行研究の蓄積(18)があるが、本稿では杜甫の詩文集の形態にのみ着目したい。
元稹は「敘詩寄樂天書」(19)において、貞元十年（七九四）十六歳のころを回想して以下のように述べる。

…（前略）…又久之、得杜甫詩數百首。愛其浩蕩津涯、處處臻到。始病沈・宋之不存寄興。而訝子昂之未暇旁備矣。…（後略）…

…（前略）…また久之《ひさ》しくして、杜甫の詩數百首を得たり。其の津涯にまで浩蕩たりて、處處に臻到するを愛す。始めて沈・宋の寄興を存せざるを病み、而も子昂《しかう》の未だ旁備するに暇あらざるを訝れり。…（後略）…

元稹が手に入れたのは杜甫の詩「数百首」であり、これは、実在していたら六十巻にもなる杜甫詩文の正集（全集）の総数に遙かに及ばない。この「数百首」という数は、貞元十年（七九四）の時点で元稹は、様々な人々の間で伝写され流伝していた、部分的で未整理の杜甫の詩集しか手に入れられなかったことを示している。

その二十一年後、元和十年（八一五）の臘月（十二月）、白居易が前掲の元稹へと送った書「與元九書」(20)に以下のようにある。

…（前略）…又詩之豪者、世稱李杜。李之作・才矣奇矣。人不逮矣。索其風雅比興、十無一焉。杜詩最多。可傳者千餘篇。至於貫穿今古、覼縷格律、盡工盡善、又過於李。然撮其「新安吏」「石壕吏」「潼關吏」「塞蘆子」「留花門」之章、「朱門酒肉臭、路有凍死骨」之句、亦不過三四十首。杜尚如此、況不逮杜者乎。

…（前略）…又た詩の豪なる者、世に「李杜」と稱す。李の作・才や奇なり。人逮《およ》ばず。其の風雅比興を索むるも、十に一も無し。杜詩最も多し。傳ふ可き者千餘篇。今古を貫穿し、格律に覼縷《らる》にして、工を盡くし善を盡くすに至りては、又た李を過ぐ。然れども其の「新安吏」「石壕吏」「潼關吏」「塞蘆子」「留花門」の章、「朱門 酒肉 臭く、路に凍死せる骨有り」の句を撮《と》るも、亦た三四十首を過ぎず。杜 尚ほ此くの如し、況んや杜に逮《およ》ばざる者をや。

ここで白居易は伝わっていた杜詩を「千余篇」と述べている。これは元稹の「数百首」より大幅に増えていて、しかも、現在にいたる杜甫詩文集の祖本として最も貴重な、北宋・宝元二年（一〇三九）に王洙が編集し、現在にいたる杜甫詩文集の祖本として最も貴重な『杜工部集』二十巻の一千四百五首(21)に近くなっている。この数の増加は、白居易個人が部分的に流伝している杜詩を収集した結果であるのか、それとも中唐期の貞元年間から元和年間にかけて徐々に杜甫の詩文が収集され杜甫詩文集として集成されていった結果であるのか、詳細は定かではない。しかし、少なくとも中唐期に杜甫詩文集が集成されていく、その過程のなかにあったことは間違いないであろう。

中唐期に、正集（全集）ではない部分的な杜甫の詩文集が流伝していて、そしてそれらが結合するなどして集成されていく過程であったことを示すさらなる証拠として、日本の圓仁の手になる「入唐新求聖教目録」(22)を挙げることができる。圓仁は［日本］承和五年・［唐］開成三年（八三八）に入唐し、［日本］承和十四年・［唐］大中一年（八四七）に五百六十巻あまりの経典をもって日本に帰国するまでに、揚州・楚州・長安・五臺山などの唐土の地に滞在したことが『入唐求法巡礼行記』によって知られる。そして、「入唐新求聖教目録」には「杜員外集二巻」の一条が見え、この書物が円仁によって日本に将来されたことがわかる。この「杜員外集」は現存しないものの、杜甫の詩文集であった可能性がある。王洙が編集した『杜工部集』には毎巻の首に「前劍南節度使參謀宣義郎檢校尚書工部員外郎賜緋魚袋京兆杜甫」とあり、「工部員外郎」は杜甫の極官であるから杜甫の詩文集は多く「杜工部集」と称される。「杜員外集」もまた「杜工部集」と同じく杜甫の詩文集であるかもしれない。圓仁が日本に将来した「杜員外集」が杜甫の詩文集であるとしたら、ここでその巻数「二巻」に注目したい。この数は非常に小さい値である。すなわち、圓仁が入手した杜甫の詩文集は極めて部分的な小集であったと推測される。あるいは杜詩の選集であったかもしれない。

では、樊晃「小集」がその序文において言及する六十巻本、まさしく杜甫の正集（全集）の存在と伝承はどのように考えればいいのであろうか。これは今もってしても不明である。本章の「一」において六十巻本が「江漢之南（長江と漢水流域の南）」で流行していて、それが「江陵（現在の湖北省荊沙市一帯）」に流遇していた杜甫の二子、宗文・宗武のもとから出たと推測した。

元和八年（八一三）、元稹は江陵の地において宗武の子、すなわち杜甫の孫にあたる、杜嗣業の求めに応じて杜甫の墓係銘「唐故工部員外郎杜君墓係銘」(23)を書く。その序文に、

予嘗欲條析其文、體別相附、與來者爲之准、特病懶未就。

予嘗て其の文を條析し、體別に相ひ附し、來者のために之れが准を爲さんと欲するも、特だ懶を病みて未だ就さざるのみ。

とあり、杜甫の詩文を詩体・文体別に編集しようとする意欲を語っており、この記述もまた、この時期――中唐期――がまさしく杜甫の詩文が整理され杜甫詩文集として集成されていった過程のただなかにあったことを示している。しかしながら、杜甫の孫に江陵で遭遇したにもかかわらず、その子孫と深い関わりを持つはずの杜甫の正集（全集）についてては全く言及することがない。六十巻本は杜甫の孫の嗣業の時代にはすでに佚亡してしまっていたのであろうか。

注

（1）『錢注杜詩』巻十九。
（2）陶敏・傅璇琮『唐五代文学編年史』初盛唐巻（遼海出版社、一九九八年十二月）による。
（3）安徽大学出版社、二〇〇〇年一月。

（4）齊魯書社、二〇〇八年十月。
（5）王洙「杜工部集記」に「甫集、初六十巻、今秘府舊藏、通人家所有、稱大小集者、皆亡逸之餘」とある。
（6）初出：一九八二年。『唐代文学叢考』所収、中国社会科学出版社、一九九七年十月。
（7）仇兆鰲『杜詩詳注』はこの詩を安史の乱勃発の前の作と見なし巻五に収めるが、本稿では銭謙益『杜工部集箋注』（『銭注杜詩』）に従い、安史の乱勃発後の作とする。
（8）仇兆鰲『杜詩詳注』巻二十二は詩題を「移居公安山館」とするが、『宋本杜工部集』巻十三は「山館」とする。銭謙益『杜工部集箋注』巻十三にこの詩題について「草堂本作移居公安山館」と注記するので、仇兆鰲は蔡夢弼『杜工部草堂詩箋』に従っていることがわかる。
（9）傅璇琮『唐人選唐詩新編』（陝西人民教育出版社、一九九六年七月）。
（10）注（9）に同じ。
（11）注（9）に同じ。
（12）注（9）に同じ。
（13）序文原文にある「景子」は「丙子」。唐の高祖李淵の父、李昞の諱から「丙」を避けて「景」とした。
（14）『唐代文史論叢』所収、山西人民出版社、一九八六年十二月。
（15）『杜甫研究學刊』一九九三年第二期所収。いま胡可先『杜甫詩学引論』（安徽大学出版社、二〇〇二年三月）に収む。
（16）「遣憂」は王洙によって編集された『杜工部集』には収められず、南宋・蔡夢弼の『杜工部草堂詩箋』巻四十「逸詩拾遺」に、〔宋〕朝奉大夫・員安宇が収集した二十七篇の一として収められている。
（17）曾季貍『艇齋詩話』は「風涼原上作」と題する詩（「陰森宿雲端…」）を杜詩として掲げるが、これは『全唐詩』巻一百四十一に王昌齢の詩をして載せる。したがって、本稿でも杜詩としては扱わない。
（18）本稿で参照した陳尚君「杜詩早期流傳考」（注（6））・胡可先「唐代杜詩傳承論」（注（15）所掲の『杜甫詩学引論』所収）以外に左の二点がある。
・黒川洋一「中唐より北宋末に至る杜詩の発見について」（『杜甫の研究』所収、創文社、一九七七年十二月）。

・許總「唐人論杜述評」（『杜詩學發微』所収、南京出版社、一九八九年五月。日本語訳『杜甫論の新構想―受容史の視座から』、加藤国安〔訳〕、研文出版、一九九六年十月）。

（19）『元稹集』巻三十「書」（冀勤〔點校〕、中華書局、一九八二年八月）。

（20）『白居易集箋校』（五）巻四十五「書序」（朱金城〔箋校〕、上海古籍出版社、一九八八年十二月）。

（21）王洙「杜工部集記」（『宋本杜工部集』所収）。

（22）竹内理三『平安遺文』古文書編第八巻四四五五「僧圓仁請來目録（入唐新求聖教目録）」（東京堂出版、一九六八年六月）。

（23）注（19）に同じ。

第二章　『宋本杜工部集』・『文苑英華』所収杜甫詩文の異同について

一

唐代において杜甫の詩文がどのように記録されたのか、その実態をある程度反映していると考えられるものに『文苑英華』がある。北宋の太宗の勅命を受けた李昉らによって編集され、雍熙三（九八六）年に完成した同書は梁末から唐末までの詩文を集め、計一千巻、そのうち杜甫の詩文を二五八首収める。北宋、宝元二（一〇三九）年、王洙が『杜工部集』二十巻を編集し、詩については古体詩三九十首、近体詩一千六首を収めるのと比較すると、その二割弱に過ぎないが、それでも、現存する杜甫の詩文を収録したテキストのなかでは、王洙本『杜工部集』が出現する前に最も多くの詩文を収めているという点で、極めて貴重な存在である。

そして、『文苑英華』所収杜甫詩文は、王洙本『杜工部集』成立以前の杜甫の作品の流伝状況が具体的にわかるという点で検討すべき対象である。静永健「『文苑英華』所収の杜甫詩文について（一）」(1)は、白居易・耿湋の詩文が日本に残る唐鈔本系統の旧鈔本と多く一致すること、さらに通行本では「蜀相」と題する杜甫の七言律詩が『文苑英華』では「蜀相廟」に作り、また唐代に撰述された『順宗實録』で同詩が「題諸葛亮廟」と題されることから、唐代の杜甫詩集では同詩には「廟」字があった可能性が高く『文苑英華』はそれを反映していること、などから、『文苑英華』所収の杜甫詩文は「中国北宋初期に伝来した『唐鈔本』の本文に拠る」と分析している。この静永論文の指摘は本稿にとっても大変有益なものであるが、静永論文は「蜀相」（「蜀相廟」）詩以外の杜甫詩の唐代における流伝状況については言及していないので、本稿ではさらに一歩進んで、この問題に取り組みたい。なお、前述の通り静永論文は『文苑英華』所収の杜甫詩文が「中国北宋初期に伝来した『唐鈔本』の本文に拠る」と述べるが、『文苑英華』編集の際に底本とされた杜甫集が唐鈔本であった確証はない。唐以後、北宋期に編纂された杜甫の別集である可能性も否定できないので本稿では断定を避けるが、唐鈔本そのものでなかったとしてもそれに基づいて編纂されたことは間違いなかろう。

まず初めに『文苑英華』の版本について明記しなければならない。本稿では一九六六年五月に北京・中華書局より出版された『文苑英華』影印本に拠ったが、その「出版説明」によると、『文苑英華』は雍熙三年に完成したあと、北宋、景徳四（一〇〇七）年・大中祥符二（一〇〇九）年と二回にわたって校訂作業が行われた。この校訂のち北宋期に刊行されたか否かについては、史料の記述が複雑に錯綜していて、現在となっては確定が難しくなっている。南宋期、周必大・胡柯・彭叔夏(2)らによってさらに一度校訂が行われ刊刻されることになる。この周必大らの校訂の際には校記が小字の夾注によって記され、嘉泰元（一二〇一）年から四年にかけて刊行された。さらに、明、嘉靖四十五（一五六六）年から翌年にかけて、民間に流通していた鈔本をもとに『文苑英華』は再刊される。南宋本は一千巻のうち一百四十巻分しか現存しておらず、一九六六年中華書局影印本はその欠落部分を明刊本によって補っている（以上、「出版説明」の要約）。ただ、明刊本は民間の鈔本をもとにしているために疎漏が多く、その明刊本に多く拠らざるを得ない『文苑英華』は版本の信頼性という点で大きな問題を抱えている。そこで本稿では『文苑英華』の本文を引用する場合、必ず傅増湘『文苑英華校記』を参照した。同書は明刊本に対して別系統の鈔本「舊鈔本」（宋鈔本を影写した明鈔本。「景宋鈔本」とも）で校勘した大部な記録で、疎漏の多い明刊本の欠を補うものである。(3)

このようにテキストとして十全とはいえない現行の『文苑英華』であるが、看過できない重要性を一つ見いだすことができる。書中に「集作某」「一作某」「川本作某」「蜀本作某」などの小字夾注が多数みられ、それは南宋期、周必大らが宋本の別集などでもって宋本の『文苑英華』を校勘した記録と考えられるのである。[4]それは杜甫詩文についても例外なく多数みられ、これら「集作某」等は、『文苑英華』が中国北宋初期に存在していた杜甫の別集などをもとに編集されたあと、周必大らが南宋期に刊行されていた杜甫集によって校勘した結果である。「集作某」の存在によって、私たちは『文苑英華』が底本とした北宋期の杜甫集に見られる異文を別な角度から改めて確認することができるのである。[5]

二

別表「『宋本杜工部集』・『文苑英華』所収杜甫詩文異同一覧」は、『文苑英華』所収杜甫詩文（二五九首）と、『英華』が底本とした杜甫の別集に載せる杜甫以外の作者による詩（三首）、計二六二首と、王洙本『杜工部集』の原貌を伝える『宋本杜工部集』との文字の異同を一覧形式で示したものである。

まず注意すべきなのは、前述の通り『文苑英華』には誤字などの疎漏が極めて多いことである。例えば、別表78「憶昔行」では『宋本杜工部集』が「艮岑青輝慘幺麼」とするのに対して『文苑英華』は「良岑青輝慘幺麼」に作る。これは『宋本杜工部集』が鈔本として伝写される際、あるいは刊刻される際に「艮」を「良」に書き誤ったものと考えられ、字形の相似から起こった誤り、いわゆる「魯魚の誤り」である。実際に、宋鈔本を影写した明鈔本「舊鈔本」では「艮」に作ることが傅増湘『文苑英華校記』に記されている。従って『文苑英華』編纂の際には

「艮」に作っていたと考えられ、『文苑英華』明隆慶刊本の明らかな誤記と判断できる。もう一例。130「送孔巣父謝病歸遊江東兼呈李白」では『宋本杜工部集』が「自是君身有仙骨」とするのに対して『文苑英華』は「自是君身有仙谷」に作る。これは「骨」を同音の「谷」で筆写したものと考えられ、同音異字の誤りである。「舊鈔本」では「骨」に作っているので、これもまた『文苑英華』明隆慶刊本の明らかな誤記と判断できる。別表ではこのような『文苑英華』の誤りに「△」印を加えることによって、『文苑英華』の異文として見なしていない。

『文苑英華』の誤りを除外して『宋本杜工部集』との異同を数えると、二六一首のうち、『宋本杜工部集』とのあいだに全く異文のないものはわずか詩二十三首に止まり、それ以外の二三八首すべてに異文が見られる。その二三八首のうち、個々の句において異文が確認できるのは七四八箇所にのぼる。この数の多さから、唐代に杜甫詩文が様々なかたちで伝写されて多くの異文を含んだ複数の鈔本が出現していたものと推測することができる。唐鈔本ですでに多くの異文が生まれており、北宋期の『文苑英華』と王洙本『杜工部集』では底本とする杜甫の別集がそれぞれ異なるために、両者のあいだに七四八箇所もの異文を確認することができるのであろう。

注

（1）『文学研究』第一〇六輯所収（九州大学大学院人文科学研究院、二〇〇九年三月）。

（2）この校訂作業を担当した彭叔夏は別に「文苑英華辨證」を著しており、いま中華書局影印本の巻末に収められている。

（3）北京図書館出版社、二〇〇六年六月。

（4）『英華』中還有不少「集作某」、「某史作某」的小注、這個「集」和「某史」當然是宋本、這様的小注正是以宋本校宋本的校勘記（中華書局影印本の「出版説明」）。

（5）杜甫の詩における、これら小字夾注は「集作某」がそれ以外の「一作某」などと画然と区別されている。「集作某」の「集」

とは校勘の際に底本とした杜甫の別集であることを示している。従って「一作某」はそれ以外のテキスト・異文であると判断できる。なお、杜甫の賦・文については全篇末に「凡一作皆集本」とあり、「一作」の根拠となったテキストは校勘の際に底本とした杜甫の別集であることを示している。したがって本稿では「詩については『集作』と『一作』を分け、前者が校勘の底本である杜甫の別集の正文、後者がそれ以外の異文であり、杜甫の賦・文については『一作』が校勘の底本である杜甫の別集の正文である」との前提で考察を加えている。

『宋本杜工部集』・『文苑英華』所収杜甫詩文異同一覧

（△印は『文苑英華』明隆慶刊本の明らかな誤記と判断されるもの）

	『宋本杜工部集』			『文苑英華』		
	巻	標題	本文	巻	『英華』異文	注記
1	19	「進三大禮賦表」		54	標題「進三大禮賦表　天寶十三載」	
			默以漁樵之樂		以漁樵之樂	（「以」字上）一有「默」字
			獻納上表		獻納上	（「獻納上」）一作「獻納上表」
2	19	「朝獻太清宮賦」	雷公挾輈	54	雷公挾舟	（「舟」）一作「輈」
			萬山颼飀			（「山」）一作「仙」

『宋本杜工部集』巻	標題	本文	『文苑英華』巻	『英華』異文	注記
2 19	「朝獻太清宮賦」	欻臻於長樂之舍	54		（「於」）一作「千」
		庖犧左右		庖犧在右	（「在」）一作「左」
		鬱曾宮之嵂崒			（「曾」）一作「闧」
		斷紫雲而竦牆		斷紫雲而扞牆	（「扞」）一作「竦」
		紛隤珠而陷碧			（「陷」）一作「隱」
		絶光炯而初晝		絶色炯而初晝	（「色」）一作「光」
		溪女捧盤而盥漱		溪女捧壺而盥漱	（「壺」）一作「盤」
		若肸蠁之有憑		君肸蠁之有憑	（「君」）一作「若」
		孔蓋歘以颯纚			（「孔」）一作「芝」
		豈風塵之不殊		豈風塵之不雜	（「雜」）一作「殊」
		鱗介以之鳴簴		矧鱗介之鳴虡	（「之」上）一有「以」字。（「虡」）一作「簴」
		昆蚑以之振蟄		昆蚑以振蟄	（「振」上）一有「之」字
		仡神光而甜閶			（「閶」）一作「閟」
		却浮雲而留六龍			（「雲」）一作「空」

	『宋本杜工部集』			『文苑英華』		
	巻	標題	本文	巻	『英華』異文	注記
2	19	「朝獻太清宮賦」	天師張道陵等	54	天師張道陵	（「陵」下）一有「等」字
			前千二百官吏		千二百官吏	（「千」上）一有「前」字
			起數得統			（「起數」）一作「數起」
			存漢祖之自強			（「存」）一作「好」
			取撥亂返正		敢撥亂返正	（「敢」）一作「取」
			乃此其所長		乃止其所長	（「止」）一作「此」
			與夫更始者哉		與乎更始者也	（「也」）一作「哉」
3	19	「朝享太廟賦」	而尊卑各異	54	而尊卑心異	（「心」）一作「各」。又作「必」
			豐年則多		豐年即多	（「即」）一作「則」
			默宗廟之愈深		黙宗廟之愈深	（「黙」）一作「默」
			八音修通		八音循通	（「循」）一作「脩」
			而鳴佩剡爚以星羅		而鳴佩剡[龠+刂]以星羅	（「[龠+刂]」）一作「爚」

番号	『宋本杜工部集』巻	標題	本文	『文苑英華』巻	『英華』異文	注記	
3	19	「朝享太廟賦」	門闌洞豁而森爽	54	門攔洞豁而森爽	（「攔」）舊鈔本作「闌」。（「洞豁」）一作「洞壑」。又作「洞豁」。舊鈔本作「動豁」	△
			散純道之精		散純道之情	（「情」）一作「精」	
			不敢殄其瑞		不敢殘其瑞	（「殘」）一作「殄」	
			而撫絶軌享鴻名者矣		而無絶軌享鴻名者	（「無」）一作「撫」。（「者」下）一有「矣」字	
			五老侍祠而精駭		五老侍祠而情駭	（「情」）一作「精」	
			一則以微言勸内		一則以微弱勸内		
			又非陛下恢廓緒業		又非陛下之恢廓緒業	（「之」）一無此字。	
			伊鴻洞槍纍		伊澒洞槍纍	（「澒」）一作「鴻」	
			先出爲儲胥		皆出為儲胥	（「皆」）一作「先」	
			甲午方有事於采壇		甲午有事於采壇	（「午」下）一有「方」字。（「采」）一作「綵」	

『宋本杜工部集』				『文苑英華』		
	巻	標題	本文	巻	『英華』異文	注記
4	19	「有事于南郊賦」	先是春官條頌祇之書	54	先是春官脩頌祇之書	(「脩」)一作「條」
			掌次閲氈邸之則		掌次鋭氈邸之則	(「鋭」)一作「閲」
			頓曾城之軋軋		頡曾城之軋軋	(「頡」)一作「頓」
			軼萬戸之熒熒		軼萬方之熒熒	(「方」)一作「戸」
			掣翠旄於華蓋之角		制翠旄於華蓋之角	(「制」)一作「掣」
			魍魎幽憂以固扃		魑魅幽憂以固扃	(「魑魅」)一作「魍魎」
			天泱泱而氣青青		天泱泱而氣清清	(「清清」)一作「青青」
			翳夫鸞鳳將至以沖融		夫鸞鳳將至以沖融	(「夫」上)一有「翳」字
			熊羆弭耳以相舐		熊羆彌耳以相舐	＊1
			屏玉軑以蠼略		屏玉軑以蠖略	＊2
			以拱乎合沓之場		以拱乎合沓之壇	(「壇」)一作「場」
			衝牙鏗鏘以將集		衝牙鏗鏘以將暮	(「暮」)一作「集」
			田燭稠而曉星落		田燭稠而曉河落	(「河」)一作「星」
			必取著於紛純文繡之飾		必取著於紛純紋繡之飾	(「紋」)一作「文」
			由是播其聲音以陳列		由是播其聲音陳	(「陳」上)一有「以」字

	『宋本杜工部集』			『文苑英華』		
	巻	標題	本文	巻	『英華』異文	注記
4	19	「有事于南郊賦」	從乎節奏以進退	54	乎節奏以進退	（「乎」上）一有「列從」二字
			頓曾城之軋軋		頡曾城之軋軋	（「頡」）一作「頓」
			騺耆擘赫		騺璧擘赫	（「璧擘」）一作「耆擘」
			葩斜晦潰			（「葩」）一作「餽」
			電纏風升		雷纏風升	
			拂勿侹溌		拂勿［氵侹］溌	（「［氵侹］溌」）一作「湜濼」
			眇溟蓯濢		眇溟芊萍	（「芊萍」）一作「從濢」
			洶暘谷而濡若英		㴔暘谷而濡若英	（「㴔」）一作「洶」
			叢棘坼而狴牢傾		叢棘折而狴牢傾	（「折」）一作「坼」
			非奉郊之縣		豈奉郊之縣	（「豈」）一作「非」
			不逆寡而雄成		不逆寡以雄成	（「以雄」）二字一作「而推」
			攄終始而可見			（「攄」）一作「攇」

	『宋本杜工部集』			『文苑英華』			
	巻	標題	本文	巻	『英華』異文	注記	
4	19	「有事于南郊賦」	中莽茫夫何從	54	中莽茫夫何以從	（「茫」）一疊「茫」字。（「以」）一無此字。	
			伏惟道祖視生靈之礫裂			（「礫」）一作「磔」	
			使之造命更挈			（「挈」）一作「嚓」	
			天闕不敢旅拒		天關不敢旅拒	（「關」）一作「闕」	
			鬼神爲之嗚咽		鬼神以之嗚咽	（「以」）一作「爲」	
			寔用素樸以守		定寔用素樸以守	（「定」）一無此字	
			今何以茫茫臨乎八極			（「以」）一無此字	
			六龍飛御之歸		六龍飛御而歸		
5	19	「天狗賦并序」		131	標題「天㺃賦并序」	（「㺃」）舊鈔本作「狗」	△
			伏惟天子哀憐之		列在諸獸之上	（「獸」下）一有「院」字	
			此其獸猛健		此其猛捷	（「其」下）一有「獸」字	
			無與比者		無與並者	（「並」）一作「此」	
			甫壯而賦之		因壯而賦之	（「因」）一作「甫」	
			而山殿戍削		而出殿戍削	（「出」）一作「山」	

	『宋本杜工部集』			『文苑英華』		
	巻	標題	本文	巻	『英華』異文	注記
5	19	「天狗賦并序」	縹與天風	131	縹焉天風	（「焉」）一作「與」
			日食君之鮮肥兮		日食君之肥鮮兮	（「肥鮮」）一作「鮮肥」
			騁萬馬以超過		騁萬馬而超過	（「而」）一作「以」
			洎千蹄之迸集兮		洎千蹄之並集兮	（「並」）一作「逆」。（「逆」）舊鈔本作「迸」
			四猛仡銛鋭乎其閒		肆猛仡銛鋭乎其閒	（「肆」）一作「四」
			體蒼螭		膸體蒼螭	（「膸」）一無此字
			寧久被斯人終日馴狎已		寧久被斯人終日馴狎者已	（「者」）一無此字
6	19	「進雕賦表　天寶三載」「雕賦」		136	標題「雕賦并進表」	
			伏惟天子哀憐之		伏惟明主哀憐之	（「明主」）一作「天子」
			明主儻使執先祖之故事		儻使執先祖之故事	（「儻」上）一有「明主」
			必以氣稟玄冥		必以氣凜玄冥	（「凜」）一作「稟」
			朝無所充腸		朝無以充腸	（「以」）一作「所」
			獻令之課			（「令」）一作「全」。又作「禽」

	『宋本杜工部集』			『文苑英華』		
	巻	標題	本文	巻	『英華』異文	注記
6	19	「進雕賦表　天寶三載」「雕賦」	然後綴以珠飾	136	然後綴以殊飾	（「殊」）一作「珠」
			雖有青骹載角			（「有」）一作「此」字
			飛迅翼而遐寓		飛迅翼以遐寓	（「以」）一作「而」
			夙昔多端			（「昔」）一作「夕」
			味乃不珍			（「乃不」）二字一作「不足」
			豈非虛陳其力		豈比乎虛陳其力	（「比乎」）二字一作「非」
			此鳥已將老於巖扃		此鳥以將老於巖扃	（「以」）一作「已」
7	10	「秋月」		151	詩題「月」	
8	16	「初月」		151	詩題「月」	
9	10	「初月」		151	詩題「新月」	
			光細弦豈上			（「豈」）集上「欲」
			微升古塞外		微升古堞外	（「堞」）集作「塞」
10	17	「江邊星月二首」其一				（異文無し）

	『宋本杜工部集』巻	標題	本文	『文苑英華』巻	『英華』異文	注記
11		「江邊星月二首」其二	江月辭風纜		江月辭風檻	（「檻」）集作「纜」
			江星別霧舡		江星別霧船	
12	13	「喜雨」	南國旱無雨	153	南國旱無雨	
			應得夜深聞		應是夜深聞	（「是」）集作「得」
13	12	「春夜喜雨」		153	詩題「春夜雨」	
			當春乃發生		當春及發生	（「及」）集作「乃」
14	11	「朝雨」	涼氣晚蕭蕭	153	涼風曉蕭蕭	
			黄綺終辭漢		黄綺終辭漢	
15	15	「雨」	風扉掩不定	153	風扇掩不定	
			水鳥過仍迴		水鳥去仍迴	（「去」）集作「過」）
16	11	「梅雨」		153	詩題「黄梅雨」	
			南京西浦道		南京西浦市	（「西」）集作「犀」。（「市」）集作「道」
17	14	「雨不絶」	鳴雨既過漸細微	153	鳴雨既過小雨微	（「小雨微」）集作「漸細微」）

	『宋本杜工部集』			『文苑英華』		
	巻	標題	本文	巻	『英華』異文	注記
17	14	「雨不絶」	眼邊江舸何匆促	153	眼前江舸何匆促	
			未待安流逆浪歸		不得安流逆浪歸	（「不得」）集作「未得」
18	18	「對雪」	隨風且間葉	154	隨風且開葉	（「開」）集作「問」
			金錯囊從罄		金錯囊徒罄	
19	9	「對雪」	戰哭多新鬼	154	戰國多新鬼	
			瓢棄樽無緑		瓢棄樽無緑	
20	18	「舟中夜雪有懷盧十四侍御弟」		155	詩題「舟中夜雪懷盧侍郎」	（「郎」）集作「御」
			朔風吹桂水		大風吹桂水	
21	10	「雨晴」		155		（詩題「雨晴」）一作「秋霽」
			天水秋雲薄		天外秋雲薄	（「外」）一作「際」
			從西萬里風			（「從」）一作「松」
22	15	「雨晴」	雨時山不改	155	雨晴山不改	
23	11	「晩晴」		155		（異文無し）

	『宋本杜工部集』			『文苑英華』		
	巻	標題	本文	巻	『英華』異文	注記
24	15	「晩晴」	返照斜初徹	155		（「徹」）集作「散」
			江虹明遠飲		江虹明近飲	（「近」）集作「遠」
			鳧雁終高去			（「雁」）集作「鶴」
			竹露夕微微			（「夕」）集作「久」
25	14	「晴二首」其一		155		（異文無し）
26	14	「晴二首」其二	下食遭泥去	155	下食遭多泥	（「遭多泥」）集作「遭泥去」
26	14	「晴二首」其二	廻首周南客	155	廻首湖南客	
27	13	「院中晩晴懐西郭茅舍」		155	詩題「院中晩晴省西郭茅舍」	（「省」）集作「懐」
			幕府秋風日夜清		天際秋風日夜清	（「天際」）集作「幕府」
			葉心朱實看時落		葉心珠實看時落	
			階面青苔先自生		階面青苔老更生	（「老更」）集作「先自」
28	18	「銅官渚守風」		156	詩題「守風銅官渚」	
			不夜楚帆落		昨夜楚帆落	

	『宋本杜工部集』			『文苑英華』		
	巻	標題	本文	巻	『英華』異文	注記
29	16	「雲」	龍以瞿唐會	156	龍似瞿唐會	(「似」)集作「以」
			毎夜必通林			(「通」)集作「過」
30	10	「天河」	終能永夜清	156	終當永夜清	
31	9	「元日」		157	(異文無し)	
32	9	「一百五日夜對月」	想像嚬青蛾	157	想像嚬青娥	
33	18	「清明二首」其二	旅雁上雲歸紫塞	157	旅雁上樓歸紫塞	
			風水春來洞庭闊		春去春來洞庭闊	(「春去」)集作「風水」
34	15	「秋興八首」其四	百年世事不勝悲	158	百年世事不堪悲	
			征西車馬羽書遲		征西車騎羽書遲	(「騎」)集作「馬」
35	15	「九日五首」其三	歡娛兩冥莫	158	歡娛兩冥寞	
			西北有孤雲		西比有孤雲	
36	9	「九日藍田崔氏莊」	興来今日尽君歡	158	興来終日尽君歡	(「終」)集作「今」
			笑倩傍人爲正冠		笑倩傍人爲整冠	(「整」)集作「正」
			明年此會知誰健		明年此會知誰在	(「在」)集作「健」
37	12	「九日登梓州城」*3	兵戈與關塞	158	干戈與關塞	(「干」)集作「兵」

	『宋本杜工部集』			『文苑英華』		
	巻	標題	本文	巻	『英華』異文	注記
38	16	「孟冬」	破甘霜落爪	158	破柑霜落爪	
			嘗稻雪翻匙		嘗稻雪番匙	
			烏蠻瘴遠隨		黔溪瘴遠隨	(「黔溪」)集作「烏沙」
39	10	「至日遣興奉寄北省舊閣老兩院故人二首」其二		158	詩題「至日遣興寄北省舊閣老兩院故人」	
			去年今日侍龍顏		去年冬至侍龍顏	
			麒麟不動鑪煙上		騏驎不動爐烟上	
40		「白鹽山」	爾獨近高天	159	我獨近高天	(「我」)集作「爾」
			刻畫竟誰傳		刷練始堪傳	
41	4	「丈人山」			(異文無し)	
42	8	「望嶽」		160	詩題「望南岳山」	
			澒洞半炎方		鴻洞半炎方	
			巡守何寂寥		巡狩何寂寥	
43	3	「萬丈潭」		163	(異文無し)	

	『宋本杜工部集』			『文苑英華』		
	巻	標題	本文	巻	『英華』異文	注記
44	11	「春水」	已添無數鳥	163	不知無數鳥	
			爭浴故相喧		何意更相喧	
45	10	「鄭駙馬池臺喜遇鄭廣文同飲」	別離經死地	165	別離經此地	
			倶過阮宅來		倶過阮巷來	
			涙落強徘徊		涙落更徘徊	
46	10	賈至「早朝大明宮呈兩省僚友」	百轉流鶯滿建章	190		「附見杜集」と注記あり
			百轉流鶯滿建章		百囀流鶯繞建章	（「繞」）集作「滿」
			衣冠身染御爐香		衣冠氣染御爐香	（「氣」）集作「身」
			朝朝染翰侍君王		終朝默默侍君王	（「終朝默默」）集作「朝朝染翰」
47	10	「奉和賈至舍人早朝大明宮」		190	詩題「和前」	
			九重春色醉仙桃		九天春色醉仙桃	（「天」）集作「重」

	『宋本杜工部集』			『文苑英華』		
	巻	標題	本文	巻	『英華』異文	注記
47	10	「奉和賈至舍人早朝大明宮」	池上于今有鳳毛	190		(「于」)集作「如」
48	10	王維「同前」		190	詩題「和前」	「附見杜集」と注記あり
			九天閶闔開宮殿			(「天」)集作「重」
			朝罷須裁五色詔		朝殿須裁五色詔	(「殿」)集作「罷」
					珮聲歸向鳳池頭	(「向」)集作「到」
49	10	岑參「同前」		190	作者「崔顥」、詩題「和前」	(「崔顥」)一作「岑參」。「附見杜集」と注記あり
			雞鳴紫陌曙光寒		雞鳴紫陌曉光寒	(「曉」)集作「曙」
			鶯囀皇州春色闌		鶯囀皇州春欲闌	(「欲」)集作「色」
			金鏁曉鐘開萬戸		金闕曙鐘開萬戸	(「闕曙」)集作「瑣曉」
			花迎劍佩星初落		花明劍佩星初沒	(「沒」)集作「落」
			獨有鳳凰池上客		別有鳳凰池上閣	(「別」)集作「獨」。(「閣」)集作「客」
			陽春一曲和皆難		陽春一曲和仍難	(「仍」)集作「皆」、又作「應」

	『宋本杜工部集』 巻	『宋本杜工部集』 標題	『宋本杜工部集』 本文	『文苑英華』 巻	『文苑英華』 『英華』異文	『文苑英華』 注記
50	10	「紫宸殿退朝口號」		190	（異文無し）	
51	10	「喜達行在所三首」其一	眼穿當落日	190	眼穿看落日	（「看」）集作「當」
			霧樹行相引		茂樹行相引	（「茂」）集作「霧」
52	10	「喜達行在所三首」其二	愁思胡笳夕	190	秋思胡笳夕	（「秋」）集作「愁」
			嗚咽涙沾巾			（「涙」）集作「涕」
53	10	「喜達行在所三首」其三	影靜千官裏			（「官」）集作「門」
54	10	「晩出左掖」		191	（異文無し）	
55	10	「春宿左省」		191	詩題「春夜宿左省」	
			不寢聽金鑰		不寐聽金鑠	（「寐」）集作「寢」。（「鑠」）集作「鑰」
56	11	「少年行」	馬上誰家薄媚郎	194	馬上誰家白面郎	
			臨階下馬坐人牀		臨軒下馬坐人牀	（「軒」）一作「街」
57	11	「少年行二首」其一	傾銀注瓦驚人眼	194	傾銀注玉驚人眼	（「玉」）集作「瓦」

『宋本杜工部集』	巻	標題	本文	『文苑英華』 巻	『英華』異文	注記	
58	11	「少年行二首」其二	巣燕養雛渾去盡	194	巣燕養兒渾去盡		
59	3	「前出塞九首」其一		197	詩題「出塞五首」其一		
			公家有程期		公行有程期	(「行」)舊鈔本作「家」	△
60	3	「前出塞九首」其二		197	(詩題)「出塞五首」其二		
61	3	「前出塞九首」其五		197	(詩題)「出塞五首」其三		
62	3	「前出塞九首」其六		197	(詩題)「出塞五首」其四		
63	3	「前出塞九首」其九		197	(詩題)「出塞五首」其五		
64	3	「後出塞五首」其一		197	(詩題)「出塞三首」其一	(詩題)一作「後出塞」	
			千金買馬鞭	197		(「鞭」)一作「鞍」	
65	3	「後出塞五首」其三		197	(詩題)「出塞三首」其二		
			出師亙長雲			(「亙」)一作「直」	
			遂使貔虎士			(「虎」)一作「武」	
66	3	「後出塞五首」其四			(詩題)「出塞三首」其三		
			去年江南討狂賊		去年南行討狂賊	(「南行」)一作「江南」	

	『宋本杜工部集』			『文苑英華』		
	巻	標題	本文	巻	『英華』異文	注記
67	5	「短歌行」題下注「送祁録事歸合州、因寄蘇使君」		203	詩題「短歌二首」其一 題下注「送祁録事歸合州、因寄蘇使君」	
			後生相動何寂寥		後生相勸何寂寥	(「勸」)一作「動」
68	5	「短歌行」題下注「贈王郎司直」		203	詩題「短歌二首」其二 題下注「贈王郎司直」	
			豫樟翻風白日動		豫章翻風白日動	
69	8	「白馬」		209	(異文無し)	
70	1	「驄馬行」	肉駿碨礧連錢動	209	詩題「驄馬二首」其一	
			卿家舊賜公取之		肉騣碨礧連錢動	
			朝趨可刷幽并夜		卿家舊賜公能取	
			朝趨可刷幽并夜	209	晨趨可刷幽并夜	
			肯使騏驎地上行		知有騏驎地上行	
71	1	「高都護驄馬行」		209	詩題「驄馬二首」其二	
			飄飄遠自流沙至			(「飄」)一作「颻」)
72	2	「早秋苦熱堆案相仍」		210	詩題「苦熱」	

	『宋本杜工部集』			『文苑英華』		
	巻	標題	本文	巻	『英華』異文	注記
72	2	「早秋苦熱堆案相仍」	題下注「時任華州司功」	210	題下注「甫時任華州司功」	
			況乃秋後轉多蠅			(「轉」)一作復
			南望青松架短壑			(「短」)一作絶
73	7	「前苦寒行二首」其一		210	詩題「苦寒」前二首	
74	7	「前苦寒行二首」其二	寒刮肌膚北風利		寒割肌膚北風利	(「割」)一作「刮」
			楚天萬里無晶輝		楚天萬頃無晶輝	(「頃」)一作「里」
			三足之烏足恐斷	210	三足之烏骨恐斷	(「骨」)一作「足」
			羲和送將何所歸		羲和送之何所歸	(「送之何所歸」)一作「送將安所歸」。又作「迭送將安歸」
75	7	「後苦寒行二首」其一		210	詩題「苦寒」後二首	
			崑崙天關凍應折		崑崙天關凍欲折	(「欲」)一作「應」
			白鵠翅垂眼流血		白鵠翅垂眼出血	(「出」)一作「流」
76	7	「後苦寒行二首」其二	晩來江門失大木	210	曉來江邊失大木	(「曉」)一作「晩」
			猛風中夜吹白屋		猛風中夜飛白屋	(「飛」)一作「吹」

	『宋本杜工部集』 巻	『宋本杜工部集』 標題	『宋本杜工部集』 本文	『文苑英華』 巻	『文苑英華』 『英華』異文	『文苑英華』 注記	
76	7	「後苦寒行二首」其二	天兵斬斷青海戎	210	天兵新斬青海戎	(「新」)一作「斷」	
			不爾苦寒何太酷		不爾苦寒何其酷	(「其」)一作「太」	
			彼蒼回軒人得知		彼蒼回斡人得知		
77	8	「憶昔行」	艮岑青輝慘么麼	211	良岑青輝慘么麼	(「良」)舊鈔本作「艮」	△
			懸圃滄洲莽空闊		玄圃滄洲莽空闊		
			南浮早鼓瀟湘柁		南浮早鼓瀟湘拖	(「拖」)舊鈔本作「柁」	△
78	2	「偪仄行　贈畢曜」		211	詩題「偪仄行　贈畢四曜」		
			男兒信命絶可憐			(「信」)一作「性」	
79	8	「夜聞觱篥」	塞曲三更欻悲壯	212	塞曲三更更悲壯	(「更」)舊鈔本作「欻」	△
80	7	「聽楊氏歌」	響下清虛裏	213		(「清虛」)一作「浮雲」	
			吾聞昔秦青		吾聞西秦音	(「音」)集作「音」。(「西秦音」)舊鈔本作「昔秦音」。(「音」)集作「青」。	
81	9	「夜宴左氏莊」	衣露淨琴張	214	衣露靜琴張		
82	17	「上巳日徐司錄林園宴集」		214	(異文無し)		

	『宋本杜工部集』巻	標題	本文	『文苑英華』巻	『英華』異文	注記	
83	9	「崔駙馬山亭宴集」		214	詩題「崔駙馬山亭讌集」	（「駙」）舊鈔本作「駙」。	△
			清秋多讌會			（「讌會」）川本作「賞樂」	
84	1	「陪李北海宴歷下亭」	北渚淩青荷	214	北渚淩清河		
			海內此亭古		海右此亭古	（「海右」）川本作「海內」	
85	8	「湘江宴餞裴二端公赴道州」	白日照舟師	214	白日照丹旆	（「丹旆」）舊鈔本作「丹師」	△
			群公餞南伯		群公餞南北	（「北」）舊鈔本作「伯」	△
			促觴激百慮		促觴激萬慮	（「萬」）舊鈔本作「百」	△
			熱雲集曛黑		熱雲初集黑	（「初集黑」）川本作「初集曛」。舊鈔本、川本作「集曛黑」	
			缺月未生天		缺月未上天	（「上」）舊鈔本作「生」	△
86	17	「宴王使君宅題二首」其一	吾徒自漂泊	214	吾徒自飄泊		
			他鄉思緒寬			（「思緒」）集作「意緒」	

	『宋本杜工部集』			『文苑英華』		
	巻	標題	本文	巻	『英華』異文	注記
87	17	「宴王使君宅題二首」其二	汎愛容霜髪	214	汎愛容霜鬢	(「鬢」)一作「鬢」
			留歡卜夜閑		留歡卜夜闌*4	
			鄉園獨舊山			(「舊」)集作「在」
88	12	「章留後侍御宴南樓得風字」		214	詩題「陪章侍御宴南樓得風字」	
			鼓角滿天東		鼓角漏天東	
			屢食將軍第		屢食將軍地	
			出號江城黑		出號軍城黑	(「軍」)集作「江」
			題詩蠟炬紅		題詩蠟燭紅	(「燭」)集作「炬」
89	10	「曲江陪鄭八丈南史飲」	且盡芳尊戀物華	214	且盡芳罇戀物華	
			丈人文力猶強健		丈人才力猶強健	
90	3	「別贊上人」	顛帶顦顇色	219	顛帶憔悴色	
			異縣逢舊友		異縣逢舊交	(「交」)集作「友」
			天長關塞寒		天長關塞遠	(「遠」)集作「寒」
			歲暮饑凍逼		歲暮饑寒逼	(「寒」)集作「凍」

	『宋本杜工部集』			『文苑英華』		
	巻	標題	本文	巻	『英華』異文	注記
90	3	「別贊上人」	馬嘶思故櫪	219	馬鳴思故櫪	（「鳴」）集作「嘶」
91	1	「贈衛八處士」	問答乃未已	230		（「未已」）集作「未及」
			兒女羅酒漿		驅兒羅酒漿	
92	10	「寄張十二山人彪三十韻」	三違潁水春	231		（「違」）一作「逢」
			謝氏尋山屐			（「屐」）一作「屣」
			陶公漉酒巾			（「公」）一作「潛」
			早通交契密			（「密」）一作「闊」
			草書何太苦			（「太」）一作「甚」
			疏懶為名誤		疏懶為名悞	
			相遇益愁辛		相遇益酸辛	（「酸」）一作「愁」
			旅懷殊不愜			（「旅懷」）一作「懷賢」
			蕭瑟論兵地		蕭瑟論功地	（「瑟」）一作「策」。（「功」）一作「兵」
			斯文起獲麟		斯文豈獲麟	（「豈」）一作「起」

	『宋本杜工部集』			『文苑英華』		
	巻	標題	本文	巻	『英華』異文	注記
93	10	「山寺」	百里見秋毫	234	百里見纖毫	
94	11	「和裴迪登新津寺寄王侍郎」		234	詩題「奉和裴迪登新津寺寄王侍郎」	
			老夫貪佛日		老夫探賞日	(「探」)集作「佛」
95	14	「題忠州龍興寺所居院壁」	小市常爭米	234	小市常爭道	(「道」)集作「米」
96	10	「宿贊公房」	杖錫何來此	234	杖錫何來久	(「久」)集作「此」
			放逐寧違性		放逐寧虧性	(「虧」)集作「違」
97	12	「上兜率寺」		234	(異文無し)	
98	10	「秦州雜詩二十首」其二		234	詩題「秦州雜詩」	
			秦州山北寺	234	秦州城北寺	
99	3	「法鏡寺」	嬋娟碧鮮淨	234	嬋娟碧蘚淨	(「蘚」)集作「鮮」
			回回山根水		回回石根水	
			微徑不復取		微徑不敢取	(「敢」)集作「復」
100	1	「同諸公登慈恩寺塔」	高標跨蒼天	234		(「天」)一作「穹」

『宋本杜工部集』				『文苑英華』		
	巻	標題	本文	巻	『英華』異文	注記
100	1	「同諸公登慈恩寺塔」	足可追冥捜	234	立可追冥捜	（「立」）一作「足」
			始出枝撐幽		始驚枝撐幽	（「驚」）一作「出」
			惜哉瑤池飲		惜哉瑤池宴	（「宴」）一作「飲」
101	7	「奉酬薛十二丈判官見贈」		242	詩題「奉和薛十二丈判官見贈」	
			待勒燕山銘		待勒燕然銘	（「然」）集作「山」
			誰重斷蛇劍		口重斬邪劍	（「口重斬邪劍」）集作「誰重斷蛇劍」
			豪家朱門扃		豪家朱戸扃	（「扉」）集作「門」
			相如才調逸		相如琴調逸	（「琴」）集作「才」
			東西兩岸坼		東西兩崖坼	（「崖」）集作「岸」
			横水注滄溟		積水注滄溟	（「積」）集作「横」
			空中右白虎			（「右」）集作「有」
			噀雨鳳凰翎			（「雨」）舊鈔本作「與」
			莫學冷如丁		莫學冷如冰	

	『宋本杜工部集』巻	『宋本杜工部集』標題	『宋本杜工部集』本文	『文苑英華』巻	『文苑英華』『英華』異文	『文苑英華』注記
101	7	「奉酬薛十二丈判官見贈」	丈人但安坐	242	丈夫但安坐	(「夫」)集作「人」
			休辨渭與涇		休辨渭將涇	(「將」)集作「與」
			治國用輕刑		活國用輕刑	(「活」)集作「與」
			文王日儉德		天王日儉德	(「天」)集作「文」
102	18	「酬韋韶州見寄」	白髮絲難埋	242		(「理」)集作「並」
103	11	「報高使君相贈」	空房客寓居	242	空房得寓居	(「得」)集作「客」
			賦或似相如		賦或比相如	(「比」)集作「似」
104	11	「奉酬李都督表丈早春作」		242	詩題「奉酬李都督表文早春作」	
			來時悲早春		來詩悲早春	(「詩」)集作「時」
			紅入桃花嫩		紅入梅花嫩	(「梅」)集作「桃」
105	9	「上韋左相二十韻」		251	詩題「投贈韋左相」	

	『宋本杜工部集』			『文苑英華』		
	巻	標題	本文	巻	『英華』異文	注記
105	9	「上韋左相二十韻」	題下自注「見素。天相公之先人遺風、餘烈至今爲。故云『丹青憶老臣』。公時兼兵部尚書、故云『聽履上星辰』」	251	「時兼兵部尚書、故云『聽履上星辰』」	
			丹青憶老臣		丹青憶舊臣	（「舊」）集作「老」。夾行注「公之先人遺風、餘烈至今、稱之」
			驚代得麒麟		驚世得麒麟	（「世」）集作「代」
			沙汰江河濁		沙汰江湖濁	（「湖」）集作「河」
			豫樟深出地		豫章深出地	
			爲公歌此曲		爲君歌此曲	（「君」）集作「公」
106	9	「贈韋左丞丈濟」	相門韋氏在	251	相門韋氏任	（「任」）集作「在」
			經術漢臣須		經術漢官須	（「官」）集作「臣」
			甲子混泥途		甲子混泥塗	
			飢鷹待一呼		寒鷹待一呼	（「寒」）集作「飢」

	『宋本杜工部集』巻	標題	本文	『文苑英華』巻	『英華』異文	注記
106	9	「贈韋左丞丈濟」	亦足慰榛蕪	251		一作「折骨效區區」
107	10	「奉贈嚴八閣老」	扈聖登黃閣	251	扈從登黃閣	（「扈從」）集作「扈聖」。又作「今日」。（「閣」）集作「閤」
			官曹可接聯		官曹許接聯	（「許」）集作「可」
108	10	「路逢襄陽楊少府入城、戲呈楊員外綰」		251	詩題「路逢襄陽楊少府入城、戲題四韻、附呈楊四員外綰、甫赴華州日、許員外爲求茯苓」	
			黐動神仙窟		黐動龍蛇窟	（「龍蛇」）集作「神仙」
			扶汝醉初醒			（「汝」）一作「爾」
109	10	「寄高三十五詹事」	時來如宦達	251		（「如」）一作「知」
			池中足鯉魚		河中足鯉魚	（「河」）集作「池」
			相看過半百		相看過半月	（「月」）集作「百」
110		「寄李十二白」	筆落驚風雨	251	筆落聞風雨	（「聞」）集作「驚」
			遇我宿心親		遇我夙心親	（「夙」）集作「宿」

	『宋本杜工部集』			『文苑英華』		
	巻	標題	本文	巻	『英華』異文	注記
110		「寄李十二白」	劇談憐野逸	251	戲談憐野逸	（「戲」）集作「劇」
			獨泣向麒麟			（「泣」）一作「立」
111	9	「贈比部蕭郎中十兄」	愚公野谷村	251	愚公野客村	（「客」）集作「谷」
112	6	「同元使君春陵行并序」	序文「萬物吐氣」	251	序文「萬姓吐氣」	
			序文「天下少安、可得矣」		序文「天下少安、可待己」	「少」）一作「小」。（「己」）一作「矣」
			轉衰病相嬰		轉衰病相縈	（「縈」）一作「嬰」
			沈緜盜賊際		沈聯盜賊際	（「聯」）集作「緜」
			復覽賊退篇		復見賊退篇	（「見」）集作「覽」
			結也實國楨		結也實國貞	
			道州憂黎庶		道州哀黎庶	（「哀」）一作「憂」
			兩章對秋月			（「秋月」）一作「流水」
			用爾爲丹青		用汝爲丹青	（「汝」）集作「爾」
			獄訟永衰息			（「永」）川本作「久」

『宋本杜工部集』				『文苑英華』		
	巻	標題	本文	巻	『英華』異文	注記
112	6	「同元使君春陵行并序」	興含滄溟清	251	興含滄浪清	
113	7	「寄薛三郎中據」	飄颻若埃塵	251	飄飄若埃塵	(「飄飄」) 集作「飄颻」
			役役常苦辛		沒沒常苦辛	(「沒沒」) 集作「役役」
			瘧癘終冬春		瘧癘經冬春	
			春復加肺氣			(「春復加肺氣」) 一作「復加肺氣疾」
			此病蓋有因		此疾蓋有因	(「疾」) 集作「病」
			豈得恨命屯		豈得恨命迍	
			每扶必怒瞋		忽扶必怒瞋	(「忽」) 集作「每」
			鼓柮視青旻		鼓桅視青旻	(「桅」) 集作「柮」
114	17	「贈虞十五司馬」	交態知浮俗	251	文態知浮俗	(「文」) 集作「交」
			日夜倒芳尊		日夜倒芳罇	
115	1	「戲簡鄭廣文虔兼呈蘇司業源明」		251	詩題「戲簡鄭廣文」	
			醉則騎馬歸		醉即騎馬歸	(「即」) 集作「則」

『宋本杜工部集』巻		標題	本文	『文苑英華』巻	『英華』異文	注記
115	1	「戲簡鄭廣文虔兼呈蘇司業源明」	賴有蘇司業	251	近有蘇司業	(「近」)集作「賴」
116	8	「奉贈李八丈判官曛」	秀氣衝星斗	251		(「衝」)一作「通」
			官曹正獨守		官曹貞獨守	
			宮闕限奔走			(「限」)一作「浪」
			所親問淹泊		所親問淹薄	
			垂白亂南翁		垂白慕南翁	(「慕」)一作「亂」
117	6	「毒熱寄簡崔評事十六弟」	大暑運金氣	251		(「暑」)一作「火」
			況乃懷舊丘		況乃憶舊丘	(「憶」)集作「懷」
			檢身非苟求		檢身非久求	(「久」)集作「苟」
			漢苑歸驊騮		大苑歸驊騮	(「大苑」)集作「漢苑」
			理爲識者籌		理待識者籌	
118	10	「奉送郭中丞兼太僕卿充隴右節度使三十韻」	詔發西山將	269	詔發山西將	

	『宋本杜工部集』			『文苑英華』			
	巻	標題	本文	巻	『英華』異文	注記	
118	10	「奉送郭中丞兼太僕卿充隴右節度使三十韻」	防邊不敢驚	269	防邊詎敢驚		
			中原何慘黷			（「慘」）陸機功臣賛作「慘」。舊鈔本作「摻」。	
			宸極祆星動		宸極妖星動		
			群胡勢就烹			（「胡」）一作「兕」。	
			瘡痍親接戰			（「瘡痍」）一作「恭承」	
			勇決冠垂成			（「勇決」）一作「餘勇」	
			幾時迴節鉞		幾時迴節越	（「越」）舊鈔本作「鉞」	△
			祇似魯諸生		甘似魯諸生	（「甘」）一作「祇」	
			漸衰那此別		漸哀那此別	（「哀」）舊鈔本作「衰」	△
			莫作後功名			（「莫作」）一作「無使」	
119	12	「送陵州路使君赴任」	佩刀成氣象	269	佩刀成氣像	（「像」）舊鈔本作「象」	△
			萬役但平均			（「但」）一作「盡」	
120	13	「送梓州李使君之任」		269	詩題「送梓州李使君赴任」	（「赴」）集作「之」	

	『宋本杜工部集』			『文苑英華』			
	巻	標題	本文	巻	『英華』異文	注記	
121	12	「鄜城西原送李判官兄武判官弟赴成都府」		269	詩題「鄜城西原送李判官兄武判官弟赴成都		
122	12	「泛江送魏十八倉曹還京因寄岑中允參范郎中季明」			詩題「從江送衛十八倉曹還京因寄岑中允參范郎中季明」	舊鈔本作「泛江送魏十八倉曹還京因寄岑中允參范郎中季明」	△
			遲日深春水		遲日深江水		
			見酒須相憶			（「須」）一作「應」	
123	12	「泛江送客」	涙逐勸盃下	269	涙逐勸盃落	（「落」）一作「士」。舊鈔本作「下」	△
124	12	「送路六侍御入朝」	（異文無し）				
125		「送李八秘書赴杜相公幕」		269	詩題「送李八校書赴杜相公幕」	（「校」）集作「秘」	
			櫓搖皆指菊花開			（「皆」）舊鈔本作「背」	
			貪趨相府今晨發		貪趨祖府今晨發	（「祖」）舊鈔本作「相」	△

	『宋本杜工部集』			『文苑英華』			
	巻	標題	本文	巻	『英華』異文	注記	
126	10	「送翰林張司馬南海勒碑相國製文」	不知滄海上	269	不知滄海使	（「使」）集作「上」	
127	18	「送魏二十四司直充嶺南掌選崔郎中判官兼寄韋韶州」		269	詩題「送衛二十四司直充嶺南掌選崔郎中判官兼寄韋韶州」	（「衛」）舊鈔本作「魏」	△
			雅節在周防		雅節在週防	（「週」）舊鈔本作「周」	△
			故人湖外少		故人海外少	（「海」）舊鈔本作「湖」	△
128	17	「夏日楊長寧宅送崔侍御常正字入京」	升堂子賤琴	269	升堂子賤吟	（「寧」）一作「官」	
129	1	「送孔巣父謝病歸遊江東兼呈李白」		269	詩題「送孔巣父遊江東兼呈李白」		
			巣父掉頭不肯住		巣父抽頭不肯住	（「抽」）舊鈔本作「掉」	△
			自是君身有仙骨		自是君身有仙谷	（「谷」）舊鈔本作「骨」	△
			南尋禹穴見李白			（「南尋禹穴見李白」）一作「若逢李白騎鯨魚」	
			道甫問信今何如		道甫問信今如如		

『宋本杜工部集』				『文苑英華』			
	巻	標題	本文	巻	『英華』異文	注記	
130	7	「送高司直尋封閬州」		269		(「封」)一作「赴」	
			驊騮事天子		驊騮事天下		
			欣然澹情素		欣然澹清素	(「清」)舊鈔本作「情」	△
			我瘦書不成			(「瘦」)一作「病」	
131	10	「送許八拾遺歸江寧觀省」	詩題下自注「甫昔時嘗客遊此縣」	284	「甫昔時嘗客遊此樂」	(「樂」)舊鈔本作「縣」	△
			慈顏赴北堂			(「慈顏」)一作「家榮」	
			祖席倍輝光		祖席倍恩光	(「恩」)一作「輝」	
			内帛擎偏重			(「内」)一作「贈」	
			京口渡江航		京口渡江帆	(「帆」)舊鈔本作「航」	△
			追蹤恨淼茫			(「恨」)一作「限」	
132	11	「送韓十四江東覲省」	兵戈不見老萊衣	284	兵戈不見老萊衣	(「兵」)一作「干」	
			黄牛峽靜灘聲轉			(「轉」)一作「急」	
			此別應須各努力		此別須當各努力		

	『宋本杜工部集』			『文苑英華』			
	巻	標題	本文	巻	『英華』異文	注記	
133	18	「暮秋將歸秦留別湖南幕府親友」	水闊蒼梧野	284	水闊蒼梧晩	（「晩」）集作「野」	
			誰憫敝貂裘		倶憫敝貂裘	（「倶」）集作「誰」	
134	10	「留別賈嚴二閣老兩院補闕」		286	詩題「留別賈嚴二國老兩院遺補諸公」	（「國」）舊鈔本作「閣」	△
			田園須暫往		田園須暫往		
			山路時吹角		山路晴吹笛	（「晴」）集作「角」	
135	8	「別董頲」	飄蕩兵甲際	286	飄蕩甲兵際		
			采薇青雲端		采微青雲端	（「微」）舊鈔本作「薇」	△
136	16	「遠遊」		291	（異文無し）		
137	10	「晩行口號」	三川不可到	291	三川不可望	（「望」）集作「到」	
138	5	「早發射洪縣南途中作」	征途乃侵星	291	征途復侵星	（「復」）舊鈔本云「川本作『乃』」	
			鄙人寡道氣			（「道氣」）舊鈔本云「川本作『道義』」	
			風景開快悒			（「快」）一作「悁」	

	『宋本杜工部集』			『文苑英華』		
	巻	標題	本文	巻	『英華』異文	注記
139	3	「發同谷縣」	詩題下自注「乾元二年十二月一日、自隴右赴劍南紀行」	291	「乾元二年自隴右赴劍南」	
			況我飢愚人			(「人」) 一作「夫」
			焉能尚安宅		焉能尚安宅	(「得」) 集作「能」
			回首白崖石			(「白崖石」) 舊鈔本云「川本作『虎崖石』」
			平生嬾拙意		平生懶拙意	
140	8	「早行」	飛鳥數求食	291	飛鳥散求食	(「散」) 集作「數」
			潛魚亦獨驚			(「亦」) 集作「何」
			碧藻非不茂		碧藻非不暮	(「暮」) 集作「茂」
			干戈未揖讓			(「未」) 集作「異」
141	8	「次晚洲」		291	(異文無し)	
142	8	「過津口」	黃鳥喧嘉音	291	黃鳥喧佳音	
143	8	「早發」	掛席風不正	291		(「掛席」、舊鈔本云「一作『席掛』」)

	『宋本杜工部集』			『文苑英華』		
	巻	標題	本文	巻	『英華』異文	注記
143	8	「早發」	頽倚睡未醒	291	頽倚睡還醒	
144	8	「次空靈岸」	青春猶無私	291	青春猶有私	(「有」) 一作「無」
			可使營吾居	291		(「居」) 一作「屋」
145	8	「宿花石戍」	午辭空靈岑	291		(「靈」) 一作「虛」
			岸疏開闢水			(「水」) 一作「山」
			茫茫天造間			(「天造間」) 舊鈔本作「天造聞」。又云「川本作『天地間』」
			策杖古樵路		杖策古樵路	
146	9	「贈獻納使起居田舍人」	曉漏追飛青瑣闥	296	曉漏追趨青瑣闥	
147	12	「奉濟驛重送嚴公四韻」		297	詩題「奉濟驛重送嚴公」	
			列郡謳歌惜			(「謳歌」) 一作「歌謠」
148	13	「山館」			(異文無し)	

	『宋本杜工部集』			『文苑英華』		
	巻	標題	本文	巻	『英華』異文	注記
149	5	「通泉驛南去通泉縣十五里山水作」	登頓生曾陰	297	登頓生層陰	
			傷時愧孔父		傷時愧孔父	
150	9	「投贈哥舒開府翰二十韻」	今代麒麟閣	300	今代騏驎閣	
			先鋒百勝在			（「勝」）川本作「注作戰」
			青海無傳箭		青海傳飛箭	（「傳飛」）集作「無傳」
			智謀垂睿想			（「睿」）英華作「眷」＊5。（「智謀」）川本作「知謨」
			策行遺戰伐			（「行遺」）英華作「作宜」＊6
			已見白頭翁		已是白頭翁	（「已是」）川本作「已見」
			防身一長劍			（「防身一」）一作「腰間有」

『宋本杜工部集』				『文苑英華』			
	巻	標題	本文	巻	『英華』異文	注記	
150	9	「投贈哥舒開府翰二十韻」	將欲倚崆峒	300	聊欲倚崆峒	（「聊」）集作「將」	
151	7	「八哀詩　并序　贈司空王公思禮」	穎鋭物不隔	301		（「鋭」）一作「脱」	
			洗劍青海水		洗劍清海水	（「清」）舊鈔本作「青」	△
			曉達兵家流		晩學兵家流		
			胡馬纏伊洛			（「纏」）舊鈔本作「經」	
			間道傳玉冊		間道傳至冊	（「至」）舊鈔本作「玉」	△
			禁暴清無雙		禁暴靜無雙		
			豈述廉藺績		豈述廉頗跡	（「頗蹟」）集作「藺跡」	
152	7	「八哀詩　贈司徒李公光弼」	司徒天寶末	301	司徒天寶末	（「末」）舊鈔本作「末」	△
			公又大獻捷		公又獻大捷	（「獻大捷」）集作「大獻捷」	
			疲茶竟何人		疲薾竟何人	（「薾」）舊鈔本作「茶」	△

『宋本杜工部集』			『文苑英華』			
巻	標題	本文	巻	『英華』異文	注記	
152 7	「八哀詩　贈司徒李公光弼」	灑涕巴東峽	301	灑淚巴東峽	（「淚」）集作「涕」	
153 7	「八哀詩 贈左僕射鄭國公嚴公武」	凝然大賢後	301	凝若大賢後	（「若」）集作「然」	
		閲書百紙盡		閲書百氏盡	（「氏」）集作「紙」	
		不知萬乘出			（「萬乘」）集作「乘輿」	
		寂寞雲臺仗		寂寞雲臺伏	（「伏」）舊鈔本作「仗」	△
		西郊牛酒再		西郊牛酒至		
		原廟丹青明		九廟丹青明	（「九廟」）集作「原廟」	
		京兆空柳色			（「色」）舊鈔本作「翣」	
		憂國只細傾		憂國祇細傾		
		庶或裨世程		庶獲裨世程	（「獲」）集作「或」	
154 7	「八哀詩 贈太子太師汝陽郡王璡」	色映塞外春	301		（「塞外」）集作「寒夜」	
		愛其謹絜極		愛其謹潔極		
		忽思格猛獸		思欲格猛獸	（「思欲」）集作「忽思」	

	『宋本杜工部集』			『文苑英華』			
	巻	標題	本文	巻	『英華』異文	注記	
154	7	「八哀詩 贈太子太師汝陽郡王璡」	箭出飛鞚内	301		（「出」）集作「發」	
			上又回翠麟			（「又」）一作「入」	
			聖聰矧多仁		聖慈矧多仁	（「慈」）一作「聰」	
			哀謝增酸辛		哀謝多酸辛	（「多」）一作「增」	
155	7	「八哀詩 贈秘書監江夏李公邕」	高才日陵替	301	高才日淪替	（「淪」）舊鈔本作「陵」	
			洞徹寶珠惠			（「徹」）舊鈔本作「澈」	
			忠正負冤恨		忠貞負怨恨	（「怨」）集作「冤」	
			低垂困炎厲			（「厲」）舊鈔本作「癘」	
			榮枯走不暇			（「榮」）集作「策」	
			終悲洛陽獄		終悲落陽獄	（「落」）舊鈔本作「洛」	△
			事近小臣敞		事近小臣斃		
			（「近伏盈川雄」句自注）楊炯		楊公炯		

『宋本杜工部集』				『文苑英華』			
	巻	標題	本文	巻	『英華』異文	注記	
155	7	「八哀詩　贈秘書監江夏李公邕」	（「未甘特進麗」句自注）李嶠	301	李公嶠		
			（「是非張相國」句自注）燕公説		（「是非張相國」句自注）張公説		
			鍵捷欻不閉		關鍵欻不閉	（「關鍵」）集作「捷」。廣運通用。（「捷」）舊鈔本作「楗」、（「運」）舊鈔本作「韻」。	
			例及吾家詩		倒及吾家詩	（「倒」）舊鈔本作「例」	△
			哀贈竟蕭條			（「竟」）集作「晩」	
			子孫存如線		子孫在如線	（「在」）集作「存」	
			（「朗吟六公篇」句自注）張桓等五王洎狄相公六公		公有張相等五王泊狄相六公詩	（「泊」）舊鈔本作「洎」	△
156	7	「八哀詩　故秘書少監武功蘇公源明」	時下萊蕪郭	301	時下萊蕪廓	（「廓」）舊鈔本作「郭」	△
			垢衣生碧蘚		垢衣帶碧蘚	（「帶」）集作「生」	

	『宋本杜工部集』巻	『宋本杜工部集』標題	『宋本杜工部集』本文	『文苑英華』巻	『英華』異文	注記	
156	7	「八哀詩　故秘書少監武功蘇公源明」	報茲劬勞顯	301	報茲劬勞願		
			制可題未乾		制題墨未乾	(「題墨」)集作「可題」	
			乙科已大闡		休聲已大闡	(「休聲」)集作「乙科」	
			吏祿亦累踐		掾吏亦累踐		
			范曄顧其兒*7				
			秘書茂松意、溟漲本末淺		秘書茂松色、再扈祠壇墠、前後百卷文、枕藉皆禁臠、篆刻揚雄流、溟漲本末淺	(「色」)集作「意」。(「再扈」)集作「載從」。(「篆刻」)集作「制作」	
			事絶萬手搴			(「絶」)集作「終」	
			正始徵勸勉		正始貞勸勉	(「貞」)集作「徵」	
			結交三十載		結交三十年		
			滎陽復冥莫		熒陽復冥漠	(「熒」)舊鈔本「滎」。(「漠」)舊鈔本「莫」。	△　△

『宋本杜工部集』			『文苑英華』			
卷	標題	本文	卷	『英華』異文	注記	
157 7	「八哀詩　故著作郎貶台州司戸滎陽鄭公虔」	不識鐘鼓饗	301	不識鐘鼓饗		
		況乃氣精爽			(「精」) 集作「清」	
		(「況乃氣精爽」句自注) 往者公在疾……遠邇嘉之		往者公初在疾……遠近慕之		
		神農極闕漏		神農或闕漏		
		(「兵流指諸掌」句自注) 公著薈蕞等諸書……又撰胡本草七卷		公所著薈蕞等諸書……有選胡本草七卷	(「選」) 舊鈔本作「撰」	△
		方朔詣太枉		方朔諧太枉		
		滄洲動玉陛			(「陛」) 集作「堦」	
		宣鶴悞一響		宮鶴設一響	(「宮」) 集作「寡」。(「設」) 舊鈔本「悟」	
		未曾寄官曹		未曾記官曹	(「記」) 一作「寄」	

	『宋本杜工部集』巻	標題	本文	『文苑英華』巻	『英華』異文	注記	
157	7	「八哀詩　故著作郎貶台州司戸滎陽鄭公虔」	突兀倚書幌	301	突兀倚書愰	(「突」)集作「陶」。(「愰」)舊鈔本作「幌」	△
			泛泛浙江槳		遐泛浙江槳	(「遐泛」)集作「泛泛」	
			覆穿四明雪			(「雪」)舊鈔本作「雲」	
			斑白徒懷曩		班白徒懷曩	(「班」)舊鈔本作「斑」	△
			春深秦山秀		春深泰山秀	(「泰」)舊鈔本作「秦」	△
158	7	「八哀詩　故右僕射相國張公九齡」		301	詩題「故右僕射相國曲江張公九齡」		
			矯然江海思			(「海」)一作「漢」	
			未遑等箕潁		未遑等箕穎	(「遑」)集作「嘗」。(「穎」)舊鈔本作「潁」。	△
			鬒變負人境		鬢變負人境	(「鬢」)舊鈔本作「鬒」	△
			紫綬映暮年		金紫映暮年	(「金紫」)集作「紫綬」	
			滄洲動玉陛			(「陛」)集作「堦」	
			歸老守故林		歸與守故林	(「與」)集作「老」。舊鈔本作「歟」	

No.	『宋本杜工部集』巻	標題	本文	『文苑英華』巻	『英華』異文	注記	
158	7	「八哀詩　故右僕射相國張公九齡」	戀闕悄延頸	301	戀闕常延頸		
			制作難上請		製作難上請	（「製」）集作「制」	
			再讀徐孺碑		再續徐孺碑	（「續」）舊鈔本作「讀」	△
159	18	「哭李常侍嶧二首」其一	寒山落桂林	303	（異文無し）	（「山」）舊鈔本云、集作「江」	
160	14	「哭嚴僕射歸櫬」			詩題「哭嚴僕射歸襯」	（「襯」）舊鈔本作「櫬」	△
			歸舟返舊京		歸舟返故京	（「故」）舊鈔本作「舊」	
161	17	「哭李尚書　之芳」			詩題「哭李尚書　芝芳」	（「芝」）舊鈔本作「之」	△
			欲挂留徐劍		欲把留徐劍		
			修文思管輅		修文思管輅		
			旅櫬網蟲懸		旅櫬網蟲懸		
162		「秦漢中王手札報韋侍御蕭尊師亡」	少年疑柱史	303	小年疑柱史	（「小」）集作「少」	
163	16	「行次昭陵」		306	詩題「行次昭陵十二韻」		
			風雲隨絶足		風雲隨逸足	（「逸」）集作「絶」	

	『宋本杜工部集』巻	『宋本杜工部集』標題	『宋本杜工部集』本文	『文苑英華』巻	『文苑英華』『英華』異文	『文苑英華』注記	
163	16	「行次昭陵」	鐵馬汗常趨	306	石馬汗嘗謳	(「石」)集作「鉄」	
			松柏瞻虚殿			(「虚」)集作「靈」	
			塵沙立暝途		塵沙暗指途	(「暗指」)集作「立暝」	
			寂寥開國日		寂寞開國日	(「寞」)舊鈔本作「寥」	△
164	5	「陳拾遺故宅」	拾遺平昔居	307	拾遺昔日居	(「昔日」)集作「平昔」	
			悠揚荒山日		悠楊荒山日	(「楊」)舊鈔本作「揚」	△
			慘澹故園煙		摧宰故國煙	(「摧宰」)集作「慘澹」。(「宰」)舊鈔本作「窣」、「國」作「園」	△
			彦昭趙玉價		彦昭超玉價		
165	13	「過故斛斯校書莊二首」	詩題下自注「老儒艱難時、病於庸蜀、歎其没後、方授一官」	307	「没後、方授一官。公名融」		
			園林非昔遊		林園非昔遊		
166	補遺	「瞿唐懷古」		308	(異文無し)		
167	2	「九成宮」	巡非瑤水遠	311	巡非遙水遠	(「遙」)舊鈔本作「瑤」	△

	『宋本杜工部集』巻	標題	本文	『文苑英華』巻	『英華』異文	注記	
167	2	「九成宮」	我行屬時危	311		(「行」)集作「来」	
			天王守太白			(「守」)一作「狩」	
168	2	「玉華宮」		311	(異文無し)		
169	10	「宣政殿退朝晩出左掖」	春殿晴曛赤羽旗	311	春殿晴薫赤羽旗	(「薫」)集作「曛」	
			宮草微微承委佩		宮草霏霏承委佩	(「霏霏」)集作「微微」	
			雲近蓬莱常好色		雲近蓬莱常五色	(「五」)集作「好」	
					寂寞開國日	(「寞」)舊鈔本作「寥」	△
170	18	「登岳陽樓」		312	詩題「登岳陽樓望洞庭」		
			呉楚東南坼		呉楚東南折	(「折」)舊鈔本作「坼」	△
171	18	「登兗州城樓」		312	(異文無し)		
172	11	「題新津北橋樓　得郊字」	望極春城上	312	極望春城上		
			青柳檻前梢		青柳檻前稍	(「稍」)舊鈔本作「梢」	△
			西川供客眼		西川供醉客	(「醉客」)集作「客眼」	

	『宋本杜工部集』			『文苑英華』			
	巻	標題	本文	巻	『英華』異文	注記	
172	11	「題新津北橋樓　得郊字」	唯有此江郊	312	唯是此江郊	（「是」）集作「有」	
173	11	「琴臺」	琴臺日暮雲		琴堂日暮雲	（「堂」）舊鈔本作「臺」	△
			歸鳳求皇意		歸鳳求凰意		
174	3	「鳳凰臺」	題下注「山峻不至高頂」	313	「山峻人不至高頂」		
			西伯今寂寞		西北今寂寞	（「北」）舊鈔本作「伯」	△
			爲君上上頭		爲君居上頭	（「居」）集作「上」	
			飢寒日啾啾			（「啾啾」）集作「啁啾」	
			我能剖心出			（「出」）舊鈔本作「血」	
			坐看綵翮長		坐看綵翮舉	（「舉」）集作「長」	
			舉意八極周		縱意八極周		
			自天銜瑞圖		自天銜圖讖	（「圖讖」）集作「瑞圖」	
			圖以奉至尊		圖以獻至尊	（「獻」）集作「奉」	
			鳳以垂鴻猷		議以垂鴻猷	（「議」）舊鈔本作「凰」	△

	『宋本杜工部集』巻	標題	本文	『文苑英華』巻	『英華』異文	注記	
175	7	「西閣曝日」		314	詩題「西閣曝背」	(「背」)集作「月」。(「月」)舊鈔本作「日」	△
			毛髮具自和		毛髮具自私	(「私」)集作「和」	
			流離木杪猿		瀏漓木梢猿	(「瀏漓木梢」)集作「流離木杪」	
			翩僊山顛鶴		翩翻山顛鶴	(「翻」)集作「僊」	
			用知苦聚散		明知苦聚散	(「明」)舊鈔本作「朋」	
			哀樂日已作		哀樂日亦胙	(「日亦胙」)集作「日已作」。(「胙」)舊鈔本作「咋」	
			人生忽如昨		人生忽如錯	(「錯」)集作「昨」	
176	3	「飛仙閣」	土門山行窄	314	出門山行窄	(「出」)集作「土」	
			微徑緣秋毫			(「微徑緣」)集作「徑微上」	
			我何隨汝曹		我亦隨汝曹	(「亦」)集作「何」	
177	3	「龍門閣」	長風駕高浪	314			

『宋本杜工部集』			『文苑英華』			
巻	標題	本文	巻	『英華』異文	注記	
177 3	「龍門閣」	危途中縈盤	314		（「中縈盤」）集作「縈盤道」	
		頭風吹過雨			（「吹過」）集作「過飛」	
178 5	「草堂」	蠻夷塞成都	314	蠻夷塞城都		
		成都適無虞		此都適無虞	（「此」）集作「成」。 （「適」）集作「此」	
		反復乃須臾			（「須臾」）集作「斯須」	
		西卒郤倒戈			（「倒戈」）集作「干戈」	
		義士皆痛憤		義士猶痛憤	（「猶」）集作「皆」	
		萬人欲爲魚			（「人」）集作「民」	
		濺血滿長衢		血流滿長衢	（「血流」）集作「濺血」	
		到今用鉞地		到今用越地	（「越」）舊鈔本作「鉞」	△
		鬼妾與鬼馬			（「鬼」）集作「人」	
		歩堞萬竹疏		歩屧萬行疏	（「屧」）集作「堞」。 （「行」）集作「竹」	

	『宋本杜工部集』巻	標題	本文	『文苑英華』巻	『英華』異文	注記
178	5	「草堂」	酤酒攜胡蘆	314	酤酒提葫蘆	(「提葫蘆」) 集作「攜榼壺」
			大官喜我來		大官知我來	(「知」) 集作「喜」
			城郭喜我來		城郭知我來	(「知」) 集作「喜」
		「草堂」	賓客隘村墟			(「隘」) 集作「溢」
			天下尚未寧		天下方未寧	(「方」) 集作「尚」
			飄颻風塵際		飄颻風埃際	(「飄颻」) 集作「飄颻」。舊鈔本注云「飄作颻」。(「風埃」) 集作「風塵」
179	12	「登牛頭山亭子」	山谷遠含風	315		(「山」) 集作「春」
180		「暮春陪李尚書・李中丞過鄭監湖鄭汎舟得過字韻」		315	詩題「暮春陪李尚書・李中丞過鄭監湖鄭汎舟」	(「舟」下) 舊鈔本注「得過字」
			落木更天風		落木更高風	(「落木更高風」) 集作「木落更□風」。舊鈔本「木落更天風」

	『宋本杜工部集』			『文苑英華』			
	巻	標題	本文	巻	『英華』異文	注記	
180		「暮春陪李尚書・李中丞過鄭監湖鄭汎舟得過字韻」	老病已成翁	315		(「成」) 集作「衰」	
181	11	「西郊」	看題減藥囊	318		(「減」) 集作「檢」	
			無人覺來往			(「覺」) 集作「競」	
182	11	「南鄰」	慣看賓客兒童喜	318		(「賓客」) 集作「戸門」。亦作「朋友」。(「戸門」) 舊鈔本作「門戸」。(「亦」) 作「一」	
			白沙翠竹江村暮			(「暮」) 集作「路」	
			相對柴門月色新		相送柴門月色新	(「送」) 集作「對」	
183	11	「村夜」	蕭蕭風色暮	318	風色蕭蕭暮		
184	11	「江村」	多病所須惟藥物	318	但有故人供緑米	(「但有故人供緑米」) 集作「多病所須惟藥物」。(「緑」) 舊鈔本作「祿」	
185	2	「羌村三首」其一		318	詩題「荒村三首」	(「荒」) 舊鈔本作「羌」	△

	『宋本杜工部集』 巻	標題	本文	『文苑英華』 巻	『英華』異文	注記	
185	2	「羌村三首」其一	歸客千里至	318	客子千里至	(「客子」)集作「歸客」	
			生還偶然遂		生歸偶然遂	(「歸」)集作「還」	
186	2	「羌村三首」其二	憶昔好追涼	318	憶惜多追涼	(「多」)集作「好」。(「惜」)舊鈔本作「昔」	△
			賴知禾黍收		賴知黍秫收	(「黍秫」)集作「禾黍」	
187	2	「羌村三首」其三	群雞正亂叫	318	群雞忽亂叫	(「忽」)一作「正」	
			客至雞鬭爭		客至雞正生	(「正生」)一作「鬭爭」	
			傾榼濁復清		傾盖濁復清	(「盖」)舊鈔本作「榼」	△
			苦辭酒味薄		莫辭酒味薄	(「莫」)一作「苦」	
			兒童盡東征		兒郎盡東征	(「郎」)一作「童」	
			請爲父老歌		詩爲父老歌	(「詩」)舊鈔本作「請」	△
			艱難愧深情			(「深」)一作「餘」	
188	9	「冬日洛城北謁玄元皇帝廟」	題下注「廟有呉道子畫五聖圖」	320	「廟有呉道子畫聖圖」		
			憑虛禁籞長		馮高禁籞長	(「虛」)一作「飛」。(「馮」)舊鈔本作「憑」	

	『宋本杜工部集』巻	標題	本文	『文苑英華』巻	『英華』異文	注記	
188	9	「冬日洛城北謁玄元皇帝廟」	金莖一氣旁	320	金莖一氣傍		
			道德付今王		道德付今主	(「主」) 舊鈔本作「王」	△
			冕旒倶秀發		冕旒具秀發	(「具」) 舊鈔本作「倶」	△
			露井凍銀牀		露井動銀牀	(「動」) 舊鈔本作「東」	
189	14	「禹廟」	雲氣生虚壁	320	雲氣虚清壁	(「虚清」) 舊鈔本作「噓青」	
190	11	「蜀相」		320	詩題「蜀相廟」		
			隔葉黃鸝空好音		隔葉黃鶯空好音	(「鶯空」) 集作「鸝多」	
			三顧頻繁天下計		三顧頻煩天下計		
			出師未捷身先死		出何未捷身先死	(「何」) 舊鈔本作「師」。(「捷」) 集作「戰」	△
			長使英雄涙滿襟			(「長」) 舊鈔本作「常」、注云「集作戰」	
191	5	「四松」	大抵三尺強	324	大抵三尺彊		
			幽色幸秀發			(「幸」) 集作「會」	

『宋本杜工部集』				『文苑英華』			
	巻	標題	本文	巻	『英華』異文	注記	
191	5	「四松」	疏柯亦昂藏	324	疏柯已昂藏		
			得愧千葉黄		得愧千葉黄	(「愧」) 集作「忶」	
			足以送老姿		足爲送老資	(「足爲」) 集作「足以」	
			配爾亦茫茫			(「爾」) 集作「汝」	
			事跡可兩忘			(「可兩」) 集作「兩可」	
192	11	「病橘」	群橘少生意	326	伊橘少生意	(「伊」) 集作「群」	
			惜哉結實小			(「小」) 集作「少」	
			剖之盡蠹蟲		剖之盡蠹蝕	(「蝕」) 集作「蟲」	
			豈只存其皮		豈止存其皮		
			未忍別故枝		匆匆別故枝		
			吾諗罪有司		吾意罪有司		
			奔騰獻荔支		崩騰獻荔林	(「崩」) 集作「奔」。(「林」) 舊鈔本作「支」	△
193	6	「除草」	霜露一霑凝	327	霜露一霑衣	(「露」) 集作「雪」。(「衣」) 集作「凝」	

『宋本杜工部集』				『文苑英華』			
	巻	標題	本文	巻	『英華』異文	注記	
193	6	「除草」	自茲藩籬曠	327	自移藩籬曠	(「移」)集作「茲」	
194	18	「歸雁」		328		(異文無し)	
		「孤雁」	哀多如更聞	328		(「如更」)一作「更復」	
			鳴噪自紛紛		聲噪自紛紛	(「自」)一作「亦」	
		「鸚鵡」	紅觜漫多知	329	紅觜謾多知		
198	12	「江頭五詠　鸂鶒」		329	詩題「鸂鶒」		
			孤飛卒未高		孤飛只未高	(「只」)舊鈔本作「卒」	△
			且無鷹隼慮		且無膺隼慮	(「膺」)舊鈔本作「鷹」	△
199	12	「江頭五詠　花鴨」		329	詩題「花鴨」		
199	10	「螢火」		329	(異文無し)		
200	10	「促織」	放妻難及晨	330		(「放」)集作「故」	
			悲絲與急管			(「絲」)集作「絃」	
201	10	「病馬」		330	詩題「病馬詩三首」	(「三」)舊鈔本作「二」	
			乘爾亦已久		乘汝亦已久	(「汝」)集作「爾」	

	『宋本杜工部集』			『文苑英華』			
	巻	標題	本文	巻	『英華』異文	注記	
201	10	「病馬」	天寒關塞深	330	天寒關寒深	（「關寒」）舊鈔本作「關塞」	△
202		（「蓄劍」）*8	感動一沈吟		感激一沈吟	（「激」）集作「動」	
			致此自僻遠		至此自僻遠		
			每夜吐光芒		每夜吐光忙	（「忙」）舊鈔本作「芒」	△
			虎氣必騰趠		虎氣必騰上		
			龍身寧久藏		龍自寧久藏	（「自」）舊鈔本作「身」	△
			風塵苦未息		風塵若未息	（「若」）舊鈔本作「苦」	△
203	1	「秋雨歎三首」其一		331	（異文無し）		
204	1	「秋雨歎三首」其二	闌風伏雨秋紛紛	331	闌風長雨秋紛紛	（「長」）音杖。（「闌風長雨秋」）一作「蘭風伏雨飛」。舊鈔本作「蘭風伏雨非」（「音杖」）	
			四海八荒同一雲			（「四海」）集作「萬里」	
			城中斗米換衾裯		城中斗米抱衾裯	（「抱」）集作「換」	
205	1	「秋雨歎三首」其三	長安布衣誰比數	331	長安布衣誰此數	（「此」）舊鈔本作「比」	△

	『宋本杜工部集』			『文苑英華』			
	巻	標題	本文	巻	『英華』異文	注記	
205	1	「秋雨歎三首」其三	反鏁衡門守環堵	331	反鏁衡門守寰堵	（「寰堵」）舊鈔本作「環堵」	△
			胡雁翅濕高飛難		相雁翅濕高飛難	（「相」）舊鈔本作「胡」	△
			秋來未曾見白日			（「曾」）集作「省」	
			泥汚后土何時乾			（「后」）集作「暑」	
206	1	「去秋行」	臂槍走馬誰家兒	331	臂蒼走馬誰家兒	（「蒼」）集作「槍」	
207	1	「兵車行」	牽衣頓足攔道哭	333	牽衣槙足攔道哭	（「槙」）舊鈔本作「頓」	
			歸來頭白還戍邊			（「還」）集作「猶」	△
			邊亭流血成海水		邊庭流血成海水		
			武皇開邊意未已			（「武」）集作「我」	
			役夫敢申恨		役夫敢伸恨		
			未休關西卒			（「關」）集作「隴」	
			信知生男惡		信知生兒惡	（「兒」）舊鈔本云「集作『男』」	
			生女猶是嫁比鄰		生女猶得嫁比鄰	（「得」）集作「是」	

『宋本杜工部集』				『文苑英華』			
	巻	標題	本文	巻	『英華』異文	注記	
207	1	「兵車行」	生男埋沒隨百草	333	生兒埋沒隨百草		
			天陰雨濕聲啾啾			(「聲」)集作「悲」	
208	7	「觀公孫大娘弟子舞劍器行　并序」	夔府別駕元持宅	335	夔府別駕元持公宅	(「公」)集無「公」字	
			見臨潁李十二娘舞劍器		見臨頴李十二娘舞劍器	(「頴」)舊鈔本作「潁」	△
			壯其蔚跂		壯其蔚鼓	(「鼓」)集作「跂」	
			曰余		答云余	(答云余)三字集作「曰余」。舊鈔本云「三字集作曰余」	
			開元三載		開元三年	(「年」)集作「載」	
			自高頭宜春梨園二伎坊内人		自高頭宜春梨園二教坊内人	(「教」)集作「伎」	
			洎外供奉		洎外供奉舞女	(「舞女」)集作此二字。舊鈔本云「集無此二字」	

	『宋本杜工部集』 巻	『宋本杜工部集』 標題	『宋本杜工部集』 本文	『文苑英華』 巻	『文苑英華』 『英華』異文	『文苑英華』 注記	
208	7	「観公孫大娘弟子舞剣器行　并序」	既辯其由來	335	既辨其由來	(「既辨」) 集作「既辨」。舊鈔本作「既辯」	
			往者吳人張旭		往時吳人張旭	(「往時」) 集作「往日」。下園杜詩作「往者」。(「下」) 舊鈔本作「卞」	
			數常於鄴縣			(「鄴」) 集作「鄚」	
			即公孫可知矣		即公孫可知矣。行曰		
			一舞劍器動四方		一舞劍氣動四方	(「氣」) 舊鈔本作「器」	△
			㸌如羿射九日落		㸌如羿射九日落		
			來如雷霆收震怒		末如雷霆收震怒	(「末」) 集作「來」	
			況有弟子傳芬芳		晩有弟子傳芬芳	(「晩」) 集作「況」	
			臨潁美人在白帝		臨潁美人在白帝		
			先帝侍女八千人		先皇侍女八千人	(「皇」) 集作「帝」	
			公孫劍器初第一		公孫劍器初第一		

『宋本杜工部集』				『文苑英華』		
	巻	標題	本文	巻	『英華』異文	注記
208	7	「觀公孫大娘弟子舞劍器行　并序」	風塵傾動昏王室	335	風塵澒洞昏王室	
			瞿唐石城草蕭瑟		瞿塘石城暮蕭瑟	（「瞿塘」）舊鈔本作「瞿唐」。（「暮」）集作「草」 △
			足繭荒山轉愁疾		足蠒荒山轉愁疾	（「蠒」）舊鈔本作「繭」
209	2	「湖城東遇孟雲卿復歸劉顥宅宿宴飲散因爲醉歌」		336	詩題「湖城東遇孟雲卿復歸劉顥宅宿宴飲散因爲醉歌行」	
			湖城城南一開眼		湖城城東一開眼	（「東」）集作「南」
			況非劉顥爲地主		向非劉顥爲地主	
			懶回鞭轡成高宴			（「高宴」）集作「城南」
			劉侯歎我攜客來			（「歎」）集作「歡」
			休語艱難尚酣戰		休話艱難尚酣戰	（「話」）集作「語」
			照室紅爐促曙光		照室紅爐簇曙花	（「簇曙花」）集作「促曙光」

『宋本杜工部集』				『文苑英華』		
	巻	標題	本文	巻	『英華』異文	注記
209	2	「湖城東遇孟雲卿復歸劉顥宅宿宴飲散因爲醉歌」	縈窗素月垂文練	336	縈窗素月垂秋練	（「秋」）集作「文」。舊鈔本云「集作『文』、非」
			天開地裂長安陌		天開地裂長安春	（「春」）集作「陌」
			寒盡春生洛陽殿			（「寒盡春」）一作「紫陌寒」
			庭樹雞鳴涙如線		庭樹雞鳴涙如霰	（「霰」）集作「線」
210	1	「蘇端薛復筵簡薛華醉歌」	愛客滿堂盡豪翰	336	愛客蒲堂盡豪翰	（「翰」）集作「傑」
			開筵上日思芳草		開筵上月思芳草	（「月」）集作「日」
			坐中薛華善醉歌		坐中薛華能醉歌	（「能」）集作「善」
			歌詞自作風格老		醉歌自作風格老	（「醉歌」）集作「歌詞」
			近來海内爲長句		近來海内無長句	（「無」）集作「爲」
			才兼鮑昭愁絶倒		甫兼鮑昭黎絶倒	（「甫」）集作「才」。（「黎」）集作「愁」
			願吹野水添金杯		願吹野水添金杯	（「注」）集作「添」

『宋本杜工部集』				『文苑英華』			
	巻	標題	本文	巻	『英華』異文	注記	
210	1	「蘇端薛復筵簡薛華醉歌」	如澠之酒常快意	336	如繩之酒常快意	（「繩」）舊鈔本作「澠」	△
			亦如窮愁安在哉		未知窮達安在哉	（「未」）集作「亦」。（「達」）集作「愁」	
			忽憶雨時秋井塌			（「塌」）集作「竭」	
211	1	「醉時歌　贈廣文館博士鄭虔」		336	詩題「醉歌行」	（詩題）一作「醉時歌　贈廣文館博士鄭虔」	
			諸公袞袞登臺省			（「臺」）集作「華」	
			甲第紛紛厭粱肉		甲第紛紛厭梁肉	（「梁」）舊鈔本作「粱」	△
			先生有才過屈宋			（「先生有才」）集作「先生有文」。亦作「有抱」	
			德尊一代常坎軻			（「軻」）集作「壈」。舊鈔本作「壈」	
			燈前細雨簷花落			（「燈」）集作「簷」。（「簷」）集作「燈」	
			但覺高歌有鬼神			（「有」）集作「感」	

『宋本杜工部集』				『文苑英華』			
	巻	標題	本文	巻	『英華』異文	注記	
212	1	「醉歌行」	題下注「別從姪勤落第歸」	336	「別從姪落第歸」	舊鈔本作「別從姪勤落第歸」	△
			只今年纔十六七			(「年」)集作「生」	
			射策君門期第一		射策金門期第一		
			汝身已見唾成珠			(「已」)集作「即」	
			眾賓皆醉我獨醒			(「皆」)集作「已」	
213	1	「樂遊園歌」		336	詩題「晦日賀蘭楊長史筵醉中歌」		
			樂遊古園崒森爽		樂遊古園萃森爽	(「萃」)舊鈔本作「崒」	△
			更調鞍馬狂歡賞		更調鞍馬雄歡賞		
			白日雷霆甲城仗		白日雷霆夾城仗		
			緑雲清切歌聲上		緑雲清切歌聲上	(「緑」)集作「緑」	
			閶闔晴開映蕩蕩		閶闔晴開昳蕩蕩	(「昳」)集作「映」	
			百罰深盃亦不辭		百罰深盃辭不辭	(「辭」)舊鈔本作「也」	
			聖朝亦知賤士醜			(「亦」)集作「已」	

	『宋本杜工部集』			『文苑英華』		
	巻	標題	本文	巻	『英華』異文	注記
213	1	「樂遊園歌」	一物自荷皇天慈	336	一物但荷皇天慈	(「但」) 集作「自」
214	8	「醉歌行贈公安顏少府請顧八題壁」		336	詩題「醉歌行贈公安縣顏十少府」	
			是日霜風凍七澤		是日風霜凍七澤	
			酒酣耳熱忘頭白		酒酣耳熱忘白頭	
			一爲歌行歌主客		醉歌行歌主客	(「醉歌行歌主客」) 集作「一爲辭醉歌歌主客」。舊鈔本云「集作『一爲辭歌歌主客』」
215	4	「古柏行」	月出寒通雪山白	337		(「月」) 集作「日」
			憶昨路繞錦亭東		憶昨路繞錦城東	(「城」) 集作「亭」
			香葉終經宿鸞鳳			(「香」) 一作「密」
			志士幽人莫怨嗟			(「嗟」) 一作「傷」
			古來材大難爲用			(「難爲」) 一作「皆難」
216	7	「李潮八分小篆歌」	陳倉石鼓又已訛	338		(「又」) 集作「文」
			嶧山之碑野火焚		澤山之碑野火焚	(「澤」) 舊鈔本作「嶧」
						△

	『宋本杜工部集』			『文苑英華』			
	巻	標題	本文	巻	『英華』異文	注記	
216	7	「李潮八分小篆歌」	書貴瘦硬方通神	338		（「書」）集作「盡」。舊鈔本云「集作『盡』、非」	
			尚書韓擇木		尚書韓釋木	（「釋」）舊鈔本作「擇」	△
			開元已來數八分		開元以來數八分		
			八分一字直百金				
			豈知吾甥不流宕		豈知吾甥不流巖	（「知」）集作「如」。	
						（「巖」）舊鈔本作「宕」	△
			巴東逢李潮			（「巴」）集作「江」	
			逾月求我歌			（「逾」）集作「踰」	
217	2	「奉先劉少府新畫山水障歌」		339	詩題「新畫山水障歌奉先尉劉單宅作」		
			堂上不合生楓樹			（「上」）一作「中」	
			得非懸圃裂		得非懸圃坼	（「坼」）集作「裂」	
			漁翁暝路孤舟立		漁翁暝踏孤舟入	（「入」）舊鈔本作「立」	△
			滄浪水深青溟闊		滄浪之水深且闊		

	『宋本杜工部集』			『文苑英華』			
	巻	標題	本文	巻	『英華』異文	注記	
217	2	「奉先劉少府新畫山水障歌」	皷岸側島秋毫末	339	歌峰側島秋毫末	（「歌峰」）舊鈔本作「皷峰」。（「峰」）集作「岸」	△
			吾獨胡為在泥滓		吾獨何為在泥滓	（「何」）舊鈔本作「胡」	△
218	4	「戲題畫山水圖歌」		339	詩題「戲題王宰畫山水圖歌」		
			能事不受相促迫		能事不受相促逼	（「逼」）一作「迫」	
			壯哉崑崙方壺圖			（「壺」）一作「丈」	
			山木盡亞洪濤風			（「亞」）集作「帶」	
			咫尺應須論萬里			（「論」）集作「行」	
219	4	「韋諷錄事宅觀曹將軍畫馬圖」		339	詩題「韋諷錄事宅觀曹將軍畫馬圖歌」	（「歌」）集作「引」	
			人間又見真乘黄		人間不見真乘黄	（「不」）集作「入」	
			内府殷紅馬腦碗		内府殷紅瑪腦盤	（「盤」）集作「盌」	
			盌賜將軍拜舞歸		盤賜將軍拜舞歸	（「盤」）集作「盌」	
			輕紈細綺相追飛		輕紈細綺相追隨		

『宋本杜工部集』巻	標題	本文	『文苑英華』巻	『英華』異文	注記	
219 4	「韋諷錄事宅觀曹將軍畫馬圖」	今之新圖有二馬	339		(「新」)集作「盡」。(「新圖」)舊鈔本云「集作『盡畫』」	
		迴若寒空動煙雪		迴若寒空動煙雪	(「雜霞」)集作「動煙」	
		可憐九馬爭神駿			(「駿」)集作「俊」	
		騰驤磊落三萬匹			(「驤」)一作「躍」	
		君不見金粟堆前松柏裏		君不見金粟邊松柏裏	(「邊」)集作「前」。(「粟」)舊鈔本作「栗」	△
220 1	「天育驃騎歌」		339	詩題「天育驃圖歌」	(「圖」)集作「騎」	
		駿尾蕭梢朔風起		駿尾簫梢朔風起	(「簫」)舊鈔本作「蕭」	△
		毛爲綠縹兩耳黄		毛爲綠驃兩耳黄	(「驃」)集作「縹」	
		矯矯龍性合變化		矯然龍性含變化	(「然」)集作「矯」。(「含」)集作「合」	
		監牧收駒閲清峻		考收攻駒閲清峻	(「考收攻」)集作「監收神」	
		別養驥子憐神俊		別養驥子憐神駿	(「駿」)舊鈔本作「俊」	△

	『宋本杜工部集』			『文苑英華』			
	巻	標題	本文	巻	『英華』異文	注記	
220	1	「天育驃騎歌」	遂令大奴守天育	339	遂令太奴字天育		
221	4	「丹青引贈曹將軍霸」	英雄割據雖已矣	339	英雄割據皆已矣		
			文彩風流今尚存		文彩風流猶尚存	（「文」）集作「精」。（「猶尚存」）集作「今尚存」	
			但恨無過王右軍			（「無」）舊鈔本云「集作『未』」	
			英姿颯爽來酣戰		英姿颯颯猶酣戰	（「颯颯猶」）集作「颯爽來」	
			意匠慘澹經營中		意匠慘澹經營中		
			亦能畫馬窮殊相		亦能畫馬窮殊状	（「状」）集作「相」	
			將軍盡善蓋有神		將軍畫善蓋有神	（「畫」）舊鈔本作「盡」	△
			世上未有如公貧			（「世上未有如公貧」）一作「他富至今我徒貧」	
222	5	「入奏行贈西山檢察使竇侍御」		340	詩題「入奏行贈竇侍御時統檢察使」	（「時統檢察使」）舊鈔本作「時統西山檢察使」	
			蔗漿歸廚金碗凍		拓漿歸廚金碗凍	（「拓」）集作「蔗」	

	『宋本杜工部集』			『文苑英華』			
	巻	標題	本文	巻	『英華』異文	注記	
222	5	「入奏行贈西山檢察使竇侍御」	政用疏通合典則	340		（「政」）卞園杜詩注作「整」	
			兵革未息人未蘇		甲兵未息人未蘇	（「甲兵」）集作「兵革」	
			竇氏檢察應時須			（「應時須」）一作「才能俱」	
			斬木火井窮猿呼		斬木火并窮猿呼	（「并」）舊鈔本作「井」。（「窮」）集作「寒」。舊鈔本作「寒」、云「集作『窮』」	△
			密奉聖旨恩宜殊		密奉聖主恩宜殊	（「主」）集作「旨」	
			繡衣春當霄漢立			（「春當」）卞氏注作「飄飄」	
			綵服日向庭闈趨			（「日向」）卞氏注作「粲粲」。一有「開濟人所仰、飛騰正時須」十字。	
			江花未落還成都			（「江花未落」）四字卞氏注作「多暇」	

	『宋本杜工部集』			『文苑英華』			
	巻	標題	本文	巻	『英華』異文	注記	
222	5	「入奏行贈西山檢察使竇侍御」	肯訪浣花老翁無　爲君酤酒滿眼酤　與奴白飯馬青芻	340	攜酒肯訪浣花老、爲君著衫捋髭鬚	十四字一作「肯訪浣花老翁無、爲君酣酒滿眼酤、與奴白飯馬青芻」	
223	2	「徒歩歸行」		340	詩題「徒歩歸行贈李特進」		
			題下注「自鳳翔赴鄜州」		自鳳翔往鄜州		
224	5	「相從歌贈嚴二別駕」		340	詩題「贈嚴二別駕相逢行」	（「逢」）集作「從」	
			梓中豪俊大者誰		梓中豪貴大者誰	（「梓中」）卞氏杜詩作「州」。（「貴」）卞詩杜詩作「俊」。	
			烏帽拂塵青螺粟			（「螺」）卞氏注作「織」。又注作「騾」	
			銅盤燒蠟光吐日			（「光」）卞氏注作「炎」	△
			誰謂俄頃膠在漆			（「俄頃」）卞氏注作「我傾」	
			百年未見歡娯畢		百年未及歡娯畢	（「及」）集作「見」	
			高視乾坤又可愁			（「可」）卞氏注作「何」	

『宋本杜工部集』				『文苑英華』			
	巻	標題	本文	巻	『英華』異文	注記	
225	7	「寄裴施州」		340	詩題「贈裴施州」		
			冰壺玉衡懸清秋			(「衡」)集作「珩」	
			自從相遇感多病		自從相遇減多病	(「減」)集作「咸」	
			苦寒贈我青羔裘		苦寒贈我青絲裘	(「絲」)集作「羔」	
			霜雪回光避錦袖		霜雪回光避錦繡		
			龍蛇動篋蟠銀鉤		蛟龍動篋蟠銀鉤	(「蛟龍」)集作「龍蛟」	
			後來況接才華盛		後來況接才華盛、遙憶書樓碧池映		
226	8	「送顧八分文學適洪吉州」	分日示諸王	341	分日侍諸工		
			才盡傷形體		才盡傷形骸	(「骸」)集作「體」	
			時危話顛躓		時危語顛躓	(「語」)集作「話」	
			魚飢費香餌		魚肌費香餌	(「肌」)舊鈔本作「飢」	△
			請哀瘡痍深	341	請哀創痍深	(「創」)集作「瘡」	
			列士惡苟得			(「列」)集作「烈」	

『宋本杜工部集』			『文苑英華』			
巻	標題	本文	巻	『英華』異文	注記	
227 8	「惜別行送向卿進奉端午御衣之上都」	卿家兄弟功名震	341	卿家兄弟功名振		
		麒麟圖畫鴻雁行			(「圖」)集作「閣」	
		漂零已是滄浪客		飄零已是滄浪客	(「飄」)集作「漂」	
228 補遺	「惜別行送劉僕射判官」	不限疋數軍中須	341	不限匹數軍中須	(「匹」)舊鈔本作「疋」	△
		騏驎蕩盡一疋無		麒麟蕩盡一匹無		△
		子孫永落西南隅		子孫未落東南隅	(「未」)舊鈔本作「永」。(「東」)舊鈔本云「集作『西』」	△
		羅網群馬藉馬多		網羅群馬籍馬多	(「馬籍」)集作「鳥籍」	
		氣在驅馳出金帛			(「氣」)集作「用」	
		強梳白髮提胡盧		強梳白髮提胡蘆		
		君不覺老夫神内傷		不覺老夫神内傷	(句頭)集有「君子」	
229 7	「虎牙行」	杜鵑不來猿狖寒	341		(「寒」)集作「啼」	
		壁立石城横塞起		壁立古城横塞起	(「古」)集作「石」	
		犬戎鎖甲聞丹極		犬戎鎖甲圍丹極		

『宋本杜工部集』			『文苑英華』		
巻	標題	本文	巻	『英華』異文	注記
230 5	「閬山歌」	閬州城東靈山白	342		（「州」）一作「山」。 （「靈」）集作「雪」
		閬州城北玉臺碧			（「玉」）一作「壺」
		江動將崩未崩石			（「未」）集作「已」
		那知根無鬼神會			（「根」）集作「眼」
		應結茅齋看青壁			（「結」）一作「看」。 （「看」）一作「向」
231 5	「閬水歌」	巴童蕩槳攲側過	342	巴童盪槳攲側過	（「盪」）集作「蕩」
232 4	「石笋行」	古來相傳是海眼	342	老來相傳是海眼	（「老」）集作「古」
		雨多往往得瑟瑟		雨多往往有瑟瑟	（「有」）集作「得」
		恐是昔時卿相墓			（「墓」）集作「家」。 舊鈔本作「冢」
233 4	「石犀行」	天生江水向東流	342	天生江水須東流	
		泛溢不近張儀樓		泛濫不近張儀樓	（「濫」）集作「溢」
		今年灌口損戶口			（「灌口」）集作「灌注」
		先王作法皆正道		先主作法皆正道	

	『宋本杜工部集』			『文苑英華』		
	巻	標題	本文	巻	『英華』異文	注記
233	4	「石犀行」	但見元氣常調和	342	但見元氣相調和	（「相」）集作「恒」
			安得壯士提天綱		安得作者提天綱	（「作者」）集作「壯士」
234	8	「岳麓山道林二寺行」	香廚松道清涼俱	342	石廚松道清涼俱	（「石」）集作「香」
			蓮花交響共命鳥		蓮池交響共命鳥	（「池」）集作「花」
			飄然斑白身奚適		飄然斑白將奚適	（「將」）集作「身」
			久爲野客尋幽慣		久爲謝客尋幽慣	（「謝」）集作「野」
			山鳥山花吾友于		仙鳥仙花吾友于	（「仙鳥仙花」）集作「山鳥山花」
			物色分留與老夫		物色分留待老夫	（「待」）集作「與」。舊鈔本作「與」
235	5	「越王樓歌」		343	（異文無し）	
236		「發閬中」	別家三月一得書		別家三月一書來	（「書來」）集作
237	1	「沙苑行」	君不見左輔白沙如白水	344		（「如白」）集作「白如」
			苑中騋牝三千匹		苑中騋牝三千疋	

	『宋本杜工部集』			『文苑英華』		
	巻	標題	本文	巻	『英華』異文	注記
237	1	「沙苑行」	毎歳攻駒冠邊鄙	344	毎歳收駒冠邊鄙	
			纍纍搥阜藏奔突		纍纍搥阜藏奔突	
			角壯翻同麋鹿遊		角壯翻騰麋鹿遊	
238	2	「瘦馬行」		344	詩題「老馬行」	（「老」）集作「瘦」
			東郊瘦馬使我傷		東郊老馬使我傷	（「老」）集作「瘦」
			見人慘澹若哀訴		見人慘澹苦哀訴	（「苦」）集作「若」
			失主錯漠無晶光		失主錯莫無精光	（「莫」）集作「漠」。
						（「精」）集作「晶」
			天寒遠放雁爲伴			（「伴」）集作「侶」
			日暮不收烏啄瘡		日暮未收烏啄瘡	（「未」）集作「不」
239	2	「李鄠縣丈人胡馬行」	前年避胡過金牛	344	前年避賊過金牛	（「賊」）集作「胡」
			始知神龍別有種			（「神龍」）一作「龍神」
			不比俗馬空多肉			（「比」）集作「似」

	『宋本杜工部集』巻	『宋本杜工部集』標題	『宋本杜工部集』本文	『文苑英華』巻	『文苑英華』『英華』異文	『文苑英華』注記
239	2	「李鄠縣丈人胡馬行」	鳳臆龍鬐未易識	344	鳳臆麟鬓未易識	(「麟鬓」)集作「龍鬐」
240	8	「朱鳳行」	山巔朱鳳聲嗷嗷	345		(「巔」)卞圜注杜詩作「巖」。(「聲」)集作「鳴」
			側身長顧求其群		側身長顧求其曹	
			翅垂口噤心甚勞			(「甚勞」)一作「勞勞」
241	4	「杜鵑行」	化作杜鵑似老烏	345	化作杜鵑如老烏	(「如」)集作「似」
			骨肉滿眼身羇孤		骨肉滿眼如羇孤	(「如」)集作「身」
242		「杜鵑行」*9	搶佯瞥捩雌隨雄	345	搶翔瞥捩雌隨雄	(「翔」)集作「佯」
			隳形不敢棲華屋		漏形不敢棲華屋	(「漏」)守作「隳」
			聲音咽咽如有謂		聲音咽噦若有謂	(「咽噦若」)集作「咽咽如」
			似欲上訴於蒼穹		欲似上訴於蒼穹	(「欲似」)集作「似俗」
			至今斅學傳遺風		至今相效傳微風	(「相效傳微風」)集作「斅學傳遺風」

『宋本杜工部集』				『文苑英華』		
	巻	標題	本文	巻	『英華』異文	注記
243	補遺	「呀鶻行」	清秋落日已側身	345	清秋落月已側身	(「月」) 集作「日」
			熊羆欲蟄龍蛇深		熊羆欲蟄龍蛇深	(「蟄」) 集作「蟄」
244	2	「義鶻」		345	詩題「義鶻行」	
			陰崖有蒼鷹		陰崖二蒼鷹	(「二蒼」) 集作「有蒼」
			養子黒柏巓		養子黒柏巓	
			呑噬恣朝餐		呑噬恣朝餐	(「資朝飡」) 集作「恣朝餐」
			黄口無半存		黄口寧半存	(「寧」) 集作「無」
			其父從西歸			(「歸」) 集作「來」
			痛憤寄所宣		冤憤寄所宣	(「冤憤」) 集作「痛憤」。又作「憤懣」
			噭哮來九天			(「噭哮」) 集作「無聲」
			飽腸皆已穿			(「皆已」) 集作「已皆」
			生雛滅衆雛			(「滅」) 集作「減」

『宋本杜工部集』			『文苑英華』			
卷	標題	本文	卷	『英華』異文	注記	
244 2	「義鶻」	急難心炯然	345		(「烱」)集作「皎」	
		此事樵夫傳		此事樵人傳	(「人」)集作「夫」	
		凜欲衝儒冠		凜若衝儒冠	(「若」)集作「欲」	
		人生許與分		人生計有分	(「計有」)集作「許與」	
		只在顧眄間		亦在顧眄間	(「亦在」)集作「只在」、又作「亦存」	
		用激壯士肝		永激壯士肝	(「永」)集作「用」	
245 1	「麗人行」	態濃意遠淑且眞	350	態濃意遠淑且貞		
		翠微㔩葉垂鬢脣		翠爲匐葉垂鬢脣	(「匐」)集作「㔩」	
		珠壓腰衱穩稱身		珠壓腰支穩稱身	(「支」)集作「衱」	
		犀箸厭飫久未下		犀箸厭飲久未下	(「飲」)舊鈔本作「飫」	△
		御廚絡繹送八珍		御廚絲絡送八珍	(「絲絡」)集作「絡繹」	
		賓從雜遝實要津		賓從合沓實要津	(「合沓」)集作「雜遝」	

『宋本杜工部集』巻	標題	本文	『文苑英華』巻	『英華』異文	注記	
245 1	「麗人行」	當軒下馬入錦茵	350	當道下馬入錦茵	（「道」）集作「軒」	
		慎莫近前丞相嗔		慎莫向前丞相嗔	（「向」）集作「近」	
246 1	「白絲行」	越羅蜀錦金粟尺	350		（「金粟尺」）集作「矜赫繹」	
		已悲素質隨時染		已悲素質隨時改	（「改」）集作「染」	
		隨風照日宜輕擧			（「宜」）集作「疑」	
		香汗輕塵汚顏色		香汗清塵似微汚	（「清塵似微汚」）集作「輕塵汚顏色」	
		君不見才士汲引難		君不見志士汲引難	（「志」）集作「才」	
247 4	「憶昔二首」其一	勞身焦思補四方	350		（「身」）集作「心」	
		長驅東胡胡走藏		長驅東胡胡馬藏	（「馬」）舊鈔本作「走」	
		出兵整肅不可當		兵出整肅不可忘	（「兵出」）集作「出兵」。 （「忘」）集作「當」	
		願見北地傅介子		願見北帝傅介子	（「帝」）舊鈔本作「地」	△

	『宋本杜工部集』巻	標題	本文	『文苑英華』巻	『英華』異文	注記	
248	4	「憶昔二首」其二	九州道路無豺虎	350		（「虎」）集作「狼」	
			男耕女桑不相失			（「桑」）一作「蠶」	
			叔孫禮樂蕭何律		叔孫禮樂肖何律	（「肖」）舊鈔本作「蕭」	△
			洛陽宮殿燒焚盡		洛陽宮殿焚燒盡	（「焚燒」）集作「燒焚」	
			灑血江漢身衰疾			（「血」）一作「涙」	
249	4	「百憂集行」	即今倏忽已五十	350		（「即」）集作「只」	
250	7	「負薪行」	一生抱恨堪咨嗟	350		（「堪」）集作「長」	
			十有八九負薪歸		十猶八九負薪歸	（「猶」）集作「有」	
			賣薪得錢應供給			（「應」）集作「當」	
			至老雙鐶只垂頸		至老雙鬟只垂頸	（「鬟」）集作「鐶」	
			若道巫山女粗醜			（「醜」）集作「澁」	
251	7	「最能行」	瞿塘漫天虎鬚怒	350		（「鬚」）集作「眼」	
			歸州長年行最能		歸州長年行最能	（「與」）集作「行」	

	『宋本杜工部集』			『文苑英華』		
	巻	標題	本文	巻	『英華』異文	注記
251	7	「最能行」	此鄉之人氣量窄	350	此鄉之人器量窄	（「器」）集作「氣」
252	補遺	「狂歌行贈四兄」	弟切功名好權勢	350	弟功切名好權勢	
			我曹備馬聽晨雞		我曾備馬聽晨雞	（「曾」）集作「曹」
			嘉州酒重花繞樓			（「重」）一作「香」
			長歌短詠還相酬		長歌短歌還相酬	（「歌」）集作「詠」
253	20	「乾元元年華州試進士策問五首」其一		474	題「乾元元年華州試進士策問五道」	
			山林藪澤之地		古之山林藪澤之地	（「古之」）集無此二字
			盡贍軍旅之用		盡贍軍旅之用建	（「建」）集作「逮」
254	20	其二	職司有愁痛之歎	474	職司有愁痛之色	（「色」）集作「歎」
			側佇新語		側佇嘉論	（「嘉論」）集作「新語」
255	20	其三	經啓之理	474		（「經啓」）名賢策問作「啓闢」

	『宋本杜工部集』			『文苑英華』		
	巻	標題	本文	巻	『英華』異文	注記
255	20	其三	疏鑿之術	474		(「鑿」)名賢策問作「鑿」。「術」一作「跡」
			復擁塡淤之泥		復擁闐淤之泥	(「闐」)名賢策問作「塡」
256	20	其四	蓋有兵無食	474	蓋有兵而無食	(「而」)集無「而」字
			課乃菽麥		課乃菽粟	(「粟」)集作「麥」
			實慮休止		實慮休工	(「工」)文粹作「士」
257	20	其五	未有不以君唱於上	474	未有不以此君唱於上	(「此」)集無「此」字
			内則拳拳然事親如有闕			(「闕」)一作「待」
			降及元輔		雖降元輔	(「雖降」)一作「降及」
			必要之於稷卨		必要之於夔皋	(「夔皋」)集作「稷卨」
			利往何順		何往不順	(「何往不順」)集作「利往何順」
			頃之問孝秀			(「秀」)集作「殊」
			是以繼絶表微		是亦繼絶表微	(「亦」)一作「以」

	『宋本杜工部集』			『文苑英華』		
	巻	標題	本文	巻	『英華』異文	注記
258	20	「爲夔府柏都督謝上表」	題「爲夔州柏都督謝上表」	584	題「爲夔州柏都督謝上表」	(「州」) 集作「府」
			未遑言對		未遑謁對	(「謁」) 集作「言」
			奉表陳謝以聞		奉表馳謝以聞	(「聞」) 集作「陳」
259	19	「進封西嶽賦表」	頃歳國家有事於郊廟	610	頃歳國家有事于郊廟	(「于」) 集作「於」
			是臣無負於少小多病貧窮好學者已		是臣無負於文小多病貧窮好學者也	(「文」) 集作「少」。(「也」) 集作「已」
			非敢望也		非所望也	(「所」) 集作「敢」
			今茲人安是已		今茲人安是也	(「也」) 集作「已」
			今茲國富是已		今茲國富是也	(「也」) 集作「已」
			以永嗣業			(「永」) 一作「承」
			斯又不可以寢已		斯又不可以寢也	(「也」) 集作「已」
260	19	「畫馬讚」	去何難易	784	云何難易	(「云」) 集作「云」。舊鈔本注云「『云』集作『去』」

	『宋本杜工部集』			『文苑英華』		
	巻	標題	本文	巻	『英華』異文	注記
261	20	「祭故相國清河房公文」	敬以醴酒茶藕蓴鯽之奠	979	謹以醴酒茶藕蓴鯽之奠	（「謹」）集作「敬」
			讒口到骨		讒言到骨	（「口」）一作「言」
			可云時代		可去時代	（「去」）一作「云」
			夭閼泉塗			（「夭閼」）蜀本作「死夭」
			地維則絶			（「則」）一作「既」
			安放夾載		安放挾載	（「挾」）集作「夾」
			脱劍秋高		掛劍秋高	（「掛」）集作「脱」
			身瘞萬里		身没萬里	（「没」）集作「瘞」
			今來禮數		往來禮數	（「往」）集作「令」
			爲態至此		爲能至此	（「能」）集作「態」
			公初罷任		公之罷任	（「之」）集作「初」
			痛傷氤氳		痛傷氛氳	（「氛」）集作「氤」

	『宋本杜工部集』			『文苑英華』		
	巻	標題	本文	巻	『英華』異文	注記
261	20	「祭故相國清河房公文」	玄豈正色	979	玄豈色	（「豈」）集作「堂」、非。（「色」）舊鈔本作「正色」
			白亦不分		白赤不分	（「赤」）集作「黒」、非。舊鈔本作「亦」

＊1　「弭耳」について『文苑英華辯證』は『周禮』春官「小祝」に「彌災兵」とあることを引いて「彌」と「弭」は同じだと述べる（『周禮』春官「男巫」に「春招弭、以除疾病」とあり鄭玄の注に「杜子春讀『弭』如『彌兵』之『彌』」）。

＊2　「蠼略」について『文苑英華辯證』は揚雄「甘泉賦」に「蠖略蕤綏」とあることを引いて「蠖、於鑊反。正言車馬之狀」と言い、杜甫集が「蠼略」に作ることは誤りだと述べる。

＊3　本稿が依拠する中華書局影印本では巻一五八は明刊本に相当する。明刊本では「九日登梓州城」の本文が「伊昔黄花酒」より始まる五言律詩ではなく「客心驚暮序」より始まる別の詩になっている。これは、杜甫「九日登梓州城」の次に『文苑英華』に収められるべき張均「九日巴丘登高」であり、明刊本は杜甫の「九日登梓州城」の本文と張均詩の題が脱落していることがわかる。傅增湘『文苑英華校記』によって舊鈔本が「九日登梓州城」本文を収録していることがわかるので、本稿ではこれに拠った。

＊4　『文苑英華辯證』は以下のように述べる。

杜甫は家諱を避けずに詩の中で二度（父の諱）「閑」で押韻をしていると言われる。確かに麻沙版の孫覿の杜甫集では「…卜夜閑」「…北斗閑」と「閑」で押韻していて、現在の『文苑英華』底本でも「卜夜閑」に作っている。しかしこれらは皆誤りである。或るものでは「夜闌」に改めているがそれでは韻が合わない。卞圜が編集した杜甫集や別本では「留懽上夜關」となっていておそらく慇懃に客を留める意であろう。「上」字が「卜」になり「關（関）」字が誤って「閑」字になっただけなのだ。「北斗閑」についていては『後漢書』（巻二十三「竇憲傳」）に「朱旗絳天」（班固「封燕然山銘」）とあるのに基づく。今、杜甫「諸將五首」（其二）に「曾閃朱旗北斗閑」とあるのは、朱旗が天までも赤く染めると北斗までも赤く閃くことを言っている。「閑」はもと「殷」の字であり於顏切で赤色のことである。ほかに「殷周」の「殷」は於今切で盛んなさまのこと。『文苑英華』が編纂された時、宣宗（太祖趙匡胤の父、趙弘殷）の諱が「殷」であったので注意すべき発音であった。「殷」とは字が異なるが或るテキストでは改めて「閑」に作ったのである（赤色を意味する「殷」は『廣韻』で烏閑切、したがって「閑」と同韻字）。現在、宣宗は遷廟されて諱ではなくなったので、「殷」でこれ以上どうして迷うことがあろうか。『文苑英華』は「諸將」詩を載せないが、偶々ふたつの「閑」字について論じることになったのでここに言及しておく。

＊5・6　底本とした『文苑英華』明隆慶刊本は『宋本杜工部集』と異同がない。しかし、『錢注杜詩』巻九および傅增湘『文苑英華校記』は『英華』の異文を載せている。

＊7　底本とした『文苑英華』明隆慶刊本は『宋本杜工部集』と異同がない。しかし、『英華』隆慶本には「范曄」の下に「『宋書』范曄坐謀反將死、顧念其兒。『英華』作『范雲』、恐非。」との割り注がある。この注は南宋の周必大らによる校訂の文と思われる。これによって『文苑英華』はもともと「范曄顧其兒」を「范雲顧其兒」に作っていたことがわかる。

＊8　明隆慶刊本『文苑英華』巻三三〇は「病馬」詩のあとに校記を附している。いわく、『文苑英華』は「杜甫病馬詩二首」と題し、この詩題は其一（「乘汝亦已久…」）と一致する。其二の「至此自僻遠」は杜甫の本集では「蕃劍」詩であり、内容も詩題と一致する。「病馬」詩は其一だけであり、当時の編集の誤りからそのようになった、と。したがって其二（「至此自僻遠…」＝「蕃劍」詩）は『文苑英華』正文から削除されているが、『文苑英華』が編集された初期段階で「蕃劍」詩が掲載されていたことは事実としてのこる。この事実は、『文苑英華』が拠った杜甫詩文集では、「病馬」詩のあとに「蕃劍」詩が続いていたこと、そしておそらく「蕃劍」詩は詩題が欠落していたであろうことを示唆している。『宋本杜工部集』巻十でも「病馬」詩のあとに「蕃劍」詩が続いている。

＊9　この「杜鵑行」は『文苑英華』に司空曙の作として収められる。ただし「又見杜甫集」と注され、『文苑英華』校訂の際

に用いられた杜甫集にはこの詩が収められていたことがわかる。『錢注杜詩』附録はこの詩を収めて「見陳浩然本。亦見黃鶴本」と注している。『文苑英華』校訂で書き加えられた異文の注記「集作『…』」が陳浩然本および黃鶴本に拠った『錢注杜詩』の本文とほぼ一致することから、『文苑英華』校訂で参照された杜甫集と陳浩然本および黃鶴本との関連性を窺うことができる。

第三章　『文苑英華』からみた唐代における杜甫詩集の集成と流伝

一

第三章では、『文苑英華』から窺うことができる唐鈔本の杜甫詩文の実態――すなわち唐代における杜甫詩文の流伝状況――について考察を加えて行きたい。

まず行うべきは、唐代に流伝していた杜甫詩テキスト、樊晃の『杜工部集小集』と杜詩を選録した顧陶の『唐詩類選』との比較対象である。唐代に編集された樊晃『杜工部集小集』および『唐詩類選』については、第一節「唐代における杜甫詩集の集成と流伝」において詳述してあるのでそちらを参照されたい。樊晃『杜工部集小集』および『唐詩類選』の杜甫詩に見られる異文――『宋本杜工部集』と異なる字句――が、『文苑英華』にも同じく見られる場合、『文苑英華』が杜甫詩文集の唐鈔本を底本としていた可能性を強く示唆することになる。

まず、樊晃の『杜工部集小集』が収めていたことがわかっている杜詩六十二首のうち、『文苑英華』所収の杜詩と、異文が一致するものは以下の十首、十箇所である。

（＊右の表、1列目の番号は、第二章所掲の「『宋本杜工部集』・『文苑英華』所収杜甫詩文異同一覧」における作品番号。以下同じ。）

『宋本杜工部集』			樊晃『杜工部集小集』	『文苑英華』	
*	巻数	詩題	校記	巻数	詩句
34	15	「秋興八首」其四	「征西車馬羽車遲」：樊作「騎」	158	征西車騎羽車遲
105	9	「上韋左相二十韻」	「丹青憶老臣」：一作「直」。樊作「舊」	251	丹青憶舊臣
115	1	「戲簡鄭廣文虔兼呈蘇司業源明」	「醉則騎馬歸」：樊作「即」。	251	醉即騎馬歸
133	18	「暮秋將歸秦留別湖南幕府親友」	「水闊蒼梧野」：樊作「晩」	284	水闊蒼梧晩
163	9	「行次昭陵」	「塵沙立暝途」：樊作「暗」。	306	塵沙暗指途
183	11	「村夜」	「蕭蕭風色暮」：樊作「風色蕭蕭暮」	318	風色蕭蕭暮
185	11	「江村」	「多病所須惟藥物」：一云「但有故人供祿米」。「供」、樊作「分」。	318	但有故人供祿米
193	11	「病橘」	「剖之盡蠹蟲」：樊作「蝕」。	326	剖之盡蠹蝕
223	4	「丹青引贈曹將軍霸」	「英姿颯爽來酣戰」：樊作「猶」	339	英姿颯颯猶酣戰
235	8	「岳麓山道林二寺行」	「蓮花交響共命鳥」：樊陳倶作「池」	342	蓮池交響共命鳥

なお、163「行次昭陵」は両者の異文が完全には一致しないが「暗」字を用いる点では同じなので参考として右の表に入れた。

右以外に、『杜工部集小集』『文苑英華』の両者に収められる杜詩のうち、28「銅官渚守風」・60「後出塞五首」其三・92「寄張十二山人彪三十韻」・118「奉送郭中丞兼太僕卿充隴右節度使三十韻」・119「送陵州路使君赴任」・127

「送魏二十四司直充嶺南掌選崔郎中判官兼寄韋韶州」・131「送許八拾遺歸江寧覲省」・140「早行」・219「韋諷録事宅観曹將軍畫馬圖」・222「入奏行贈西山檢察使竇侍御」・236「發閬中」の十一首は異文が一致することがなかった。

次に顧陶『唐詩類選』が収めていたことがわかっている杜詩二十八首のうち、『文苑英華』所収の杜詩と、異文が一致するものは以下の八首、九箇所である。

『宋本杜工部集』				『文苑英華』	
＊	巻数	詩題	校記	巻数	詩句
36	9	「九日藍田崔氏荘」	「興来今日尽君歡」、作「興来終日尽君歡」（曾季貍『艇齋詩話』）	158	興来終日尽君歡
36	9	「九日藍田崔氏荘」	「明年此會知誰健」、作「明年此會知誰在」（曾季貍『艇齋詩話』）	158	明年此會知誰在
39	10	「至日遣興奉寄北省舊閣老兩院故人二首」其二	「去年今日侍龍顔」、作「去年冬至侍龍顔」（曾季貍『艇齋詩話』）	158	去年冬至侍龍顔
47	10	「奉和賈至舍人早朝大明宮」	「九重春色醉仙桃」、作「九天春色醉仙桃」（曾季貍『艇齋詩話』）	190	九天春色醉仙桃
95	11	「和裴迪登新津寺寄王侍郎」	「老夫貪佛日」、作「老夫貪賞日」（曾季貍『艇齋詩話』）	234	老夫探賞日
103	11	「報高使君相贈」	「賦或似相如」、作「賦或比相如」（曾季貍『艇齋詩話』）	242	賦或比相如

『宋本杜工部集』				『文苑英華』	
＊	巻数	詩題	校記	巻数	詩句
109	10	「寄高三十五詹事」	「池中足鯉魚」、作「河中足鯉魚」（呉曾『能改齋漫録』巻三）	251	河中足鯉魚
161	17	「哭李尚書　之芳」	「欲挂留徐劍」、作「欲把留徐劍」	158	欲把留徐劍
201	10	「病馬」	「乘爾亦已久」、作「乘汝亦已久」（曾季貍『艇齋詩話』）	330	乘汝亦已久

右以外に、『唐詩類選』『文苑英華』の両者に収められる杜詩のうち、30「天河」・32「一百五日夜對月」・38「孟冬」・98「秦州雜詩二十首」其二・100「同諸公登慈恩寺塔」・120「送梓州李使君之任」・132「送韓十四江東覲省」・146「贈獻納使起居田舍人」・172「題新津北橋樓　得郊字」・188「冬日洛城北謁玄元皇帝廟」の十首は異文が一致することがなかった。

樊晃『杜工部集小集』と『文苑英華』とでは十首、十箇所で異文が一致し、ほかの十一首では一致しない。顧陶『唐詩類選』と『文苑英華』とでは八首、九箇所で異文が一致し、ほかの十首では一致しない。――この事実からまず明らかなのは、樊晃『杜工部集小集』と顧陶『唐詩類選』は同一の杜甫の別集から杜詩を選録したのではないということである。さらに言えば、中唐期にすでに杜甫詩文集の定本が存在し広く流通していたとは考えにくい。もし、中唐期に杜甫詩文集の定本が存在し広く受容されていたならば、樊晃『杜工部集小集』・顧陶『唐詩類選』・

『文苑英華』の三者において、『宋本杜工部集』と詩文の字句を異にする場合、この三者の異文は一致するはずであるからである。やはり複数の鈔本が存在しそれぞれ伝写され流伝していたと推測できる。

続いて、『文苑英華』の杜詩異文が樊晃『杜工部集小集』と十首、十箇所で一致し、顧陶『唐詩類選』と八首、九箇所で一致するということから、『文苑英華』編纂の際に底本とされた杜甫詩文集が部分的には唐鈔本の内容を継承していることが確認できる。また、『杜工部集小集』の十二首、『唐詩類選』の十首において異文が一致しないのは、『文苑英華』が依拠した杜甫詩文集がこの両者のいずれとも系統を異にする唐鈔本に由来することを示していよう。

二

本節では、『文苑英華』・『杜工部集小集』・『唐詩類選』に見られる杜詩異文の相関関係について具体的に着目し詳述したい。

『文苑英華』と『杜工部集小集』

115「戯簡鄭廣文虔兼呈蘇司業源明」は『文苑英華』と『杜工部集小集』とで異文を同じくする五言古詩である。そしてこの詩は、九世紀後半の范攄『雲溪友議』(1)巻中「葬書生」・唐末の詩人、鄭谷「前寄左省張起居一百言、尋蒙唱酬見譽過實、卻用舊韻重答」詩(2)の自注・唐末五代の王定保『唐摭言』巻四(3)にも引用されており、そこに見られる異文と表として整理すると左のようになる。

（左表、一段名の数字は句番号）

	『宋本杜工部集』	『杜工部集小集』	『雲溪友議』	『唐摭言』	鄭谷詩	『文苑英華』
0	詩題「戯簡鄭廣文虔兼呈蘇司業源明」				詩題「贈鄭廣文」	詩題「戯簡鄭廣文虔」
1	廣文到官舎					
2	置馬堂堦下			繫馬堂堦下		
3	醉則騎馬歸	醉即騎馬歸				醉即騎馬歸
4	頗遭官長罵		頗遭長官罵	頻遭官長罵		
5	才名四十年			垂名三十年	科名四十年	
6	坐客寒無氈					
7	賴有蘇司業		近者蘇司業	賴得蘇司業		近有蘇司業
8	時時與酒銭					

115「戯簡鄭廣文虔……」詩は多くの異文を有している。この詩が唐代、広く流伝し筆写が重ねられていたためである。さらに、第七句「賴有蘇司業」上二字を『文苑英華』が「近有」に、『雲溪友議』が「近有」に作っており、両者の近似性を確認することができ、この例からも『文苑英華』が唐代に流伝していた杜甫詩文のテキストの痕跡を留めていると確認できる。

184「江村」の第七句「多病所須惟薬物」については、『宋本杜工部集』巻十一に「一云『但有故人供祿米』。『供』、樊作『分』」との夾行の注記がある。これから樊晃『杜工部集小集』が第7句を「但有故人分祿米」に作っていたことがわかる。『文苑英華』は「但有故人供祿米」に作り、樊晃『小集』と『文苑英華』とは完全には一致しないものの基本的には同じ措辞であり、しかも『宋本杜工部集』の「多病所須惟薬物」と一字たりとも一致しない。これらの材料からまず、杜甫四川滞留期の七言律詩「江村」には唐代に第七句を「但有故人分（供）祿米」に作るテキストが流伝していたこと、そして『文苑英華』がそれを継承していることを確認することができる。

樊晃の『杜工部集小集』と『文苑英華』では183「村夜」・184「江村」・192「病橘」の三首で異文が一致する。この四首は、杜詩を制作年代順に配列した仇兆鰲『杜詩詳注』では巻九・十に収められ、成都を中心に四川に滞在・流寓した時期の作品である。第一章「唐代における杜甫詩集の集成と流伝」一で述べたように、樊晃の『杜工部集小集』はこの四川滞在・流寓期の作品を多く収めていることに大きな特徴がある。そして、そのなかの四首も集中して異文を『文苑英華』と同じくすることから、杜甫の四川滞在・流寓期の作品群は一本の独立したテキスト（鈔本）として編纂された可能性を指摘することができる。『杜工部集小集』も『文苑英華』もそれに基づくために、後の『宋本杜工部集』との間に異文が生じたものと推測できる。前段落で184「江村」第七句について『小集』および『文苑英華』と『宋本杜工部集』では一句七字がすべて異なる措辞となっていることを指摘した。もし杜甫四川期作品集の独立したテキストが実際に存在したとするならば、そこでは『小集』および『文苑英華』系統の措辞（「但有故人分（供）祿米」）が収められていたと想定することができる。それとは異なる時代・場所で、改めて杜甫詩文集のテキストが編集されたとき『宋本杜工部集』と同じ「多病所須惟薬物」が採られたのであろう。さらに推測を進めれば、杜甫自身が作詩後、時を経て推敲した結果「但有故人分（供）祿米」を「多病所須惟藥物」に改めた可能性を指摘することができる。第一章「唐代における杜甫詩集の集成と流伝」一において筆者は以下の二点に言及した。①六十巻からなる杜甫詩文集が存在し、それが「江漢之南（長江と漢水流域の南）」で流行していたと伝聞されること、②張忠綱『杜集叙録』（齊魯書社、二〇〇八年十月）が、この六十巻本は杜甫自身によって編集された可能性があると指摘していること――この二点と184「江村」第七句の問題を関連づけて考えれば、六十巻の杜甫詩文集は杜甫推敲後の「多病所須惟藥物」を収め、杜甫四川期作品集の独立したテキストは「但有故人分（供）祿米」を収めていたと推測できないだろうか。樊晃は序文において六十巻本を披見しえなかったことを自ら明言している。この樊晃の告白は、本節で述べた一連の推論の妥当性を傍証するものとなっている。

ただ、222「入奏行贈西山檢察使竇侍御」は一見すると本稿の推論と相反する様相を呈しており、注意が必要である。（左表、一段名の数字は句番号。傍線は押韻字）。

	『宋本杜工部集』	『杜工部集小集』	『文苑英華』	上記以外の異文
0	詩題「入奏行贈西山檢察使竇侍御」		詩題「入奏行贈竇侍御時統檢察使」	詩題「入奏行贈竇侍御時統西山檢察使」（『英華』舊鈔本）
1	竇侍御　驥之子　鳳之雛			
2	年未三十忠義俱			
3	骨鯁絶代無			

	『宋本杜工部集』	『杜工部集小集』	『文苑英華』	上記以外の異文
4	炯如一段清冰出萬壑			
5	置在迎風寒露之玉壺			置在迎風露寒之玉壺（『全唐詩』夾行注）
6	蔗漿歸廚金盌凍		拓漿歸廚金碗凍	
7	洗滌煩熱足以寧君軀			
8	政用疏通合典則			整用疏通合典則（『宋本杜工部集』夾行注）
9	戚聯豪貴躭文儒			
10	兵革未息人未蘇		甲兵未息人未蘇	甲兵未息人未蘇（『全唐詩』夾行注）
11	天子亦念西南隅			
12	吐蕃憑陵氣頗麤			
13	賨氏檢察應時須	賨氏檢察才能俱		
14	運糧繩橋壯士喜			
15	斬木火井窮猿呼			斬木火井寒猿呼（『全唐詩』夾行注）
16	八州刺史思一戰			

	『宋本杜工部集』	『杜工部集小集』	『文苑英華』	上記以外の異文
17	三城守邊却可圖			
18	此行入奏計未小			
19	密奉聖旨恩宜殊		密奉聖主恩宜殊	
20	繡衣春當霄漢立			繡衣飄飄霄漢立（『文苑英華』所引卞氏注）
21	綵服日向庭闈趨			綵服粲粲庭闈趨（『文苑英華』所引卞氏注）
		開濟人所仰		
		飛騰正時須		
22	省郎京尹必俯拾			
23	江花未落還成都			
24	江花未落還成都			多暇還成都（『文苑英華』所引卞氏注）
25	肯訪浣花老翁無		攜酒肯訪浣花老	公來肯訪浣花老（『宋本杜工部集』夾行注）
26	爲君酤酒滿眼酤		爲君著衫捋髭鬚	携酒肯訪浣花老（『宋本杜工部集』夾行注）

	『宋本杜工部集』	『杜工部集小集』	『文苑英華』	上記以外の異文
27	與奴白飯馬青芻		『英華』この句無し	爲君著衫將髭鬚（『宋本杜工部集』夾行注）

この詩は杜甫四川期の作品であるから樊晃『小集』と『文苑英華』が異文を同じくしている方が本稿の推論には都合がよい。しかし、樊晃『小集』は第15句の下三字を「才能俱」に作り、第21句の後に五言句「開濟人所仰、飛騰正時須」があるのに対して、『文苑英華』はそれらを共有しない。この事例からは、杜甫四川期作品集の独立した、或る特定のテキストが存在し、樊晃『小集』と『文苑英華』が双方ともそれに基づいているとは考えられなくなるのである。

ただ、右に掲げたように詩本文の異同を整理すると、この詩は異文が多く錯綜した状態であり本文の確定が極めて難しいことがわかる。いまここで第20句以降を見てみたい。

20繡衣春當霄漢立
21綵服日向庭闈趨
　開濟人所仰
　飛騰正時須
22省郎京尹必俯拾
23江花未落還成都

繡衣もて春に霄漢に當りて立ち
綵服もて日び庭闈に向ひて趨る
開濟は人の仰ぐ所
飛騰は正に時に須《もち》ふべし
省郎 京尹に必ず俯拾さるるも
江花 未だ落ちずに成都に還れ

樊晃『小集』には、『宋本杜工部集』にはない二句「開濟人所仰、飛騰正時須」がある。第20～21句「竇侍御どのは春に錦を着て銀河のごとき朝廷に出仕するとともに、毎日彩色の服を着てご父母のおられる奥の間へと走っては、孝行を尽くしてご父母を喜ばせておられる」のあとに、「経世済民の才は人々が敬慕するところ、時機を失することなく飛翔されたい（開濟人所仰、飛騰正時須）」が続いても文意を損ねることはなく、さらに第22～23句「朝廷中枢の官として都長安では人々がひれ伏して竇侍御どのを待ち受けているだろうが、どうか錦江の花が散り落ちないうちに成都に帰還されよ」へと文意が損なわれることなく続く。五言句の押韻字「須」（上平聲十虞）は第21句の「趨」（上平聲十虞）・第24句の「都」（上平聲十一模）とも合う（虞韻と模韻は通押する）。したがって、この五言二句は元来、杜甫の詩稿に存在したがのち脱落した「逸句」と考えられる。

『文苑英華』もまた、まず第25・26句が『宋本杜工部集』とは大きく懸け離れた措辞となっており、しかも第27句「與奴白飯馬青芻」が無く、極めて特異なテキストとなっている。

222「入奏行……」は上元二（七六一）年、杜甫五十歳の時の作で、西山檢察使で侍御の竇某が四川・成都から都長安に入京する際の送別の詩である。送別の宴での作であり、本詩がほかの臨席者に共有されたことによって、多方面への流伝・伝写が促され、結果的に多くの異文を発生させたと考えられる。さらに第23・24句「江花未落還成都」の畳句（繰り返しの句）は、この詩が送別の宴で歌唱、あるいは朗唱された可能性を示唆していよう。そして、第21句と第22句のあいだの逸句や、第26句の異文「多暇還成都」（あるいは「還成都多叚」）(4)、第25・26・27の大幅な異同の存在は、宴席における歌唱・朗唱から離れたのち、本詩が書き定められる際に改編されたことを示していよう（杜甫自身の推敲の痕跡とも考えられる）。

また、『錢注杜詩』巻五において、錢謙益は以下のように本詩について注を施している。

箋曰、劍南自玄宗還京後、于綿・益二州、各置一節度使。百姓勞敝。高適爲蜀州刺史，因出西山三成置戍論之。請罷東川節度，以一劍南西山不急之城，稍以減削。疏奏不納。公爲閬州王使君進論巴蜀安危表。亦請罷東川兵馬。悉付西川。與適議合。而是時適在成都。與公往來草堂。則罷西川捐三城之奏。適蓋與公諮議而後行也。此詩云「此行入奏計未小」、蓋適以此疏託侍御入奏。故題曰「入奏行」也。「兵革未息」以下、隱括入奏之語。「江花未落」以下、望其奉聖旨以蘇蜀民。相與酤酒相賀。「白飯青芻」、下及奴馬。宴喜之至也。

箋に曰はく、劍南 玄宗還京より後、綿・益二州に于いて、各おの一節度使を置く。百姓 勞敝す。高適 蜀州刺史と爲り、因りて西山三城より出でて戍を置き之を論ず。東川節度を罷めんことを請ふに、一に劍南の西山は不急の城、稍以て減削すべきを以てす。疏奏するも納れられず。公 閬州王使君の爲に巴蜀の安危を論ずる表を進む。亦た東川の兵馬を罷め、悉く西川に付さんことを請ふ。適の議と合す。而して是の時 適 成都に在り。公と草堂を往來す。則ち西川（原文ママ）を罷め三城を捐つるの奏、適 蓋し公と諮議して後に行なふならん。此の詩に云ふ「此の行 入奏 計 未だ小ならず」、蓋し適 此の疏を以て侍御に託して入奏せんとす。故に題して曰はく「入奏行」なり。「兵革 未だ息まず」以下は、入奏の語を隱括す。「江花 未だ落ちず」以下は、其れ聖旨を奉じて以て蜀民を蘇らせ、相ひ與に酒に酤ひ相ひ賀さんことを望む。「白飯 青芻」、下は奴馬に及ぶ。宴喜の至りなり。

銭謙益はこの箋注において、本詩が制作された時期に、杜甫の友人、高適は蜀州刺史として蜀にあり、彼は劍南西川節度使・劍南東川節度使のうち後者を不要と考えており、同じ考えを持つ杜甫と、杜甫の草堂を往来するなかでこの議論をしていたところ、折しも竇侍御が入京することになり、高適は竇に廃止の疏を託したのであろう、と推測している（高適の東川節度使廃止の疏は結局、朝廷に納れられなかった）。銭謙益の箋注に従えば、竇侍御送別の宴席には高適も参加していたはずであり、本詩はその場で高適にも示されたと考えられる。いずれにせよ本詩が高適のもとでも保存されていたことは間違いないであろう。

　このような経緯から、本詩222「入奏行……」は制作された直後にすでに多くの異文が出来していた可能性が指摘できる詩なのである。その結果として、テキストとして非常に錯綜した状態で流伝することになったものと考えられる。杜詩のなかでこのように制作状況や流伝状況が具体的に推察できる例は極めて稀であり、本詩は極めて特異な例外的存在と位置づけることができよう。

『文苑英華』と『唐詩類選』

　36「九日藍田崔氏莊」は、『唐詩類選』の持つ三箇所の異文のうち『文苑英華』は二箇所を同じくする。また、両者はそれぞれ一箇所において異文を同じくしない。

句番号	『宋本杜工部集』	『唐詩類選』	『文苑英華』	王維詩（5）
0	詩題「九日藍田崔氏莊」			詩題「酌酒與裴迪」
1	老去悲秋強自寛			酌酒與君君自寛
2	興來今日盡君歡	興来終日尽君歡	興来終日尽君歡	人情翻覆似波瀾
3	羞將短髮還吹帽	羞將短髪猶吹帽		白首相知猶按劍

4	笑倩旁人爲正冠		笑倩傍人爲整冠	朱門先達笑彈冠
5	藍水遠従千澗落			草色全經細雨溼
6	玉山高並兩峰寒			花枝欲動春風寒
7	明年此會知誰健	明年此會知誰在	明年此會知誰在	世事浮雲何足問
8	醉把茱萸子細看			不如高臥且加餐

唐代の『唐詩類選』が「九日藍田崔氏莊」を『宋本杜工部集』と本文を三箇所も異にして採録していることは、この詩が唐代に広く流伝し筆写が重ねられたことを示している。また、次の三で述べるように、本詩はまた日本・平安時代の『千載佳句』にも頸聯が選録されており、このことも「九日藍田崔氏莊」の広範囲の流伝を示す事例となっている。そして最も留意すべきは、『文苑英華』が『唐詩類選』と二箇所の異文を同じくしているために、『文苑英華』が唐代に流伝していた杜甫詩文のテキストの痕跡を留めていると確認できることである。

杜詩のなかで、なぜ36「九日藍田崔氏莊」が唐代に広く受容されていたのか、その理由について考える際に、Owen, Stephen. "*A Tang Version of Du Fu: The Tangshi leixuan.* 唐詩類選"(6)の指摘が参考になる。

We have become so accustomed to thinking of Du Fu as the master of regulated verse in the seven-syllable line that it is hard to imagine an anthologist choosing a poem in that form because it resembled Wang Wei. Except for "A Companion Piece For Drafter Jia Zhi's'Dawn Court at Daming Palace'" 奉和賈至舍人早朝大明宮, none of Du Fu's most famous regulated verses in the seven-syllable line are anthologized in *Tangshi leixuan.* The following early Du Fu poem, however, sounds strangely familiar, even though its style is not at all characteristic of most of Du Fu's work in the form. The poem was not entirely neglected in later criticism and anthologizing, but it was far from the core of the Du Fu canon.

　私たちは杜甫を七言律詩の名手と見なすことにあまりにも慣れきっているために、王維に似ているからという理由で選者がこういったかたちの詩を選んでいるとは想像しがたい。しかし「奉和賈至舍人早朝大明宮」を除いて、杜甫の最も有名な七言律詩は一つとして『唐詩類選』に採録されていないのである。その一方で、以下の詩はほとんどの杜甫詩の持つ特徴を全く兼ね備えていないにも関わらず、不思議なほどよく知られているようだ。この詩は後世の批評や選集の編纂において全く無視されているわけではないが、杜甫の聖典的作品の核心からはほど遠い。

Owen 論文は杜甫の「九日藍田崔氏荘」を挙げ、続けて以下のように述べる。

　Perhaps the reason that Du Fu's poem sounds so familiar is that it recalls one of the few famous regulated verses in the seven-syllable line by Wang Wei, not just in style and structure but also in the three of its five rhyme-words, used in the same lines, and the good-nature but contemptuous "Mockery" Xiao 笑, in the fourth line.

　杜甫の詩がこのように有名である理由は、おそらくそれが、詩のスタイルや構成だけでなく、五つの韻字のうち三つを同じ句で用いていること、そしてお人好しであるが嘲笑的な「笑」という字をともに第四句で用いていることで、王維の何首かの七言律詩の一つを思い出させるからであろう。

本稿では、すでに右に掲げた杜甫「九日藍田崔氏荘」異文一覧表の最下段に、王維「酌酒與裴迪」を追録している。杜甫詩と王維詩を比較対照すると、両詩とも上平聲二十五寒と二十六桓の通押で押韻し、なかでも韻字「寛」「冠」「寒」を同じくし、第四句でともに「笑」を用いている。

このことから、杜甫は王維「酌酒與裴迪」に「和韻」するかたちで「九日藍田崔氏荘」を制作したものと考えられる。この杜甫の詩は至徳十五（七五六）年九月九日重陽の日、都長安が安禄山の反乱軍に占領されるなか、賊軍に捕らえられ長安に連行された杜甫が郊外の藍田・輞川にある崔氏の別荘に赴いて制作したものである。藍田の王維の別邸が崔氏のすぐ西にあったことは本詩と同時期の作である「崔氏東山草堂」尾聯「何爲西荘王給事、柴門空閉鎖松」からわかる。杜甫よりおよそ十歳年長の王維（七〇一？～七六一）は、幼少より書画・詩・音楽に才を発揮し都長安では貴顕の知遇を得て、若くして進士に及第、宮廷詩人としても名高かった。安禄山の乱勃発時、王維が給事中の要職にあったことは先に挙げた杜甫の詩に「王給事」とあることからもわかるが、反乱軍に捕らえられた王維は長安城内の寺に拘束される(7)。杜甫が重陽の節句（「九日」）に訪れた崔氏の別荘には「酌酒與裴迪」を含んだ王維の詩集があったのであろう。杜甫は、崔氏の別荘で披見し得た王維詩に「和韻」して「九日藍田崔氏荘」を制作したと推測できる。

Owen 論文はさらに、「九日藍田崔氏荘」と同じく王維詩との関連から『唐詩類選』の選者、顧陶によって評価され同書に選録されたと考えられる杜詩として94「和裴迪登新津寺寄王侍郎」を挙げる。まず、同詩の本文を以下に掲げる。

	『宋本杜工部集』	『唐詩類選』	『文苑英華』
0	詩題「和裴迪登新津寺寄王侍郎」		詩題「奉和裴迪登新津寺寄王侍郎」
1	何限倚山木		
2	吟詩秋葉黃		
3	蟬聲集古寺		
4	鳥影度寒塘		
5	風物悲遊子		
6	登臨憶侍郎		
7	老夫貪佛日	老夫貪賞日	老夫探賞日
8	隨意宿僧房		

裴迪の「新津寺に登る」に和して王侍郎に寄す

何ぞ恨まん 山木に倚り
詩を吟ずるに 秋葉 黃ばむを
蟬聲 古寺に集まり
鳥影 寒塘を度る
風物 遊子を悲しませ
登臨 侍郎を憶はしむ
老夫 佛日を貪らんとして
意に隨ひて僧房に宿す

右の詩について、Owen 論文は以下のように述べる。

In the poem above we have Du Fu composing a poem that could almost fit seamlessly into Wang Wei's collection, a style that was already conservative by 760. That style is perfectly embodied in the second couplet, which from a mid-ninth-century perspective, is masterful in a way different from those couplets now considered representative of Du Fu's genius.

上に掲げた詩（訳者注、「和裴迪登新津寺寄王侍郎」）において、杜甫は、王維の詩集にほとんど違和感なく収められるような詩を作っている。そのスタイルは七六〇年（訳者注、本詩の制作年代）にはすでに古くなっていたはずであり、それは頷聯（訳者注、「蟬聲集古寺、鳥影度寒塘」）において最も完璧に具現化されている。それは九世紀半ば（訳者注、『唐詩類選』の成立時期）の視点では卓越して優れているとみなされているが、現在私たちが杜甫の詩才を代表すると考えるものとは異なっている。

第一章「唐代における杜甫詩集の集成と流伝」二において、『唐詩類選』に採録された杜詩の特徴について、安禄山の乱が勃発してより四川に流寓した時期の作品が多いこと、古体詩を重んじず近体詩を重視する姿勢がはっきり確認できること、などを指摘したが、王維詩のスタイルを踏襲した杜詩が『唐詩類選』に採録されていることには言及しなかった。Owen 論文は本論文第一章二における論考の欠を補う貴重な指摘である。

すでに指摘したように、本詩の第七句「老夫貪佛日」を『唐詩類選』は「老夫貪賞日」に作り、『文苑英華』は「老夫探賞日」に作る。「探」は「貪」と同音の字で義も通じるので字は異なるといえども解釈上の差異はない。「佛日」を「賞日」に作る点で『唐詩類選』と『文苑英華』は一致する。『宋本杜工部集』の「老夫貪佛日」であると、「老いた私は、衆生を救済する仏の、世界をあまねく照らす光を貪るがごとく求めようとして」と解釈でき、『唐詩類選』『文苑英華』の「老夫貪賞日」であると「老いた私は、新津寺を照らす太陽を心ゆくまで観賞しようとして」と解釈できる。「貪賞」は「探賞」に同じ、「鑑賞する」の意。唐代には「老夫貪賞日」に作るテキストが流伝していたことが確認され、しかも本詩は――特に頷聯「蟬聲集古寺、鳥影度寒塘」が――王維の詩風を踏襲した点で高く評価され伝写が重ねられていたと推測できるのである。

顧陶『唐詩類選』と『文苑英華』では、36「九日藍田崔氏荘」・39「至日遣興奉寄北省舊閣老兩院故人二首」其二・47「奉和賈至舍人早朝大明宮」・109「寄高三十五詹事」の四首で異文が一致する。この四首は、仇兆鰲『杜詩詳注』では巻五・六に収められ、安禄山の乱勃発後、杜甫が粛宗のもとで左拾遺の官にあった時期、およびそれから左遷された直後の作品である。この時期の作品に四首も集中して『唐詩類選』と『文苑英華』が異文を同じくすることから、杜甫左拾遺期とその前後の作品についてもやはり一本の独立したテキスト（鈔本）として編纂されていたのではないだろうか。『唐詩類選』は『文苑英華』と異文を同じくする詩に限らず、安禄山の乱勃発後の作、すなわち左拾遺として都長安にあった時期とその前後、そして四川に流寓した時期の作品を多く収める。『唐詩類選』編集の際、編者、顧陶のもとに、杜甫全時期の作品を収録したうえで編集された杜甫詩文集の定本が存在していたとは考えにくい。むしろ部分的に収集されて成立した、それぞれ独立した複数の杜甫詩文集を参照していたものと、推測されるのである。『唐詩類選』に夔州時代とそれ以降の作品――とりわけ湖南での作品――が少ないこと（第一章「唐代における杜甫詩集の集成と流伝」二参照）もこの推測の傍証となろう。

三

続けて、『文苑英華』と『杜工部集小集』・『唐詩類選』以外の唐鈔本に見られる杜詩異文の相関関係について検討を加える。ここで参照するのは日本・平安時代の『千載佳句』である。『千載佳句』は大江維時（八八八～九六三）の撰になる上下二巻の漢詩秀句集。上巻を四時・時節・天象・地理・人事、下巻を宮省・居処・草木・禽獣・宴喜・遊放・別離・隠逸・釈氏・仙道の計十五部に分かつことなど、『文苑英華』と同じく類書の体裁を取っており、唐人を中心に新羅人・高麗人の漢詩から七言二句の秀句、計一〇八三聯を選録している。『千載佳句』には杜詩より六聯が選録されており、(8)撰者大江維時の生没年から見て、時代としては日本の平安中期、中国で言えば、『杜工部集小集』・『唐詩類選』の後、『文苑英華』の前に位置する。

以下に『千載佳句』所収の杜詩六聯を掲げる。なお、『千載佳句』本文については、金子彦二郎『平安時代文学と白氏文集―句題和歌・千載佳句研究篇―』(9)を底本とした。

『宋本杜工部集』				『千載佳句』	『文苑英華』	
	巻数	詩題	詩句	詩句	巻数	詩句
33	18	「清明二首」其二	秦城樓閣煙花裏 漢主山河錦繡中	秦城樓閣鶯花裏 漢王山川錦繡中	157	(『宋本杜工部集』に同じ)
36	9	「九日藍田崔氏莊」	藍水遠従千澗落 玉山高並兩峰寒	藍水遠従千澗落 玉山高對兩峰寒	158	(『宋本杜工部集』に同じ)
47	10	「奉和賈至舍人早朝大明宮」	五夜漏聲催曉箭 九重春色醉仙桃	五夜漏聲催曉箭 九天春色醉仙桃	190	五夜漏聲催曉箭 九天春色醉仙桃
213	1	「樂遊園歌」		詩題「陪陽傳賀蘭長史會樂遊原」	336	詩題「晦日賀蘭楊長史筵醉中歌」
			數莖白髮那抛得 百罰深盃亦不辭	數莖白髮那抛得 百罰深盃也不辭	336	數莖白髮那抛得 百罰深盃也不辭(10)

9	「城西陂泛舟」	魚吹細浪揺歌扇 燕蹴飛花落舞筵	（異文なし）	（『文苑英華』は収めず）
10	「曲江對雨」	林花著雨燕脂落 水荇牽風翠帶長	林家着雨燕脂落 水荇牽風翠帶長	（『文苑英華』は収めず）

杜詩の日本への流伝が確認できる最も早期の資料としては、平安初期、弘仁九（八一八）年に嵯峨天皇の勅命を受けた藤原冬嗣が仲雄王や菅原清公らに命じて編集させて成った『文華秀麗集』のなかに、

可妬桃花徒映靨　　妬む可し　桃花の徒らに靨《えくぼ》に映ゆること
生憎柳葉尚舒眉　　生憎《あやにく》や柳葉の尚ほ眉より舒《の》ぶること
（菅原清公「奉和春閨怨」）　　（「春の閨怨に和し奉る」）

とあり、これが杜甫の、

不分桃花紅勝錦　　分《わきま》へず　桃花の紅なること錦に勝ること
生憎柳絮白於綿　　生憎や　柳絮の綿より白きこと
（「送路六侍御入朝」）　　（「路六侍御の入朝するを送る」）

を踏まえた表現であることが先行研究によって指摘されている。[11] 菅原清公が杜詩を踏まえて「奉和春閨怨」を制作したのは、日本の留学僧、圓仁が、杜甫詩文集と考えられる「杜員外集二巻」を五百六十巻あまりの経典とともに日本に将来した［日本］承和十四年・［唐］大中一年（八四七）や、および顧陶『唐詩類選』の序文が書かれた唐、大中十（八五六）年よりも三四十年早く、杜甫没後からかなり近い時期にすでに杜詩が日本に伝えられていたことがわかる。

『千載佳句』の杜詩六聯は、『文華秀麗集』に続いて杜詩の日本への流伝状況を窺い知ることができる貴重な資料である。日本に伝わった後の誤写の可能性も考えられるので、これらが唐鈔本の杜集の実態をそのまま伝えているか、完全には保証されない。例えば、36「九日藍田崔氏莊」の第六句（頷聯下句）を『千載佳句』が「玉山高並兩峰寒」に作ることについては、他のテキストに見られない異文であるので、日本流伝後に発生した可能性も否定できない。その一方で、33「清明二首」其二において、『千載佳句』が第九句「秦城樓閣鶯花裏」に作ることについては、『宋本杜工部集』の夾行注に「一作鶯」とあり中国の杜集の一本ですでに「鶯」に作っていることが確認できるので、日本での変更でないことがわかる。ただ、第七句「旅雁上樓歸紫塞」・第十一句「春去春來洞庭闊」という異文を持つ『文苑英華』が、この詩の第九句については『宋本杜工部集』と同じく「秦城樓閣煙花裏」に作っており、異文を見いだし得ない。このことから、『千載佳句』『文苑英華』が基づく杜詩テキストは同一のものではないことがわかる。杜詩テキストが錯綜した状態で流通していたことを示していよう。

47「奉和賈至舍人早朝大明宮」は、『千載佳句』『文苑英華』『唐詩類選』がすべて第二句（首聯下句）「九天春色醉仙桃」に作っており、唐代にはこの表現が広く受容され日本にまで流伝したことが確認できる。さらに213「樂遊園歌」については、『千載佳句』『文苑英華』が同一ではないものの類似した詩題を持っており、『宋本杜工部集』

とは異なる様相を呈している。『宋本杜工部集』は題下の自注に「晦日賀蘭楊長史筵醉中作」とあり、『千載佳句』『文苑英華』はこの自注が詩題に取り入れられたものと考えられる。『宋本杜工部集』と、『千載佳句』および『文苑英華』のどちらがより杜甫の原作に近いのかを判断する決定的な証拠はない。しかし、①『文苑英華』より早い『千載佳句』に「陪陽傳賀蘭長史會樂遊原」とあり、『英華』がそれ類似する詩題を持っていたこと、②両書ともに第十六句「百罰深盃也不辭」の異文を持つこと、この二点からも『英華』が唐代に流伝していたテキストに基づいていたことだけは高い蓋然性をもって確認することができる。

平安中期までにどのような杜甫詩集のテキストが日本に将来され、それから『千載佳句』に採られたのか、このことについて黒川洋一「日本における杜詩享受の歴史」（注（8）参照）は杜甫の別集が日本に流伝していたのではなく「恐らくは唐詩のなんらかの選本より採録されたもの」と推測し、具体的には顧陶『唐詩類選』の名を挙げる。三木雅博「中国晩唐期の唐代詩受容と平安中期の佳句選――顧陶撰『唐詩類選』と『千載佳句』『和漢朗詠集』」(12)もまた『唐詩類選』が『千載佳句』の底本であった可能性を指摘する。ただし、第一章で列挙したように、異文の存在から『唐詩類選』に採録されていたことがわかる杜詩二十八首のなかに、36「九日藍田崔氏莊」・47「奉和賈至舍人早朝大明宮」の二首しか『千載佳句』所収の杜詩と一致するものを見いだし得ない。もちろん『唐詩類選』の二十八首は異文があったために採録が判明したに過ぎず、『千載佳句』の33「清明二首」其二・213「樂遊園歌（「陪陽傳賀蘭長史會樂遊原」）」・「城西陂泛舟」・「曲江對雨」もまた『唐詩類選』に収められていた可能性も十分に考えられる。213「樂遊園歌（「陪陽傳賀蘭長史會樂遊原」）」・「城西陂泛舟」は安録山の乱勃発前の杜甫初期の作であり、33「清明二首」其二は大暦年間の杜甫湖南漂泊期に制作された最晩年の作品である。これは『唐詩類選』が杜甫生涯の詩作をすべて網羅していることと一致する。さらに、『千載佳句』六聯のなかに、36「九日藍田崔氏莊」・47「奉和賈至舍人早朝大明宮」・「曲江對酒」の三首が安禄山の乱勃発後から杜甫が粛宗のもとで左拾遺の官にあった時期までに制作された作品であることに留意したい。この時期の杜詩群は『杜工部集小集』・『唐詩類選』の双方において多く採録されており、『千載佳句』も同様である。杜甫左拾遺期とその前後の作品群は中唐期に広範囲に流伝していたと考えられ、独立したテキスト（鈔本）として編纂されて可能性も指摘できるのである。

四

以下、『文苑英華』が記録する杜詩の「逸句」について検討を加える。ここで言う「逸句」とは『宋本杜工部集』所収の杜詩中に見られず、他のテキストに記録されている詩句のことを言う。「『文苑英華』と『杜工部集小集』」ですでに示したように、樊晃『杜工部集小集』は222「入奏行贈西山檢察使竇侍御」の第23句「綵服日向庭闈趨」と第24句「省郎京尹必俯拾」のあいだに「開濟人所仰、飛騰正時須」の五言二句を収めている。これは『宋本杜工部集』にも『文苑英華』にも見られない「逸句」である。もとは杜甫の詩稿に存在したにもかかわらず、杜詩の流伝と編纂の過程で脱落したものと考えられる。したがって、この種の「逸句」を収める杜甫詩テキストは極めて重要である。

『文苑英華』もまた一例、杜詩の「逸句」を収める。

「八哀詩　故秘書少監武功蘇公源明」
35范曄顧其兒
36李斯憶黄犬
37秘書茂松意（色）(13)
再扈祠壇墠
前後百巻文
枕藉皆禁臠
篆刻揚雄流
38溟漲本末淺

「八哀詩　故秘書少監武功 蘇公 源明」
范曄は其の兒を顧み
李斯は黄犬を憶ふ
秘書 茂松の意（色）
再び祠壇墠に扈ふ
前後 百巻の文
枕藉は皆 禁臠
篆刻 揚雄の流
溟漲 本末 淺し

「再扈祠壇墠、前後百巻文。枕藉皆禁臠、篆刻揚雄流」の四句は『文苑英華』にのみ見られる逸句で、「蘇公は再度、皇帝に随い宮中の祭祀の場に赴き、その前後にわたって百巻もの文を起草された。枕元にも座席にも自ら愛するもののみを置き、篆刻は揚雄の流れを汲む」と解釈できる。本詩第35～36句「范曄は処刑の場に臨んで我が子を顧み、李斯もまた刑場で黄色い猟犬のことを思った」に続き、第37～38句は「蘇公は生い茂る松のごとく悠然、（蘇公に比して）溟海と漲海は終始、浅かったのだ」と解釈できる。第37句と第38句のあいだにこの逸句を置くのは文意から見て不自然である。ただ、逸句の押韻字「墠」（上聲二十八獮）と「臠」（上聲二十八獮）は第36句の「犬」（上聲二十七銑）・第38句の「淺」（上聲二十八獮）とも合う（銑韻と獮韻は通押する）ので、この逸句はやはり「八哀詩　故秘書少監武功蘇公源明」にあったものと見なしうる。したがって、この逸句は詩中の他の場所に置かれていたものと考えられよう。

詩句の脱落は詩の伝誦・伝写の際に起こりやすい。他の杜詩テキストでは脱落してしまった詩句を『文苑英華』が保存しているのは極めて貴重であると言える。また別の面から見れば、或る詩句を不自然な箇所に挿入する誤りは伝写の際に起こりやすい現象であるから、この箇所は『文苑英華』が唐鈔本の特徴を保存していることを示す例と判断できる。

五

以上の考察に基づき、本節では『文苑英華』から見た唐鈔本の杜甫詩文の実態について概括する。

静永健「『文苑英華』所収の杜甫詩文について（一）」(14)は、『文苑英華』と唐鈔本の杜甫詩文の関係を論じた先行論文であり、本稿にとって極めて重要な研究成果である。同論文は以下のように述べる。

私見では、この『文苑英華』編集時に使用された「杜甫集」（以下、英華本と仮称する）は、先述の王洙編集の『杜工部集』（王洙本）とほぼ同規模の杜甫の全集であったと推定される。

静永論文はこの推測の根拠としてまず、杜詩を古体詩・近体詩に分けそれぞれ年代順に配列した「王洙本」二十巻のすべての巻に、『文苑英華』所収の杜詩が収められていることを挙げる。なお、ここで言う「王洙本」とは、北宋・宝元二年（一〇三九）に王洙が編集し、現在にいたる杜甫詩文集の祖本として最も貴重な『杜工部集』二十巻本のことを指す。「王洙本」そのものは現存しないが、『宋本杜工部集』がその原貌を今に伝える（王洙本『杜工部集』および『宋本杜工部集』編集については後述）。以下の表は静永論文より転載したものである。

『文苑英華』所収作品の宋本（王洙本）における分布（巻19・20は文を収める）

巻1	巻2	巻3	巻4	巻5	巻6	巻7	巻8	巻9	巻10	巻11	巻12	巻13	巻14	巻15	巻16
18	14	15	12	15	3	23	18	14	31	17	12	5	6	8	6

巻17	巻18	巻19	巻20	佚詩
9	10	8	8	7

静永論文は「もし上掲の分布表に一巻でも『0』の数字が見えた場合、英華本の杜甫詩集は、その時期の彼の作品を目睹していない可能性が生じる」と述べ、上掲の表に「0」の数字がないことから、『英華』が杜甫の全生涯の作品を網羅していることを指摘する。さらに同論文は清、仇兆鰲『杜詩詳注』での分布を調べ、この指摘が適切であることを再確認している。『杜詩詳注』は宋代以降の杜詩学を集大成し、最も精確な杜甫年譜の構築を企図した書であり、杜詩を古体詩・近体詩に分かたずに編年順に配列している点で杜甫生涯の詩作の過程を把握しやすくなっている。以下の表もまた静永論文より転載したものである。

『文苑英華』所収作品の『杜詩詳注』における分布（巻24・25は文を収める）

巻	数
巻1	6
巻2	12
巻3	11
巻4	10
巻5	17
巻6	18
巻7	8
巻8	7
巻9	14
巻10	19
巻11	11
巻12	11
巻13	8
巻14	8
巻15	11
巻16	9
巻17	5

巻	数
巻18	4
巻19	3
巻20	6
巻21	13
巻22	25
巻23	7
巻24・25	16

静永論文は最後に以下のように結論する。

> 杜甫の詩文集は、北宋の王洙が編集する以前、すでにその全生涯の作品を網羅したものが成立していたように推測される。そして、その一本の残像が、間違いなくこの「英華本」杜甫集に保存されていると考えられるのである。

本稿では静永論文のこの指摘について若干の検討を加えたい。『英華』が杜甫の全生涯の作品を網羅しているとの指摘については確かなことであり異論は無い。しかしながら、右二種の表を一覧すると、三点の留意すべき傾向を指摘することができる。

1. 右二種の表の前者で、王洙本『杜工部集』（より正確に言えば『宋本杜工部集』）巻10所収の杜詩のうち31首が『英華』に収録されており、他に比べて著しい多さを示している。『杜工部集』巻10は安禄山の乱勃発後、杜甫が粛宗のもとで左拾遺の官にあった時期、およびそれから左遷された後の近体詩を収録する。本章では二において、この時期の作品に四首も集中して『唐詩類選』と『文苑英華』が異文を同じくすることから、杜甫左拾遺期とその前後の作品について或る独立したテキスト（鈔本）が編纂されていた可能性を指摘した。宋初の太平興国七（九八二）年より始まった『英華』編集の際、参照された杜甫詩文集のテキストには、本稿が想定する「杜甫左拾遺期とその前後の作品を収めたテキスト（鈔本）」の系統を受け継ぐものが含まれていたのではないだろうか。

2. 右二種の表の後者を見ると、仇兆鰲『杜詩詳注』巻15から巻20に相当する『英華』所収の作品数が他に比べて少ないことに気づく。巻15から巻20までは杜甫夔州時代の作品であり、夔州時代の作品は杜甫の現存する作品の三分の一を占めるにもかかわらず、『英華』の収録状況はそれに反比例している。そしてこれは——第一章「唐代における杜甫詩集の集成と流伝」で述べたように——『杜工部集小集』『唐詩類選』にも共通する傾向であった。夔州時代の作品は、中唐期から晩唐期・五代をへて『英華』が編集された宋初にいたるまで、ごく少数のものしか流伝しておらず、王洙本『杜工部集』（北宋・寶元二〈一〇三九〉年）に収められている多数の作品群は「発見」されていなかったとも考えられる。

3. 右二種の表の後者で『杜詩詳注』巻22に相当する『英華』所収の作品数が25であり、他と比べて著しい多さを示している。巻22は杜甫最晩年、大暦四（七六九）年前後の湖南漂泊期の作品を収める。『英華』がこの時期の作品を多く収めるのは樊晃『杜工部集小集』と同じである（第一章「唐代における杜甫詩集の集成と流伝」参照）。従って、『英華』が参照した杜甫詩文集のテキストには、その約二百十年前に樊晃が杜詩を収集して編んだ『杜工部集小集』の系統を受け継ぐものが含まれていた可能性を指摘することができる。

この三点から、『文苑英華』所収の杜甫詩文が王洙本『杜工部集』（『宋本杜工部集』）とは異なる独特の特徴を持つことを指摘できる。

また、第二章「『宋本杜工部集』・『文苑英華』所収杜甫詩文の異同について」において、『文苑英華』所収の杜甫詩と杜甫と唱和した他詩人の作品、計二六二首について、『宋本杜工部集』との異同を調査し、全く異文のないものはわずか詩二十三首に止まり、それ以外の二三九首すべてに異文が見られること、その二三九首のうち、個々の句において異文が確認できるのは七二七箇所にのぼることを指摘し、この数の多さから、北宋期の『文苑英華』と王洙本『杜工部集』では底本とする杜甫詩文集テキストが異なる、と結論した。

本章の一において「中唐期にすでに杜甫詩文集の定本が存在し広く流通していたとは考えにくい」と述べた。さらに論を進めれば、王洙本『杜工部集』と、幾つかの事例では明らかに唐鈔本の原貌を留めている『文苑英華』とが大きく異なる以上、中唐期から『文苑英華』までのあいだに、王洙本『杜工部集』と変わらない完全さを備えた杜甫詩文集のテキストが編集されていたと想定することも難しくなる。

したがって、静永論文がその存在を推測する、「北宋の王洙が編集する以前、すでにその（引用者注、杜甫の）全生涯の作品を網羅した」杜甫の詩文集は、仮に存在していたとしても、古体詩三九十首、近体詩一千六首を収める王洙本『杜工部集』のごとき全きものではなかったと判断することができる。杜甫が没した直後に編集され二百九十篇の杜詩を収める樊晃『杜工部集小集』は杜甫の全生涯の作品を網羅しているが、安禄山の乱が勃発後から四川に流寓した時期にかけての作品が多く、それに次いで最晩年の湖南漂泊期の作品が多く収められる一方、安禄山の乱勃発前の作品と夔州時代の作品が少ないなど、収録される杜詩は制作時期によって偏在している。『文苑英華』所収の杜詩もそれに似た傾向を示している。『文苑英華』もまた『杜工部集小集』『唐詩類選』と同じく、部分的に収集されて成立した、おのおの独立した複数の杜甫詩文集を参照していた可能性を否定できないのである。

六

以上、唐代の『杜工部集小集』・『唐詩類選』、宋初の『文苑英華』を主な資料として唐代における杜甫詩集の集成と流伝の状況について考察を加えた。杜甫については白居易（楽天）のように作者自身の編集による詩文集が中国・朝鮮・日本にほぼ完本に近いかたちで保存されている状況になく、研究の際に依るべき資料が極めて限られているために、今回の考察では、ごく少数の限られた杜詩についてのみ、その流伝状況を明らかにするに止まった。また、杜集の編集状況についても多く推測を重ねることになった。

さらに、以下に掲げる三点については、現在のところに十分な資料や論拠を持ち合わせないために未解明のままである。

1．『杜工部集小集』の序文において編者樊晃は、彼のまだ見ぬ杜集六十巻が「江漢之南（長江と漢水流域の南)」で流行していたと記している（第一章「唐代における杜甫詩集の集成と流伝」一参照）。この「六十巻」という大部の杜集(15)はその後、全く継承されることなく散逸したのか、それとも散逸の過程で分解されその一部が杜集残巻としてのこり、後代の杜甫詩文集に吸収されているのか。

2.

六十巻の杜甫集が流行していた「江漢之南」と、杜甫の二子、宗文・宗武が流遇していた「江陵（現在の湖北省荊沙市一帯）」は地理的にほぼ一致するから、この杜集は宗文・宗武のもとから出たものと考えられる。元稹（七七九～八三一）が元和八（八一三）年、江陵府の士曹參軍であったとき、杜甫の孫、杜宗武の子である杜嗣業が、江陵にあった祖父の棺を開いて偃師（現在の河南省偃師市）にある杜家の墓地に改葬するために江陵に至り、元稹に墓誌銘の制作を求める。その「唐故工部員外郎杜君墓係銘」(16)では、杜家と杜甫詩文集との関係に言及することはなく、むしろ、

予嘗欲條析其文、體別相附、與來者爲之准、特病懶未就。

予嘗て其の文を條析し、體別に相ひ附し、來者のために之れが准を爲さんと欲するも、特だ懶を病みて未だ就さざるのみ。（傍点、引用者）

と述べる。かつて杜甫の詩文を詩体・文体別に編集しようとする意欲を持っていたということは、元稹は杜嗣業に会う以前にすでに杜甫詩文集を所有・閲覧していたことを意味していよう。江陵、あるいは杜家と深い関わりを持つはずの六十巻本に言及せず、元稹自身が以前より杜集を所蔵していることを暗示しているので、前者が元稹・杜嗣業の時代に散逸していたとも考えられるが、確証はない。(17)

3．白居易（七七二～八四六）が元和十（八一五）年親友の元稹に送った「與元九書」のなかで「杜詩最多、可傳者千餘篇」と述べており、この時点で伝わっていた杜詩が「千余篇」であったことがわかる。この数は、古体詩三九十首、近体詩一千六首を収める王洙本『杜工部集』に近くなっており、このことから黒川洋一「中唐より北宋末に至る杜詩の發見について」(18)は「白居易はこのとき杜甫の全集を讀んでいたのではないかと思われる」と推測する。しかしながら、白居易の言う「千餘篇」が王洙本『杜工部集』が収める詩篇にほぼ一致しており、中唐、白居易の時代にすでに王洙本『杜工部集』に接近した杜甫の全集が存在していたことを証明する根拠はない。ただ「千餘篇」という数字からそのように推測できるに過ぎない。もし存在していたならば、白居易の五十年後、大中十（八五六）年に顧陶が『唐詩類選』を撰する際にも参考にされたはずであるが、それが認められないことを本論文ですでに主張したとおりである。

その一方で、白居易が所蔵していた杜詩「千餘篇」の詳細については未詳である。筆者は、本論文におけるこれまでの論究に従って、白居易のもとにあった「千餘篇」の杜詩は、部分的に収集されて成立した、おのおの独立した複数の杜甫詩文集を総合したものではないか、と推測する。

これらの問題については、現在のところ、新資料の発見もないので、未解決のままである。北宋、王洙『杜工部集』以前の杜甫詩文の受容・流通を解明するうえで重要なポイントであるため、未解決であることを恨みなしとはできない。

注

（1）古典文學出版社、一九五七年。

（2）嚴壽澂・黄明・趙昌平［箋注］『鄭谷詩集箋注』巻三（上海古籍出版社、一九九一年）。

（3）上海古籍出版社、一九七八年。

（4）『文苑英華』巻三四〇に見られる彭叔夏らの校訂から、『卞氏集注杜詩』は第26句「江花未落還成都」を「多暇還成都」に作っていたことがわかる。したがって第26句には「江花未落還成都」と「還成都多暇」の二種類の異文があったことがわかる。『卞氏集注杜詩』とは、宋、卞大亨と卞圜の父子による杜詩注釈書。父卞大亨は北宋、靖康年間（一一二六～七）の人であり、子卞圜は南宋、紹興三十（一一六〇）年の進士であるから、『卞氏集注杜詩』はかなり早期の杜詩テキスト・注釈である。『卞氏集注杜詩』はすでに伝わらないが『文苑英華』の周必大・胡柯・彭叔夏らの校訂の際に用いられているので、『英華』中の校記や彭叔夏『文苑英華辨證』などに引用されている。そして、「還成都多叚」は、『錢注杜詩』巻四の夾注に見える異文。

（5）陳鐵民［校注］『王維集校注』巻五（中華書局、一九九七年）。

（6）*Tang Studies* Volume 25 (2007) :57-90

（7）『宋本杜工部集』巻九は「九日藍田崔氏莊」と「崔氏東山草堂」の両詩を「春望」と同じく、至德十五（七五六）年杜甫が安祿山の反乱軍に捕らえられ長安に連行されて賊中にあった時期の作と編年する。『錢注杜詩』巻九もこれに従う。しかし、仇兆鰲『杜詩詳注』巻六は南宋・黄鶴の杜詩注に従って『宋本杜工部集』『錢注杜詩』の編年を否定し、都長安が賊軍より奪還された、杜甫左拾遺時期の作とする。その根拠として仇注は、賊軍に捕らえられていた杜甫が京城から遠く離れた藍田に行くことは不可能であったこと、長安・洛陽の両京が賊軍に占領され中国全土が騒乱状態にあるなかで「興来今日尽君歡」（「九日藍田崔氏莊」第二句）と歓楽を詠っているのは理に合わないこと、などを挙げる。それに対して、謝思煒「《宋本杜工部集》注文考辨」は概略、以下のように反駁する（《中國歷史文獻研究集刊》第五集、岳麓書社、一九八四年。いま『唐宋詩學論集』に収む。商務印書館。二〇〇三年）。――杜甫は長安で賊軍の拘束を受けてはおらず、京城外の曲江にも行っており（七言古詩「哀江頭」はその時の作）、最終的には長安から凰翔に逃れている。杜甫の身分は当時全く高くはなく周囲にも彼の身分が認識されることはなかった。「九日藍田崔氏荘」の1「興来今日尽君歡」、7「明年此會知誰健」と詠っているのも自由気ままさの表れではなく、全土が騒乱状態にあるなかで偶然にも知己と出会うことができたのだから、一時の感興を尽くすことは当然のことである、と（以上、概略）。――

『宋本杜工部集』の「崔氏東山草堂」尾聯「何爲西莊王給事、柴門空閉鏁松」には夾行注「王維時被張通儒禁在東山北寺。有所歎惜、故云」が付せられている。「王維はちょうどこの時、賊軍の張通儒によって『東山北寺』に拘禁されていた。私は嘆き惜しんでこのように詩に詠んだのである」と解釈でき杜甫の自注と見なし得る。しかし、この夾行注「王維時被…」を杜甫の自注と見なすと、仇注の「崔氏東山草堂」を都長安が賊軍から回復された後の作とする説とは合致しない。従って仇注はこの夾行注を後人が加えた誤った注と見なしている。また、『錢注杜詩』において錢謙益は「崔氏東山草堂」を杜甫賊中の作と見なすものの、この夾行注については杜甫の自注ではなく『錢注杜詩』が底本とした呉若本（南宋期）の注と見なしている。これに対して謝思煒論文は、「崔氏東山草堂」を収める『宋本杜工部集』巻九が北宋期、王洙によって編集された『杜工部集』の系統に属していること、また王洙本に含まれる夾行注はすべて杜甫の自注と考えられることから、この「王維時被…」もまた杜甫の自注と見なしている。本稿はこの謝思煒論文の見解に従う。

（8）『千載佳句』が杜詩を採録することに言及している先行研究として黒川洋一「日本における杜詩享受の歴史」（初出：一九六六年四月。『杜甫の研究』所収、創文社、一九七七年十二月）がある。

（9）培風館、一九五五年増補版。

（10）『文苑英華』明刊本（＝一九六六年中華書局影印本）は「百罰深盃辭不辭」に作るが、『文苑英華』舊鈔本は「百罰深盃也不辭」に作る。本論文第二節において『文苑英華』本文は明刊本よりも舊鈔本に従うべきことを述べたが、この箇所についても舊鈔本に従い「也」とする。

（11）注（9）所掲の黒川洋一「日本における杜詩享受の歴史」は、豊田穣「唐詩俗語攷」の「不分」の条（『唐詩の研究』所収、養徳社、一九四八年）が最も早い時期にこのことを指摘していると述べる。

（12）『国語と国文学』第八十二巻五号、東京大学国文学会、二〇〇六年一月。

（13）『文苑英華』は「意」を「色」に作る。

（14）『文學研究』第一〇六輯、九州大学大学院人文科学研究院、二〇〇九年三月。

（15）黒川洋一「中唐より北宋末に至る杜詩の發見について」（初出：一九七〇年。注（8）所掲『杜甫の研究』所収）は注の（3）で「『舊唐書』杜甫傳に「甫集六十巻」とあり、『新唐書』藝文志に『杜甫集六十巻』とあるのは、おそらくはこの樊晃の序文によったものと思われるが、この『六十巻』という数字には誤りがあるものと考えられる」と述べる。静永健「『文苑英華』所収の杜甫詩文について（一）」（注（14）所掲）も注の（4）で「それが果たして『六十巻』もの分量があったのかも不明（数字そのものについては誤写・誤伝の可能性は否めない）」と述べる。

（16）『元稹集』巻三十「書」（冀勤［點校］、中華書局、一九八二年八月）。

（17）注（15）所掲の黒川論文は「元稹が杜嗣業よりその祖父の墓誌銘を書いてほしいとの依頼を受けたとき、かならずや元稹は杜嗣業より杜甫の詩集の稿本を見せてもらったに相違ない」と述べる。しかし本稿はこの見解を採らない。なぜならば、元稹は「私はかつて杜甫の詩文を詩体・文体別に編集し、後輩のために杜詩理解の基準を作ろうとしたが、怠惰に流されてそのままになっている」と述べるのみであり、「杜嗣業より杜甫の詩集の稿本を見せてもらった」とは述べていないからである。もし、杜家伝承の杜甫詩文集を入手したならば上記のような筆致にはならないであろう。この墓誌銘から確認できるのは、元稹が以前より杜集を所蔵・閲覧していたことだけである。

（18）注（15）参照。

第四章　宋代における杜甫詩集の集成と流伝

一

北宋の王洙が編纂した『杜工部集』二十巻は、あらゆる杜甫集の祖本と言うべき存在である。ただ、同書は現存せず、『宋本杜工部集』（張元濟［輯］『續古逸叢書』（1）所収）に王洙の「杜工部集記」が収められるのみである。以下、「杜工部集記」を杜甫の伝記を記した前半部は省略し、唐・五代・宋の杜甫集の編集と流伝について記した後半部を引用する（引用文中、小字部分は原書では双行夾注）。

「杜工部集記」　　翰林學士兵部郎中知制誥史館終撰太原王洙撰

（前半部略）

甫集初六十卷。今祕府舊藏、通人家所有稱大小集者、皆亡逸之餘。人自編摭、非當時第次矣。蒐裒中外書、凡九十九卷。古本二卷。蜀本二十卷。集略十五卷。樊晃序小集六卷。孫光憲序二十卷。鄭文寶序少陵集二十卷。別題小集二卷。孫僅一卷。雜編三卷。除其重複、定取千四百有五篇、凡古詩三百九十有九、近體千有六。起太平時終湖南所作、視居行之次與歲時爲先後、分十八卷。又別録賦筆雜著二十九篇、爲二卷、合二十卷。玆未可謂盡、他日有得、尚副益諸。寶元二年十月。

杜甫の詩文集は最初は六十巻であった。いま宮中の秘府（書庫）に収蔵されている杜集や、杜詩に通じた者の所有する杜集は、みな散逸した六十巻本の残ったものに過ぎない。人々は各自（杜詩を）収集し編纂しているが、杜甫生前の事跡に即して時系列に配列はしていない。（私は）朝廷や地方の書を集め、杜集は九十九巻となった（古本二巻。蜀本二十巻。集略十五巻。樊晃序小集六巻。孫光憲序二十巻。鄭文寶序少陵集二十巻。別題小集二巻。孫僅一巻。雑編三巻）。重複した詩を除き、一千四百五篇の詩を定めて収録した。古詩は三百九十九篇、近体詩は一千六篇である。開元年間の太平な年代から始まり、洞庭湖の南で終焉を迎えるまでの作品について、杜甫の事跡の順序や歳時に鑑みて、（詩を）十八巻に分けた。さらに別に賦や散文やさまざまな著作二十九篇を収録して二巻とし、併せて二十巻とした。この書では（杜詩の編集を）尽くしたとは言えないので、後日にさらに得ることがあれば、増補してこの書をより有益なものにできるだろう。寶元二（一〇三九）年十月。

右に引用した、後半部は唐・五代・宋の杜甫集の編集と流伝が記されている。

曾鞏『隆平集』巻十四、歐陽修「翰林侍讀侍講學士王公墓誌銘并序」（『歐陽文忠公集』巻三十一）、『宋史』巻二九四などによれば、王洙（字は原叔、九九七～一〇五七）は、進士に挙げられるものの或る事件に連座して免官となり、その後再挙されるもののまた免官になるなど、その経歴は平坦なものではなかった。しかし、極めて該博な学問のあった人物であったことから、南京留守、晏殊の厚遇を受け府學教授となったのを皮切りに國子監説書を経て直講、天章閣侍講、史館檢討となるなど、学者として活躍した。景祐年間、宋祁のもと、歐陽修らとともに『崇文總目』の編集に関与し、皇祐年間には雅楽の制定のために宋祁に推薦され、左遷先の地方官から中央に呼び戻されるなど、音律にも詳しかった。「杜工部集記」には「翰林學士」とあるが、それは元和元（一〇五四）年のことなので、王洙が杜甫集を編纂し、寳元二（一〇三九）年に「記」を著したのはそれより十五年前であり、おそらく太常博士に任ぜられ、また國子監に在りつつ、『崇文總目』編集に関与していた時期のことであろう。

二

王洙「杜工部集記」のなかの「古本二卷」から始まる注記は、王洙以前の杜甫集の編集の記録として極めて重要である。

［1］古本二卷

王洙所蔵杜甫集の筆頭に掲げられることから唐代の鈔本であろう。この本について、張忠綱［等編著］『杜集叙録』[2]一「唐五代編」『古本杜甫集　二卷　［唐］闕名編』は北宋、張耒『明道雜志』の一条を引く。

張耒『明道雜志』、杜甫之父名閑、而甫詩不諱閑。某在館中時、同舍屢論及此。余謂甫天姿篤於忠孝、於父名非不獲已、宜不忍言。試問王仲至、討論之果、得其由大抵本誤也。「寒食」詩云、「田父邀皆去、鄰家閑不違」。仲至家有古寫本杜詩作「閑不違」作「問」。實勝「閑」。又「諸將」詩云、「見愁汗馬西戎逼、曾閃朱旗北斗閑」。寫本作「殷」字、亦有理、語更雄健。又有「涓涓戲蝶過閑幔、片片驚鷗下急湍」。本作「開幔」。「開幔」語更工、因開幔見蝶過也。惟「韓幹畫馬贊」有「御者閑敏」。寫本無異説。雖容是閑敏、而『禮』「卒哭乃諱」。「馬賛」容、是父在所爲也。

張耒『明道雜志』に以下のようにある。杜甫の父は名が閑であるが、杜甫は詩において諱「閑」の字を避けていない。私は史館に在職している時、同僚とこのことについてしばしば論じ合った。私が思うに、杜甫は生来忠孝に篤く、父の名をやむを得ずに用いるということでもなく、（父の名を）言うのを言うに忍びなかったのだろう。試みに王仲至（王欽臣、王洙の子）に聞いて討論した結果、（「閑」を用いないのは）たいていはテキストの誤りに基づくことがわかった。「寒食」詩に「田父　邀へて皆去《ゆ》き、鄰家　閑にして違わず」とあるが、杜詩が「閑にして違はず」と作るのを、仲至の家の古鈔本では「問《おく》る」に作る。（「鄰家に問《おく》るも違わず（隣家に食物の贈り物をしても私の厚情に違うことなくそれを受け取ってくれる）」という意味になり）本当に「閑」に勝っている。また「諸將」詩に「愁ひ見《あら》はる　汗馬　西戎より逼るに、曾て閃く　朱旗　北斗に閑かなるを」とあるが、鈔本が「殷」に作るのも、理にかなっているし、詩語としても雄渾にして壮健である。(3)（「小寒食舟中作」詩に）「涓涓たる戯蝶は閑幔を過ぎ、片片たる驚鷗は急湍を下る」とあるが、もとは「開幔」に作る。「開幔」の方が巧みであり、幔が開いているからこそ蝶が通り過ぎるのが見えるのである。ただ「（韓幹）畫馬贊」の文だけ「御者は閑にして敏」とあり、鈔本も異説を載せていない。御者の容貌が「閑にして敏」であっても、『禮記』に言うように「哭を卒へて乃ち諱む」とある。「畫馬贊」は「閑」の字を用いて形容するのは、父がまだ在世であったためだ。

『杜集叙録』は、王洙「記」の「古本二巻」の解題として張耒『明道雜志』を引用し、王洙の子、王欽臣が家蔵する「古寫本」の存在を紹介する。しかしながら、王洙「記」の「古本二巻」と王欽臣家蔵「古寫本」とを同一視するのはよろしくない。「古寫本」が収める「寒食」詩は成都滞留期の作で『宋本杜工部集』では巻十一所収、「諸將」詩は夔州滞留期の作品で『宋本杜工部集』では巻十五所収、「小寒食舟中作」詩は、洞庭湖付近漂泊期、杜甫の最期の作品群の一つで『宋本杜工部集』では巻十八所収。さらに「畫馬贊」文は父杜閑在世中の早期の文で、『宋本杜工部集』では巻二十所収。「古寫本」は詩と文の双方、制作年代上から見ても幅広く分布する作品を収めているので、それが二巻本であったとは考えられない。したがって、王洙の「古本二巻」と王欽臣「古寫本」は同じものではないであろう。

もし王洙「記」の「古本二巻」が「二十巻」の誤記と仮定するならば、それは詩と文の双方、制作年代から見ても幅広く分布する作品を収める王欽臣「古寫本」と同一のテキストである可能性は高くなるし、王洙の編纂した『杜工部集』二十巻に近い体裁を持つものと考えることもできる。ただ、この仮定も以下に述べる事実によって成り立たない。（後述するように）『宋本杜工部集』の巻十五、十八、二十は、王洙が編集し王琪が改訂した、北宋期の『杜工部集』の系統に属し、巻十一は南宋の呉若本の系統に属する。巻十五「諸將」詩は王欽臣「古寫本」とは違い「殷」を「閑」に作り、巻十八「小寒食舟中作」詩は「開」を「閑」に作り、これも王欽臣「古寫本」とは異なる。王欽臣「古寫本」がもともと父、王洙所有のテキストであるならば、それらが王洙の『杜工部集』にも反映されているはずなのにその痕跡が見られない。王洙の「古本二巻」と王欽臣「古寫本」とは別のテキストを考える方が妥当であろう。むしろ、『宋本杜工部集』巻十一「寒食」詩は「閑」について、「晉作『問』」との校記を載せる。「晉」とは呉若「『杜工部集』後記」（『錢注杜詩』所収）に「稱『晉』者、開運二年官書也」とあるように、五代十国時代の後晉、開運二（九四五）年の「官書」本杜集である。「寒食」詩については、「官書」本杜集と王欽臣「古寫本」が一致していたことがわかる。なお、この「官書」本杜集は王洙の「記」に見られないが、王洙以前、しかも宋以前の杜集として重要なテキストであるが、現存しない。
王洙の「記」にしるされるように「古本二巻」とするならば、第一章「唐代における杜甫詩集の集成と流伝」三で紹介した、日本・平安期の留学僧、圓仁が日本に将来した『杜員外集』が二巻であることと一致するので、唐代に流伝していた杜甫集のなかで二巻本の鈔本があったと推測される。

［2］蜀本二十巻

この蜀本が鈔本なのか刻本なのか確たる証拠はないが、蜀の地は唐の時代から木版印刷が盛んに行われていたことからみて、おそらく刻本であろう。『杜集叙録』は五代・後蜀の刊刻と推定する

北宋・政和三（一一一三）年の王得臣「増注杜工部詩序」（四部叢刊本『分類門注杜工部集』所載）に「按鄭文寶少陵集、張逸爲之序、又有蜀本十巻」とあるが、巻数が王洙「記」が「二十巻」とするのと一致しない。

南宋・嚴羽『滄浪詩話』考證に以下のようにある。

舊蜀本杜詩並無註釋、雖編年、而不分古近二體、其間略有公自注而已。今豫章庫本以爲翻鎮江蜀本、雖分雜注、又分古律、其編年亦且不同。近寶慶間、南海漕臺雕杜集、亦以爲蜀本、雖删去假坡之注、亦有王原叔以下九家、而趙注比他本最詳、皆非舊蜀本也。(4)

古い蜀本の杜甫詩集は注釈が全くなく、詩を年代順に配列はしているが、古体・近体の二種に分けてはおらず、杜甫の自注が挿入されているだけである。今、豫章庫本は鎮江の蜀本を翻刻したものとされているが、さ

まざまな注が分けられ、古体詩と律詩（近体詩）に分けられており、その年代別配列も（旧蜀本とは）異なる。近ごろ、寶慶年間（一二二五～一二二七）に南海漕臺（廣東漕司）で（廣東運判の曾噩によって、かつて成都で刊刻された）杜集（郭知達『九家集注杜詩』）が重刻されたが、それも蜀本である。（『九家集注杜詩』は）蘇東坡の偽注を削除して、王原叔以下九家の注を収め、（『九家集注杜詩』の親本である）趙次公の杜注は他本より詳しいが、（『九家集注杜詩』・趙次公注とも）ともに古い蜀本ではない。

『滄浪詩話』によれば「蜀本」と称されるテキストには三種類ある。①「舊蜀本」、②「鎮江蜀本」を翻刻したものと考えられる「豫章庫本」、③成都で刊刻された、郭知達『九家集注杜詩』である。①が王洙の「記」の「蜀本」に相当すると考えられる。②については、現在のところ未詳。張健［校箋］『滄浪詩話校箋』(5)も「未詳」とし、南昌の公庫で刊刻された杜集と推測する。③郭知達『九家集注杜詩』は、『宋本杜工部集』が二十世紀半ばに上海図書館において発見される前には、当時存在する杜甫集として最も早期のものとして尊重されたテキスト(6)であるが、ここでは詳述しない。

この「蜀本」二十巻は、その二十巻という規模が王洙の「杜工部集」に等しいこと、杜詩が編年排列されていること、などから、王洙以前にすでに杜甫詩集の編集がかなり進んでいたことを窺わせる。

なお、「蜀本」の杜集についてはさらに、南宋、陳振孫『直齋書録解題』巻十六に「蜀本大畧同、而以遺文入正集中、則非其舊也（蜀本は王洙・王琪本とほぼ同じであるが、杜詩の遺文を附録の補遺ではなく正集に入れていて、旧集とは異なる）」とあるが、この『直齋書録解題』に記される「蜀本」は王洙本より後のものである。また、南宋、嘉泰元（一二〇一）年から四年にかけて刊行された『文苑英華』には、周必大・胡柯・彭叔夏らの校訂作業が反映されており、『文苑英華』所収の杜詩の校訂に参照されたテキストに「蜀本」「川本」などの名が見られる。このうち「川本」については、その杜詩の異文が郭知達『九家集注杜詩』と一致する例が五例ある(7)ので、南宋期には『九家集注杜詩』の系統のテキストが「蜀本」「川本」と呼ばれたことがわかるが、いずれにしてもこれもまた王洙本より後のものである。

［3］集略十五巻

佚書のため不詳。『杜集叙録』は唐五代の人の編と推測する。

［4］樊晃序小集六巻

唐、樊晃『杜工部集小集』のこと。第一章「唐代における杜甫詩集の集成と流伝」参照。

［5］孫光憲序二十巻。

孫光憲については『宋史』巻四八三に伝がある。それによると、孫光憲、字は孟文、五代十国の時代、荊南の高氏に仕えた。のち、宋の太祖趙匡胤のもとで黄州刺史に任ぜられ、乾徳六（九六八）年に没した。広く経史に通じ詩詞に巧みで（花間派詞人としても知られる）、蔵書と著述の多さを誇った人物である。

孫の序文を冠する杜甫詩集は現存せず、孫序もまた伝わらないが、注目すべきは二十巻という巻数である。これは［2］蜀本、そして王洙本に等しい。孫光憲が五代十国の時代の人であることから、この時代にすでに王洙本とおなじ規模の杜甫詩集が編集されていたことがわかる。

［6］別題小集二巻

散逸して伝わらないため詳細は不明だが、宋初の杜詩拾遺集であろう。

［7］鄭文寶序少陵集二十巻

鄭文寶（九五三～一〇一三）については『宋史』巻二七七に伝がある。それによると、鄭文寶、字は仲賢、父鄭彦華とともに南唐の李煜に仕えた。入宋後は李昉の知遇を得、太平興国八（九八三）年進士に及第、中央・地方の官を歴任し、兵部員外郎で終わった。詩に巧みであることで知られる。

このテキストもまた現存せず、鄭序も伝わらない。ただし、［2］「蜀本」で引用したように、王得臣「増注杜工部詩序」に「按鄭文寶少陵集、張逸爲之序、又有蜀本十巻」とあり、真宗・仁宗の人、張逸がさらにこのテキストに序を書いている事実から見て、ある程度広く読まれたと推測される。周采泉『杜集書録』外編巻一「全集校刊箋註類存目・少陵集二十巻」(8)は、この王得臣の序文と『宋史』巻四二六「循吏傳・張逸」に張逸が益州知事であったことに拠って、このテキストが益州、すなわち蜀の地で刊刻されたとする。周采泉『杜集書録』はさらに「蜀本十巻」の「十巻」は「二十巻」の誤りと指摘している。

［8］孫僅一巻

孫僅（九六九～一〇一七）については『宋史』巻三〇六に伝がある。それによると、字は鄰幾、真宗咸平元（九九八）年の進士。地方官・中央官を歴任するなか、集賢院学士にも任じられ、給事中で終わった。一巻本であるので、杜詩の拾遺集と考えられる。孫僅には別に「讀杜工部詩集序」なる文章をのこしている（南宋、蔡夢弼『杜工部草堂詩箋』「傳序碑銘」所収）。これを読んでも、孫僅自身の杜集の実態や編纂過程などは分からないのであるが、孫僅が杜詩に極めて深い造詣を持っていたことが分かる。すでに編集されていた『杜工部集』（恐らく二十巻本であろう）を読み、それに収められていない杜詩を集めたのがこの一巻本であろう。

［9］雑編三巻

散逸して伝わらないため詳細は不明だが、これも宋初の杜詩拾遺集であろう。

以上が王洙以前の杜甫集の編集実態である。ここで繰り返して強調すべきことは、王洙以前にすでに、［2］「蜀本二十巻」・［5］「孫光憲序二十巻」・［7］「鄭文寶序少陵集二十巻」など、王洙本と同規模の杜甫集が編纂されていたことである（［2］・［5］はおそらく五代期にはすでにあったと推測される）。寶元元（一〇三四）年に編集の勅命が下り、慶暦元（一〇四一）年の成書した『崇文總目』の巻十一に「杜甫集二十巻」とあり、これはおそらく[2]・[5]・[7]のいずれかであろう。『崇文總目』の編集には王洙も参画しているが、『崇文總目』の「杜甫集二十巻」は王洙自身が編集した『杜工部集』とは考えにくい(9)。

王洙はこれらの二十巻本をもとに、それ以外の拾遺集によって杜詩を増補し、古体詩・近体詩に分け年代別に排列した。また、南宋、胡仔『苕溪漁隱叢話前集』巻九(10)に、

『蔡寛夫詩話』云、今世所傳子美集、本王翰林原叔所校定、辭有兩出者、多並存於注、不敢徹去。

とあるように、杜集の校訂に際して、王洙は、種々のテキストのあいだで杜甫の詩文に文字の異同がある場合は、それを併記し、杜詩本文に挿入される多くの注についても、杜甫の自注である可能性があることから、削除しなかった。

宋太宗、雍熙三（九八六）年に完成した『文苑英華』は杜甫の詩文を二五八首収めるが、第二章「『宋本杜工部集』・『文苑英華』所収杜甫詩文の異同について」において、①『文苑英華』が王洙本『杜工部集』とは異なる独特の特徴を持つこと、②『文苑英華』は『杜工部集小集』『唐詩類選』と同じく、部分的に収集されて成立した、おのおの独立した複数の杜甫詩文集を参照していたと推測できる、と結論した。この結論を本章において敷衍させると、李昉らが『文苑英華』編集した時点では、王洙が参考にした[2]・[5]・[7]の二十巻本の杜甫集は参照しえなかった、ということになる。前述した通り、[7]の鄭文寶は宋初に李昉の知遇を得た人物であるが、両者の関係上に二十巻本の杜甫集は浮上しなかった、と現段階では判断せざるをない。李昉らの手によって『文苑英華』

が成書したのは雍熙三（九八六）年であり、[7]の鄭文寶『少陵集』はその後に成ったものと推測される。

三

寶元二（一〇三九）年、王洙が『杜工部集』を編纂する前、宋人はすでに存在する『杜工部集』を読んでいた。例えば、王禹偁（九五四〜一〇〇一）は、長男、嘉祐が『杜工部集』を読み、父の詩句が杜詩とよく似ていることから杜詩を用いているのではないか、と尋ねたことを契機として、「前賦『春居雜興』詩二首、間半歳不復省視、因長男嘉祐讀『杜工部集』、見語意頗有相類者、咨于予、且意予竊之也。予喜而作詩、聊以自賀」と題する七言律詩を作った。この詩は、王禹偁が淳化二（九九一）年、中央官の知制誥から商州團練副使に左遷されたころの作と考えられる。(11) 王禹偁・嘉祐父子の読んだ『杜工部集』は二十巻本であったのであろうか、いずれにせよ前節で述べたように、王洙本以前に二十巻本が存在したことは明らかなので、以後はこれを「旧集」と呼ぶ。

宋人は旧集を読みつつ、旧集に収められていない杜詩を発見して拾遺集を編集した。その一に蘇舜欽『老杜別集』がある。同書は散逸して現存しないが、跋文「題『杜子美別集』後」(12) は今に伝わる。

杜甫本傳云「有集六十卷」。今所存者才二十卷。又未經學者編輯、古律錯亂、前後不倫、蓋不爲近世所尚。墜逸過半、吁、可痛閔也。天聖末、昌黎韓綜官華下、於民間傳得號『杜工部別集』者、凡五百篇。予參以舊集、削其同者、餘三百篇。景佑僑居長安、於王緯主簿處又獲一集、三本相從、復擇得八十餘首。皆豪邁哀頓、非昔之攻詩者、所能依倚、以知亦出於斯人之胸中。念其亡去尚多、意必皆在人間、但不落好事家、未布耳。今以所得、雜録成一策、題曰『老杜別集』、俟尋購僅足、當與舊本重編次之、又本傳云「旅於耒陽、永泰二年啗牛白酒、一夕而卒。」此詩中乃有「大曆三年、白帝城放船、出瞿塘、將適江陵」之作及「大曆五年、追酬髙蜀州見寄」、舊集亦「大曆二年調玉燭」之句、是不卒於永泰。史氏誤文也。覽者無以此爲異。景祐三年十二月五日長安題。

『唐書』の杜甫伝に「杜甫には別集があり、六十巻」とあるが、現存するものはわずか二十巻である。さらに現行本は学者の手で編集されたものではなく、古体詩と近体詩が正しく分けられておらず、年代別排列も正しくなく、これまで尊重されていたとは言えない。杜詩の半分以上が散逸していることは何とも痛ましいものである。天聖年間（一〇二三〜一〇三二）の末年に、昌黎の韓綜が華下で官職に就いていた時、民間で流伝していた『杜工部集』を得たが、それはおよそ五百編の杜甫の作品を収録していた。私は『杜工部集』旧集を参照にしつつ、重複するものを除くと、三百篇余りになった。景祐年間の初め（一〇四九）、長安に寓居していた時、主簿の王緯の所でさらに一集を得て、三種の杜甫集を集めて比べ、更に八十首余りを得た。これらの杜詩はいずれも剛直かつ哀切、頓挫に富んでおり、いにしえの詩を究めた者は、安易な模倣で終わっているのではなく、その表現が作者その人の胸中から湧き出るものと読者は感得するのである。杜詩の散逸したもののまだ多いことを考えると、それらは必ずこの世のどこかにあると思われるが、杜詩愛好者の手に落ちなければ、世にあわられることはないであろう。今回私が得た杜詩を収録して一書と為し、『老杜別集』と名付けた。今後、杜甫集を捜し贖って僅かに補足することができるであろうが、今はここで旧集と一緒に編集しなおして、年代順に排列しなければならない。『唐書』杜甫伝には「遍歴して耒陽に至り、永泰二（七六六）年に牛肉を食べ白酒を飲んで、その日の夜に卒した」とある。『老杜別集』には「大曆三年、白帝城放船、出瞿塘、將適江陵」の作があり（大暦三年は七六八年）、さらに「大暦五年、追酬高蜀州見寄」の作もある、旧集でもまた「大暦二年調玉燭」(13)の詩句があるので、永泰に卒したのではない。歴史家の誤りであり、これらを見れば、異論はないであろう。景祐三（一〇三六）年十二月五日長安にて題す。

蘇舜欽『老杜別集』は王洙本の前に存在するにもかかわらず、王洙の「記」に『老杜別集』は言及されない。「大暦三年、白帝城放船、出瞿塘、將適江陵」は、王洙本の系統を引く『宋本杜工部集』では巻十七に「大暦三年春、白帝城放船出瞿塘峡、久居夔府、將適江陵漂泊、有詩凡四十韻」として収められ、「大暦五年、追酬高蜀州見寄」では『宋本杜工部集』では巻八に「追酬故高蜀州人日見寄　并序」として収められる。二首の杜詩について、蘇舜欽は杜集の旧集には収められず別集に見られると言い、王洙本は本集に収録する。このことをどのように解釈するか、以下に三つの推測を掲げておく。①王洙は『杜工部集』編集に際し、蘇舜欽『老杜別集』を参照して二首の逸詩を本集にいれたが、「記」では同書に言及しなかった。②王洙は『老杜別集』以外の拾遺集を参照した。③この二首は王洙が拠った旧集にもともと収められていた。

ただ、王洙と蘇舜欽とは交流があり、蘇は「過濠梁別王原叔」(14)と題する五言古詩を作っている。両者がそれぞれ相手の杜集に全く言及しないのは大変不思議なことである。

その一方で、『老杜別集』はある程度流伝したようである。韋驤（一〇三三〜一一〇五）に「簡夫丈昔遺『老杜別集』、而驤以外集當之久而亡去、近承多本、因以詩請」と題する七言絶句(15)があり、韋驤がかつて「簡夫丈」から『老杜別集』を贈られたことを記す。

四

王洙は『杜工部集』を編集したものの、同書は広く流布することはなかったようである。おそらく刊刻されなかったのであろう(16)。王洙本は広範囲に読まれることはなく、仁宗・嘉祐年間（一〇五六〜一〇六三）までは、複数の杜詩集が人々の間で伝写され局地的に流通していたと考えられる。このことを示すのが、劉敞（一〇一九〜一〇六八）の七言律詩「寄王二十」(17)である。この詩には序がある。

先借王『杜甫外集』、會疾未及録。近從呉生借本、增多王所收。因悉抄寫、分爲五卷、又爲作序、故報之。

以前、王二十の『杜甫外集』を借りたが、ちょうどそのとき病を得て抄録することができなかった。近ごろ呉生から杜甫集を借りたが、王二十の『杜甫外集』所収のものより多くの杜詩が収められていた。そこですべて書写して五巻に分けた。さらに序を作り、返礼とする。

この序にある通り、劉敞が五巻からなる杜詩拾遺集『杜子美外集』を編集したことは、劉の七律「編『杜子美外集』」(18)があることからわかる。惜しむべきことに『杜子美外集』は現在伝わらない。

王安石（一〇二一〜一〇八六）もまた杜詩拾遺集『老杜詩後集』を編んだ。その序「『老杜詩後集』序」に言う。

予考古之詩、尤愛杜甫氏作者、其辭所從出、一莫知窮極、而病未能學也。世所傳已多、計尚有遺落、思得其完而觀之。然每一篇出、自然人知非人之所能爲、而爲之者、惟其甫也、輒能辨之。予之令鄞、客有授予古之詩世所不傳者二百餘篇、觀之、予知非人之所能爲而爲之實甫者、其文與意之著也。然甫之詩其完見於今者、自予得之。世之學者、至乎甫而後爲詩、不能至、要之不知詩焉爾。嗚呼、詩其難、惟有甫哉。自「洗兵馬」下、序而次之、以示知甫者、且用自發焉。皇祐壬辰五月日、臨川王某序。(19)

いにしえの詩については、私は杜甫の作を最も愛する。杜甫の措辞の生まれるところは、全く窮まるということがないが、(凡人には)学びようもないのが悩ましい。世に伝わる杜詩はすでに多いが、収録してもまだ遺漏があり、杜詩の完本を得て閲覧したいと思い続けていた。杜詩が一首一首出現するごとに、私たちは凡人の為せるところではないと悟り、それができる者が杜甫だけであるからこそ、その詩が杜甫の詩だと分かるのである。私は鄞県で県令をしていたころ(慶暦七〔一〇四七〕年から皇祐元〔一〇四九〕年)、私は客人より、いにしえの詩で世に流伝していない者二百余篇を授けられた。これを読んでみると、私は凡人の為せるところではなく、それができる者は杜甫だけであると分かった。その文と意がはっきりと(杜甫のものとして)著《あらわ》れていたからである。そういうわけで、杜甫の詩で現在、完全なかたちで見られるものは、私の手から出たものなのである。詩を学ぶ者で、杜甫が出現し、その後に詩を作る者は杜甫にまで至ることができない。つまり、詩の何たるかを知らないからである。ああ、詩の難しいところは、ただ杜甫においてだけ窺われるのである。「洗兵馬」以下の杜詩を年代順に排列し、杜詩を知る者に示し、またそれで以て自らをも学ぼうをするものである。皇祐壬辰(四年、一〇五二)五月の日、臨川の王某序す。

これによれば、王安石が鄞県令にあった慶暦・皇祐年間に発見された杜詩に「洗兵馬」があったことがわかる。王安石がそれまで読んでいた杜集には「洗兵馬」はなかったことになる。

『老杜詩後集』は現存しないものの、王安石は別に、杜甫・歐陽脩・韓愈・李白の選詩集『四家詩選』を編んでいる。『四家詩選』もまた現存しないが、杜詩については『老杜詩後集』が参照されたものと推測される。『宋本杜工部集』には「荊作□」として「荊國公」王安石のテキストの異文が記されている。これについては、呉若「『杜工部集』後記」（『錢注杜詩』所収）に「稱『荊』者、王介甫『四選』也」とあるので、『四家詩選』所収の杜詩であることがわかる。

南宋、胡仔『苕溪漁隱叢話前集』(20)巻九には以下のようにある。

> 『蔡寛夫詩話』云、今世所傳子美集、本王翰林原叔所校定、辭有兩出者、多並存於注、不敢徹去。至王荊公爲『百家詩選』、始參考擇其善者、定歸一辭。如「先生有才過屈宋」注「一云『先生所談或屈宋』」、則捨正而從注。「且如今年冬、未休關西卒」注「一云『如今縱得歸、休爲關西卒』」、則刊注而從正。若此之類、不可概舉、其采擇之當、亦固可見矣。惟「天闕象緯逼、雲臥衣裳冷」、「闕」字與下句語不類。「隅目青熒夾鏡懸、肉駿碨礌連錢動」、「肉駿」於理若不通。乃直改「闕」作「閲」、改「駿」作「騣」、以為本誤耳。

『蔡寛夫詩話』に言う、今に伝わる杜甫集は、王洙の校訂本に基づく。王洙は、種々のテキストのあいだで杜甫の詩文に文字の異同がある場合は、それを併記し、杜詩本文に挿入される多くの注についても、杜甫の自注である可能性があることから、削除しなかった。王安石が『百家詩選』（『四家詩選』の誤りであろう）を編集するに至って、諸テキストを参照にしてその最も良い表現を選び、一つの表現に固定させた。例えば、（「醉時歌」の）「先生有才過屈宋」について、王洙は注して「一に云う『先生所談或屈宋』」としているが、王安石は「先生有才過屈宋」を取らず、異文注の「先生所談或屈宋」を正文としている。（「兵車行」の）「且如今年冬、未休關西卒」について、王洙は注して「一に云う『如今縱得歸、休爲關西卒』」としているが、王安石はこの注は削り落として王洙の正文「且如今年冬、未休關西卒」に従っている。こういった類をすべて挙げることはできないが、その選択の適否についてはおのずから明らかであろう。ただ、（「遊龍門奉先寺」の）「天闕象緯逼、雲臥衣裳冷」の「闕」は下句の「臥」と対になっていないために、また（「驄馬行」の）「隅目青熒夾鏡懸、肉駿碨礧連錢動」の「肉駿」では意味が通らないために、「闕」を「閱」に、「駿」を「騣」に改めているのは、参照したテキストの誤りと王安石が考えたためであろう。

呉若本を底本とした、清、錢謙益『杜工部集箋注』巻一では、「遊龍門奉先寺」の「闕」字について「荊作『閱』」とあり、「驄馬行」の「駿」字について「荊作『騣』」とあることから、王安石『四家詩選』では『蔡寛夫詩話』の述べる通りの本文批判が行われていたことがわかる。ただし、『蔡寛夫詩話』は王安石が王洙本を見ていたことを前提に論を進めているが、「『老杜詩後集』序」に窺われる経緯から見て、それは誤りであろう。

王洙が寶元（一〇三八〜一〇四〇）のころ『杜工部集』を校訂・編集したものの広範囲に読まれることはなく、北宋前半期は完本ではない杜甫集が流伝し筆写され、杜詩を求める人々の間でそれぞれ独立して杜甫集を編む、という状況が続いた。しかし、それは、嘉祐四（一〇五九）年、蘇州郡守・王琪が王洙本を再編集し、官版として『杜工部集』二十巻を刊刻することによって一変することになる。王琪の『杜工部集』出版については次章で述べることとする。

注

（1）江蘇古籍出版社、二〇〇一年十月。同書は一九五七年商務印書館本の重印。
（2）齊魯書社、二〇〇八年十月。
（3）「諸將」の「曾閃朱旗北斗殷」については、北宋期に宣宗（太祖趙匡胤の父、趙弘殷）の諱「殷」を避けるために「閑」に改められたとの考証が『文苑英華辯證』に見られる。第二章「『宋本杜工部集』・『文苑英華』所収杜甫詩文の異同について」＊4参照。
（4）『宋詩話全編』第九冊「嚴羽詩話」（江蘇古籍出版社、一九九八年十二月）。
（5）上海古籍出版社、二〇一二年十二月。
（6）洪業［等編］『杜詩引得』（哈佛燕京學社引得、一九二九年八月）はこの『九家集注杜詩』を底本としており、索引にはこれの排印本が伴う。
（7）例えば、112「同元使君春陵行　并序」「獄訟永衰息」について『文苑英華』は「川本作『久』」とし、『九家注』本（巻十一）も同じく「久」に作ること。138「早發射洪縣南途中作」の「征途乃侵星」について『文苑英華』は「川本作『乃』」とし、『九家注』本（巻九）も同じく「乃」に作ること。140「發同谷」の「回首白崖石」について『文苑英華校記』は「舊鈔本云、川本作『虎崖石』」とし、『九家注』本（巻六）は「白崖」について「一作『虎崖』」とすること。150「投贈哥舒開府翰二十韻」の「先鋒百勝在」について、『文苑英華』は「川本作『注作「戰」』」とし、『九家注』本（巻十七）は「一作『戰』」とし、同詩の「已見白頭翁」について『文苑英華』は「川本見『已見』」とすること。以上、五例。
（8）上海古籍出版社、一九八六年十二月。
（9）周采泉『杜集書録』（注（8）所掲）内編巻一「全集校行箋註類」一「杜工部集二十巻」にも同様の指摘がある。
（10）『宋詩話全編』第四冊「胡仔詩話」（江蘇古籍出版社、一九九八年十二月）。
（11）頸聯「本與樂天爲後進、敢期予子美是前身」の上句には自注として「予自謫居多看白公詩」とある。『全宋詩』第二冊巻六十五。

(12)『蘇學士集』巻十三。
(13)この詩句は、『宋本杜工部集』には巻十四に「喜聞盗賊蕃寇總退口號五首」其五の第三句として収められる。
(14)『全宋詩』第六冊巻三一一。
(15)『全宋詩』第十三冊巻七二八。
(16)周采泉『杜集書録』(注(8)所掲)内編巻一「全集校行箋註類」一「杜工部集二十巻」にも同様の指摘がある。張忠綱［等編著］『杜集叙録』(注(2)所掲)「宋本杜工部集　二十巻［宋］王洙・王琪編定、裴煜補遺」もまた「王洙本の刊刻については記録がない」と述べる。
(17)『全宋詩』第九冊巻四八四。
(18)注(17)に同じ。
(19)『臨川集』巻八十四。
(20)注(10)参照。

第五章　『宋本杜工部集』の成立

一

前章「宋代における杜甫詩集の集成と流伝」一においてすでに述べたように、北宋、王洙（字は原叔、九九七～一〇五七）が『杜工部集』二十巻を編集したのは、王洙が史館検討として、宋祁のもと、歐陽修らとともに『崇文總目』の編集に関与していた時期と考えられる。王洙の「杜工部集記」には寶元二年（一〇三九）の年号が記されており、『崇文總目』は景祐元年（一〇三四）に仁宗より編纂の勅令が下り、慶暦元年（一〇四一）に成書したのであるから、寶元二年は『崇文總目』編纂の途中にあたる。

『崇文總目』(1)巻五「別集」一には「杜甫集二十巻」と著録されているが、これは宋室の秘府に収蔵されていた杜甫の詩文集であり、王洙の『杜工部集』二十巻ではないこと、おそらく王洙「杜工部集記」に記される［2］「蜀本二十巻」・［5］「孫光憲序二十巻」・［7］「鄭文寶序少陵集二十巻」のいずれかであったこと、この二点についてもすでに前章で論じたとおりである。

王洙は『杜工部集』を編集したものの、同書はおそらく刊刻されなかったためであろう、広く流布することはなかったようである（周采泉『杜集書録』の指摘による。上海古籍出版社、一九八六年）。嘉祐四年（一〇五九）、蘇州郡守であった王琪なる人物がこの王洙本を校訂のうえ姑蘇郡齋において刊刻する。これがのちに、「王洙・王琪本」（あるいは「二王本」）と呼ばれる『杜工部集』二十巻である。王琪の「後記」が『宋本杜工部集』巻二十の巻末に収められている。

近世學者、爭言杜詩、愛之深者、至剽掠句語、迨所用險字而模畫之。沛然自以絶洪流而窮深源矣。又人人購其亡逸、多或百餘篇、小數十句、藏去矜大、復自以爲有得。翰林王君原叔、尤嗜其詩家、素畜先唐舊集及採秘府名公之室、天下士人所有、得者悉編次之、事具于記。於是杜詩無遺矣。子美博聞稽古、其用事非老儒博士罕知其自出。然訛缺久矣。後人妄改而補之者衆莫之遏也。非原叔多得其真、爲害大矣。子美之詩詞有近質者、如「麻鞋見天子」「垢膩脚不襪」之句　所謂轉石於千仞之山勢也。學者尤效之而過甚、豈遠大者難窺乎。然夫子之刪詩也、至於檜曹小國寺人女子之詩、苟中法度、咸取而弦歌。善言詩者、豈拘於人哉。原叔雖自編次、余病其卷帙之多、而未甚布。暇日與蘇州進士何君瑑、丁君脩、得原叔家藏及古今諸集、聚于郡齋而參考之、三月而後已。義有兼通者、亦存而不敢削、閱之者固有淺深也。而又呉江邑宰河東裴君煜、取以覆視、乃益精密。遂鏤於版、庶廣其傳。或俾余序于篇者、曰、如原叔之能文稱於世、止作記於後、余竊慕之、且余安知子美哉。但本末不可闕書、故概舉以附于卷終。原叔之文、今遷於卷首云。嘉祐四年四月望日、姑蘇郡守太原王琪後記。

近ごろの学問をする者は、争って杜詩について語り、杜詩を愛すること深き者は、杜甫の詩句や詩語を剽窃し、しかもほかの詩人が使わずに杜甫のみが用いている字句を模写するまでに至っている。（杜詩を読んで）感動した彼らが思うには、大きな川の流れの絶えた源流に行き着いたと。さらに、人々は杜甫の逸詩を買い求め、多いのは百余篇、少ないのは十句、それらを秘蔵しては悦に入り、得るものがあったと思っている。翰林学士の王君原叔は、普段から唐代の杜甫集旧集を所有し、さらに秘府や蔵書家の蔵書室、各地で所有されるものから（杜詩を）採集し、得たものはすべて年代順に配列し、杜甫の事跡をつぶさ記録している。ここにおいて杜詩について遺漏はなくなった。子美（杜甫の字）は博聞でいにしえにも通じており、杜甫の典故の用い方は老儒・博士でなければその出典がわかるものは少ない。そうして杜詩の字が誤っていたり欠けていたりしたまま、長い時間がたっている。後人が妄りにそれを改めたり補ったりしているが多くは完璧ではない。原叔（王洙）のように杜甫の真実を得たものでなければ、大きな害悪を為してしまうのである。子美の詩のことばで本質に迫っているものは、「麻鞋見天子」（「述懐」）、「垢膩脚不襪」（「北征」）といった句は、（『孫子』の）いわゆる「転円石の千仞之山に於ける勢い」である。学問をする者はことさらにこれをまねようとしているが、大きな誤りであり、どうして遠大なる者を窺い見るのが難しいことがあろうか。孔夫子の『詩經』編纂は、檜や曹といった小国、宦官や女子の詩であっても、法に従っていれば、すべて採録して弦楽器にのせて歌ったのである。詩について語ることのできる者は、どうして人にこだわるだろうか。原叔は自ら（杜詩を）年代順に配列しているものの、王洙編杜集の巻帙の多さに困惑して、まだ公刊せずにいる。休暇の際、蘇州の進士、何瑑君、丁脩君とともに原叔家蔵の杜集、および古今の諸本を入手し、郡齋に集め比較参照し、三ヶ月後にそれを終えた。（異文がある場合）杜詩の読解上、（正文・異文）ともに意味が通じる場合は、保存して削除することはしなかった。この本を閲する人に見識の浅い人もいれば深い人もいるからである。さらに呉江の邑宰、河東の裴煜君がこの本を何回も校閲してくれたので、ますます精密となった。版木に文字を刻むこととなり、これが広く伝播することを願う。或る人が私に篇末に序を記させようとしたので、私は以下のように答えた。「原叔のような能文が世に知られた者でも、杜集の後に記を載せただけであり、私はひそかにこのことを敬慕していた。また私はどうして子美をよく知っていると言えようか。ただ、ことの本末だけは欠くことはできないので、概略を記して巻末に伏すこととした。原叔の文は巻頭に移す」と。嘉祐四年（一〇五九）四月望日、姑蘇郡守太原王琪後記す。

王琪の「後記」で注目すべきは杜甫詩文集の異文の処理についてである。前章（第四章「宋代における杜甫詩集の集成と流伝」）の四において、南宋、胡仔『苕溪漁隠叢話前集』に「『蔡寛夫詩話』云、今世所傳子美集、本王翰林原叔所校定、辭有兩出者、多並存於注、不敢徹去（『蔡寛夫詩話』に言う、今に伝わる杜甫集は、王洙の校訂本に基づく。王洙は、種々のテキストのあいだで杜甫の詩文に文字の異同がある場合は、それを併記し、杜詩本文に挿入される多くの注についても、杜甫の自注である可能性があることから、削除しなかった）。」とあるのを引用した。つまり、王洙本においてすでに異文の表記がなされていたとの指摘である。これに対して、王琪の「後記」では、「義有兼通者、亦存而不敢削、閲之者固有淺深也（異文がある場合）杜詩の読解上、（正文・異文）ともに意味が通じる場合は、保存して削除することはしなかった）。」とあり、このことから異文の表記は王琪らによっても行われていることがわかる。しかしながら、王洙本は現存せず、また、王琪の刻本もまた完本としては現在に伝わっていないので、王洙本と王琪刻本の両者を比較対照して、その異文表記が前者によるものなのか、それとも後者によるものなのか、判別することは不可能となっている。

この王琪刻本は、南宋、陳振孫『直齋書録解題』(2)巻十六に著録されており、その解題には以下のようにある。

杜工部集二十巻（……省略……）王琪君玉嘉祐中刻之姑蘇、且爲後記。元稹墓銘、亦附第二十巻之末。又有遺文九篇、治平中、太守裴集煜刊附集外。蜀本大略同、而以遺文入正集中、則非其舊也。

杜工部集二十巻（……省略……）王琪（君玉）が嘉祐中に蘇州で刊刻し、且つ後記を記した。元稹の墓銘（「唐故檢校工部員外郎杜君墓係銘」）もまた巻二十の末に附してある。さらに遺文が九篇あり、治平年間（一〇六四〜一〇六七）に、太守裴集（煜）が刊刻して集外に附した。蜀本はこの杜工部集と概ね同じであるが、（蜀本では）遺文を杜集の本篇に入れているという点で、（この杜工部集は、蜀本といった）旧集とは異なる。

いま『宋本杜工部集』を見てみると、文を収める巻二十の巻末には、元稹「唐故檢校工部員外郎杜君墓係銘」と王琪「後記」が収められ、そのあとに「杜工部集補遺」として、「瞿塘懷古」詩、「送司馬入京」詩、「惜別行　送劉僕射判官」詩、「呀鶻行」詩、「狂歌行　送四兄」詩、「發遠祖當陽君文」、「祭外祖祖母文」、「爲閬州王使君進論巴蜀安危表」、「東西兩川説」の九篇が収められている。これが『直齋書録解題』のいうところの「遺文九篇」であり、「裴集煜」が治平年間（一〇六四〜一〇六七）に、太守裴集（煜）が刊刻したものに相当する。「裴煜」の名は、王琪「後記」にも見えており、王琪の『杜工部集』公刊に際し校閲を務めた人物である。嘉祐年間に王琪が『杜工部集』公刊したあと、裴煜は引き続き遺文の収集に努め、治平年間に「杜工部集補遺」を刊刻し『杜工部集』に附したものと考えられる。

二

この王琪刻本の初刻本そのものは、完本としても現代に伝わらない。

一九五七年、商務印書館（上海）より『宋本杜工部集』が影印刊行される（續古逸叢書第四十七種）。この『宋本杜工部集』は、北宋期、王洙が編纂し王琪が校訂のうえ刊刻した『杜工部集』二十巻（「二王本」「王洙・王琪本」）の原貌を今に伝えるテキストであるために、二十世紀の杜詩研究史における最大級の業績として中国内外の注目を集めた。そして、この『宋本杜工部集』は、一九七八年より編集が始まり二〇一四年に刊行された杜詩の新注本『杜甫全集校注』（蕭滌非主編、人民文学出版社）の底本となったことからも、その文献的価値はますます高まることとなった。

ただし、『宋本杜工部集』は、後述するように、一本の完全なテキストではなく、数種類のテキストをつなぎ合わせたものである。したがって、その数種類のテキストがそれぞれどのような来歴を持ち、さらに相互にどのような関係にあるのか、――『宋本杜工部集』を取り扱う際には、この点に注意しなければならず、実際、同書については、幾人かの先学によって文献学的研究がなされている。

本章では以下、三と四の二部に分け、三では『宋本杜工部集』に関する、現在に至るまでの研究成果を紹介し、四では、銭謙益〔箋注〕『杜工部集』（通称『銭注杜詩』）について、主に『宋本杜工部集』とのかかわりから、その問題点を検討する。『銭注杜詩』はテキストとして『宋本杜工部集』と極めて深い関係にあるものである。本章は、『宋本杜工部集』と『銭注杜詩』を分析することによって、杜甫の詩文の文献上の特徴を――部分的ではあるものの――浮かび上がらせることを目的とする。

三

『宋本杜工部集』の概要

『宋本杜工部集』には巻末に毛扆の跋文が附されている。毛扆（一六四〇―一七一三）は、父、毛晉（一五九九―一六五九）の汲古閣を継承した、清初の蔵書家である。

先君昔年以一編授扆曰、「此杜工部集乃王原叔洙本也。余借得宋板、命蒼頭劉臣影寫之。其筆雖不工、然從宋本抄出者。今世行杜集不可以計數、要必以此本爲祖本也。汝其識之。」扆受書而退開巻細讀原叔記、云、（中略）二十巻末有嘉祐四年四月望月姑蘇郡守王琪後記。又有補遺六葉、其「東西兩川説」僅存六行、而缺其後、而第十九巻缺首二葉。扆方知先君所借宋本乃王郡守鏤板於姑蘇郡齋者、深可寶也。謹什襲而藏之。後廿餘年、呉興賈人持宋刻殘本三冊來售。第一巻僅存首三葉、十九巻亦缺二葉、補遺「東西兩川説」亦止存六行、其行數字數悉同乃即先君當年所借原本也。不覺悲喜交集、急購得之。但不得善書者、成此美事、且奈何。又廿餘年、有甥王爲玉者教導其影宋甚精。覓舊紙從抄本影寫而足成之。先君當年之授此書也、豈意後日原本之復來。扆之受此書也、豈料今日原本復入余舍。設使書賈歸于他室、終作敝屣之棄爾。縱歸于余、而無先君當年所授、不過等閑殘帙視之爾、焉能悉其源委哉。應是有靈不使入他人之手。抄畢記其顚末如此。歳在己卯重九日、隱湖毛扆謹識時年六十。

先君（毛扆の父、毛晉）がむかし一編の書を私に授けておっしゃった、「この杜工部集は王洙本である。私は宋版を借りて下僕の劉臣に影写させた。その筆はたくみではないが、宋本によって抄写（影写）した者である。いま世に流通している杜集は数えることができないほどであるが、すべてこの本を祖本としているのである。息子よ、このことをよく理解せよ。」と。私はこの書を授けられ退いてそれを繙き、王洙の記を細かに読んだ。（中略）巻二十の巻末には嘉祐四年四月望月姑蘇郡守王琪の後記があった。さらに「補遺」六葉があり、そのなかの「東西兩川説」はわずか六行を存するのみで、その後を欠いていた。さらに巻十九の巻首二葉が欠けていた。私は、先君が借りた宋本が姑蘇郡守王琪によって姑蘇郡で刊刻された本であり、極めて貴重なものであることを知った。謹んで幾重にも包みこれを秘蔵した。その後二十余年がたち、私は呉興（現在の浙江省呉興市）の商人から宋刻の杜集の残本三冊を買い取った。第一巻はわずかに巻首の三葉を存するだけで、十九巻も二葉を欠き、「補遺」の「東西兩川説」もまた六行を存するのみで、行数も字数もことごとく一致した。私は、この杜集の残本が、先君がかつて借り（て影写し）た杜集の原本（の一部）であることを知った。私は悲しみと喜びがこもごもわき起こるのを禁じ得ず、急いでこれを購った。ただ、抄書（影写）を得意とする者がいなければ、この素晴らしい事業をなすにあたって、いったいどうすればいいのであろうか。さらにそれから二十余年がたち、甥の王爲玉なる者が宋本の影写を教授して甚だ精巧であったので、旧紙を求めて抄本に依って影写させ、（杜集の）成本をつくることができた。ああ、先君がかつて私にこの書を授けた時、どうして後日原本が毛家にやってくると予測できたであろうか。私がこの書を拝受した時、どうして今日原本が復元されて私の書屋に入ることになると予想できたであろうか。もし、商人が他の家にこの書を売ったならば、それは最終的には価値のない、ぼろぼろの靴のように扱われたであろう。たとえこの書が私のところに来たとしても、先君より授けられた影写本がなければ、この書は残帙に等しいものと見なしただけであろう。どうしてその祖本がわかったであろうか。先君の霊が他人の手に渡らないようにしてくださったに違いない。影写しおわり、その顚末をこのように記す。己卯（清、康熙三十九年〔一六九九〕）の年、重陽の日、隠湖毛扆謹んで識す。時に年六十。

『宋本杜工部集』にはさらに、同書の影印刊行を主宰した張元濟の跋文も収録されている。これによれば、『宋本杜工部集』、すなわち、毛氏汲古閣が蔵するところの宋本杜集は、潘氏滂喜齋(3)を経て、上海図書館に帰したものであり、この杜集は二種類の杜集がつなぎ合わされている、という。

○宋刻第一本→巻一の三・四・五葉、巻十七、十八、十九、二十、補遺

（巻一の六葉以下、巻二～九、巻十五～十六は毛扆が王爲玉に抄補させた部分で、第一本に相当する。また、巻一の一・二葉、巻十九の一・二葉、および、補遺の七・八葉は、北京圖書館蔵本(4)から補っている）

○宋刻第二本→巻十、十一、十二

（巻十三～十四は毛扆が王爲玉に抄補させた部分で、第二本に相当する。また、巻十二の二十一葉後半は、北京圖書館蔵本から補っている）

そして、第一本・第二本の二種類のテキストはそれぞれ次のように特定される。

○第一本→王洙・王琪本を南宋の紹興年間に浙江で重刻したもの。
○第二本→呉若本（「呉若本」については後述）

以上が張元濟の跋文の要約であるが、毛扆も張元濟も最も重要なことに言及していない。それは「毛扆の父、毛晉が誰から宋版の『杜工部集』を借りたのか」、そして「その宋版の『杜工部集』はその後どうなったのか」ということである。もちろん、上海図書館蔵の『宋本杜工部集』には宋代の原刻の一部が含まれており、それが毛扆の言うところの「宋刻殘本三冊」なのであろうが、毛晉は、誰かから、巻十九の巻首二葉と「補遺」の第七葉以降を欠いた宋版『杜工部集』を借りて劉臣に抄写させたはずであり、その宋版『杜工部集』こそ最も重要な杜甫詩文集であることは異論のないところであろう。しかし、毛扆も父、毛晉が誰から宋版『杜工部集』を借りたのか、記していない。従って、この宋版『杜工部集』については、その出所もその後の流伝も現在の所在もすべて不明である。さらに、毛晉が劉臣に抄写させ、息子の扆に与えた抄本『杜工部集』も現在のところ所在は不明である。このような疑問は、上海図書館蔵の『宋本杜工部集』を影印・刊行した張元濟も当然抱いたはずであろうが、張元濟もまた跋文においてこの問題に言及していない。

話を上海図書館蔵の『宋本杜工部集』にもどそう。以下、この第一本と第二本について、それぞれの研究状況を踏まえたうえで具体的に報告するが、その前に、毛扆の跋文に言及されている、毛晉が劉臣に影写させた『杜工部集』にふれておきたい。［1］元方「談宋紹興刻王原叔本『杜工部集』」[5]は、陸心源『皕宋樓蔵書志』巻六十八に「杜工部集二十巻附補遺、影写宋刊本、汲古閣旧蔵――」と記される一本が、［2］黒川洋一「王洙本『杜工部集』の流傳について」[6]は、陸心源『儀顧堂題跋』巻十に「影抄杜工部集二十巻補遺一巻――」と記される一本が、当時、劉臣が影写した『杜工部集』ではないか、とそれぞれ推測する。いずれにせよ、清末の蔵書家、陸心源の蔵書は、現在、日本・東京の静嘉堂文庫の蔵する所となっている。

安東俊六「宋本『杜工部集』と鈔本『杜工部集』」(7)は、『宋本杜工部集』と静嘉堂文庫収蔵の鈔本『杜工部集』とを実際に対照検討することによって、静嘉堂文庫の鈔本『杜工部集』は、劉臣が影写した『杜工部集』と酷似した特徴を持っているが、『宋本杜工部集』抄補部分のもととされた劉臣の影写本そのものではない、との結論を下している。筆者（長谷部）もまた二〇一一年三月十一日に静嘉堂文庫において、鈔本『杜工部集』を閲覧し、安東論文の結論が正しいことを確認した。この鈔本『杜工部集』は実見すると、抄写が非常に稚拙であることが一目瞭然であり、筆者は、毛晉あるいは毛扆が、汲古閣にて抄写に従事する者に訓練のために劉臣の影写本を抄写させたものではないかと推測している。

「第一本＝重刻王洙・王琪本」説について

張元濟が第一本を重刻王洙・王琪本と特定した根拠として、

［A］「完」「構」の字を缺筆しているので、刻されたのは南宋初期と推定できること(8)

［B］版心に見える刻工の名はいずれも、南宋の紹興年間（一一三一―一一六二）の初期に浙江地域で刻行された他本にも見えること(9)。

などを挙げることができよう(10)。これに対して、元方「談宋紹興刻王原叔本『杜工部集』」（注（5）参照）は、第一本が紹興年間の刻本であることを認めつつも、南宋時代の刻工は往々にして他の土地で書を刻することもあったので、第一本を浙江地域で刻された本と断定することはできない、とする(11)。

もっとも、元方論文は第一本が紹興年間の重刻王洙・王琪本であることには異議を唱えていない。ところが、安東俊六「『甲本＝重刻王琪本』説を疑う」(注(7)所掲書所収)は、甲本(＝第一本)は王洙・王琪本をそのまま重刻したものではなく、また別の一本である、との見解を示している。安東論文は、『宋本杜工部集』の各巻冒頭の目録に示される詩の数が、実際にその巻に収録する詩の数と必ずしも一致しないこと――より詳しく言えば、実際の詩の数が目録の数値よりも多く、しかも、その不一致が第一本に集中すること――に注目し、第一本は、底本とした或る杜集の詩の数をそのまま転載して目録の数値とし、実際には新たに収集された杜詩を補った、と推測する。そして、底本とした本を便宜的に「目録本」と名付け、さらにこの「目録本」も王洙・王琪本と同一のものではないことを、王洙「杜工部集記」と王琪の「後記」の記述などをもとにして論証する。このような考察を経て、安東論文は、第一本は王洙・王琪本の重刻本とは考えられず、両者の間に「目録本」が介在するかたちで存在していた、と結論づけている。

「第二本＝呉若本」説について

「呉若本」とは、清、銭謙益〈箋注〉『杜工部集』(＝『銭注杜詩』)が底本としたテキストである。『銭注杜詩』に附された、呉若の「杜工部集後記」によれば、この本は南宋の紹興三年(一一三三)に呉若が建康(現在の江蘇省南京市)の府學で刊行した杜集であることがわかる。しかし、この「呉若本」は現存せず、『銭注杜詩』においてしか、その名が現れることがないのである。このため、一九二九年、洪業「『杜詩引得』序」において、「『呉若本』なるテキストは銭謙益の偽作である」との説が提出された(12)。

ところが、一九五七年の『宋本杜工部集』の出現によってこの疑惑は氷解する。洪業氏は『宋本杜工部集』の刊行を受けて「呉若本＝銭謙益の偽作」説を撤回している（「再説杜甫」、『洪業論學集』所収、中華書局、一九八一年）。

『宋本杜工部集』第二本が「呉若本」であることの根拠について、張元濟の跋文は次のように言う。

復考配本、間有「樊作某」、「晉作某」、「荊作某」、「宋景文作某」、「陳作某」、「刑作某」、「一作某」等、與銭牧齋謙益箋注所載呉若「後記」云、「凡稱『樊』者、樊晃小集也。稱『晉』者、開運二年官書也。稱『荊』者、王介甫『四選』也。稱『宋』者、宋景文也。稱『陳』者、陳無己也。稱『刊』及『一作』者、黄魯直・晁以道諸本也」、若合符節、是必呉若刊本可無疑義。

ふたたび、第二本について考えると、同本には「樊作某」、「晉作某」、「荊作某」、「宋景文作某」、「陳作某」、「刑作某」、「一作某」などといった校語があり、『銭注杜詩』所収の呉若「『杜工部集』後記」の記述と全く一致する。それは、「『樊』と称するのは、樊晃の『小集』であり、『晉』と称するのは、開運二年官書であり、『荊』と称するのは、王介甫（安石）の『四家詩選』であり、『宋』と称するのは、宋景文のテキストであり、『陳』と称するのは、陳無己のテキストであり、『刊』及び『一作』とあるのは、黄魯直（黄庭堅）・晁以道（晁説之）らの諸本である」。これは呉若の刊本であることは疑いがない。

「呉若本」は、王洙・王琪本が使用しなかった数種類の杜集をもって王洙・王琪本に校合を加え、文字の異同を克明に記している点から、その文献的価値の高さを認めることができる。そして、『宋本杜工部集』は巻十、十一、十二、および巻十三、十四の抄補部分にしか「呉若本」を伝えていないのに対して、『銭注杜詩』は全巻にわたって「呉若本」を底本としていることから、『宋本杜工部集』の出現にともなって『銭注杜詩』の文献的価値もまた確かなものとなったのである。

しかし、その後、以下の三者の論考によって「第二本＝呉若本」説に疑義が呈された。

[1] 元方「談宋紹興刻王原叔本『杜工部集』」（注（5）参照）

[2] 黒川洋一「王洙本『杜工部集』の流傳について」（注（6）参照）

[3] 曹樹銘「宋本『杜工部集』非『呉若本』考」(13)

三論考は、『宋本杜工部集』第二本と『銭注杜詩』（＝呉若本）の対応する部分とを比較・点検することによって、両者の間には、異文の校語や詩句への注語に多くの一致しない箇所があることを指摘した（しかし、三論考が調査の結果として提示する数値はそれぞれくい違う。）。三論考とも、「第二本は呉若本ときわめて近いテキストであるが、時代的には呉若本にやや遅れる」との判断で一致するが、黒川論文は、元方論文の刻工についての考証を踏まえて、第二本の刻時を紹興末年と推測する。黒川論文は、さらに、[A]『銭注杜詩』（＝呉若本）に無く第二本に有る注語に、王安石・黄庭堅・蘇軾ら北宋名家の注語が含まれていること、[B]『銭注杜詩』（＝呉若本）に有って第二本に無い注語に、明白な誤注や不要不急の注が含まれていること等、内容的側面から、「第二本は呉若本の後に、その不適當な箇所を削り去り、新たに北宋名家の注を附け加えて重刻された杜集ではないか」と推測する。

その後の「呉若本」研究

前掲の元方論文は、『宋本杜工部集』第一本を重刻王洙・王琪本と認定し、第一本には宋代の他の杜集には見ることができない杜甫の自注が収録されていることを理由に、第一本の文献的価値を高く評価している。その一方で、第二本は「好本」ではないし、呉若本もまた「劣」った本である、と評価する。元方論文は、後者については、呉若本の注語（『銭注杜詩』のなかの呉若本注）に誤注があることをその理由として挙げるが、前者の根拠についいては明言していない。おそらく第二本には後人の語注が混入しているから「好本」ではない、との判断を下したのであろう。

鄧紹基「關於銭箋呉若本杜集」(14)は、洪業「呉若本＝銭謙益の偽作」説を改めて否定するとともに、元方氏の「呉若本＝劣本」説にも異議を唱えている。鄧論文は、張元濟「『宋本杜工部集』跋」に従い『宋本杜工部集』第一本を重刻王洙・王琪本と見なしたうえで論を進め、第一本に見られる杜甫の自注が呉若本（＝『銭注杜詩』）にも均しく見られることを挙げて、王洙・王琪本の長所はすなわち呉若本の長所でもあることを主張する。

蔡錦芳「呉若本與『銭注杜詩』」(15)は、［A］作品配列の体裁、［B］文字の勘考、［C］詩題の下、及び行間に見られる注文――この三点を検証することによって、『銭注杜詩』が底本とした呉若本の原貌を明らかにしようとする。この論考のなかではいくつか注目すべき指摘がなされている。以下に紹介すると、

［A］『宋本杜工部集』第一本（＝重刻王洙・王琪本）と『銭注杜詩』（＝呉若本）は、基本的な体裁――杜詩

を古体・近体に分け、それぞれを年代順に配列している――は同じあり、杜詩の編年の順序もほとんど変わらない（引用者注、ただし、銭謙益自身は杜詩の編年配列については呉若本にそのまま従わずある程度の調整をしている。後述）。つまり、王洙・王琪本の七十四年後に刊刻された呉若本は、体裁の上では何の進展も見せていない。

［B］『銭注杜詩』の正文の下に「一作X」として示される異文には、『宋本杜工部集』第一本の正文と一致するものが多く、呉若の「後記」に「稱『刊』及『一作』者、黄魯直・晁以道諸本也」とあることから、王洙・王琪本と「黄魯直・晁以道諸本」とは、テキストとしてきわめて近いのものであったことがわかる。

［C］『銭注杜詩』のなかの呉若本注には、宋代の他の杜集に王洙注として引用されるものがある。この王洙注が後人の偽託であることは周知の事実であるが、蔡論文は、程千帆「杜詩偽書考」(16)の、偽王洙注が出現した時期を宋の南遷（一一二七）の直後とする考証を踏まえ、呉若が紹興三年（一一三三）に杜集を刊刻する際、当時流通していた他の杜集から注語を収集して自分の杜集に添加した、と推測している。

一九九四年、上海古籍出版社より出版された、林継中［輯校］『杜詩趙次公先後解輯校』は、それまでは郭知達［編］『杜工部詩集注』などに引用されたものでしか見ることのできなかった趙次公の杜注について、近年発見された明代の鈔本の残巻や他の杜集に引用される趙注などをもとに、その全書の復元を試みたものである。林氏の「前言」は同書の成立過程・内容についての詳細な解説であるが、そのなかで林氏は、趙次公が「呉若本」に近いテクストを底本としていた、と推測する。その根拠として「前言」は、［A］『銭注杜詩』に「呉若本注」として引用される注文と趙次公本の夾注とが一字一句違わない例が多いこと、［B］『銭注杜詩』に「呉本作X」と示される異文と趙次公本の正文とが多く一致すること、などを挙げている。林継中「前言」によると、趙次公が杜詩箋注の作業を行ったのは、南宋、紹興四年から十七年の間であるという。すなわち「呉若本」が刊刻された直後である(17)。

四

ここでは、銭謙益〔箋注〕『杜工部集』（『銭注杜詩』）について、主に『宋本杜工部集』第二本（「呉若本」系統のテキスト）とのかかわりから、『銭注杜詩』の持つ、いくつかの問題について検討する。

『銭注杜詩』における「呉若本」処理について

『銭注杜詩』は、はたして呉若本の原貌をそのまま伝えるものなのだろうか。この問題について、［A］杜詩の文字の異同、［B］注文、［C］杜詩の配列、の三点から具体的に検証したい。

［A］［B］の二点については、銭謙益自身が「注杜詩略例」において以下のように述べる。

杜集之傳於世者、惟呉若本最爲近古、它本不及也。題下及行間細字、諸本所謂公自注者多在焉。而別注亦錯出其間、余稍以意爲區別、其類於自注者、用朱字、別注則用白字、從『本草』之例。若其字句異同、則壹以呉本爲主、閒用它本參伍焉

杜集の今の世に伝わるなかで、ただ呉若本のみがもっともいにしえに近い。他の本は呉若本に及ばない。題下や行間には細字の注文がについては、諸本が「公（杜甫）の自注」と言うものが多く、ここにある。そして

杜甫の自注でないものも、その中に混じっている。私はいくらか意識して区別し、『本草綱目』の体例に従って、杜甫の自注に類するものは朱字を用い、そうでないものは白字を用いて記した。もし文句に異同がある場合は、まず呉本を主とし、場合によっては他本も参考にした。

と述べている。

まず、［A］について。『銭注杜詩』には、「呉作X」というように文字の異同が示される箇所がある。つまり、呉若本の正文が、『銭注杜詩』に、正文としてではなく異文として提示されている(18)。このことは、銭謙益が呉若本を底本としてそのまま用いたのではなく、時には他本の文字を自己の杜注本の正文として採用していたことを表し、「若其字句異同、則壹以呉本爲主、間用它本參伍焉」という銭謙益自身のことばと一致する。

［B］については、「呉若本の題下や行間には細字の注文があり、この注文は杜甫の自注と他者が加えた注とが混在しており、自注は朱字で、他者の注は白字で区別した」と銭は述べている。ただし、清、康熙年間に靜思堂から刊刻された『銭注杜詩』の原刻本（『杜工部集』）に、この「朱字白字」の区別を見ることはできない(19)。しかし、『銭注杜詩』を具体的に分析すると、銭は自注と他者の注の区別に努めていたことが確認できる。つまり、『銭注杜詩』の、題下や行間にある細字の注文のなかで、「呉若本注」と明記されているものと、なにも明記されていないものがあり、前者は他者の注であり、後者は杜甫の自注であると銭謙益が見なしていたことがわかる。たとえば、杜甫「宿贊公房」（『銭注杜詩』巻十）には、題下に「京中大雲寺主謫此安置」とあり、呉若本に見られる「京中大雲寺主謫此安置」という注文を、銭謙益は杜甫の自注と見なしたのである。なお、『宋本杜工部集』巻十「宿贊公房」には、題下に「京中大雲寺主謫此安置」とある。『宋本杜工部集』巻十は第二本部分に相当し、呉若本系

統のテキストである。また、杜甫「聞斛斯六官未歸」（『錢注杜詩』巻十一）には、詩中の「銼」字への注として、「呉若本注、『蜀人呼釜爲銼』」とあり、呉若本に見られる「蜀人呼釜爲銼」という注文を、錢は他者の注と見なしたのである。なお、『宋本杜工部集』巻十一「聞斛斯六官未歸」には、詩末に「蜀人呼釜爲銼」とある。『宋本杜工部集』巻十一は第二本部分に相当し、呉若本系統のテキストである。

『錢注杜詩』のなかで「呉若本注」として引用される注文——すなわち「杜甫の自注ではない」と錢謙益に判断されたもの——は検索し得たものだけでも五十二条ある。この「呉若本注」のなかには明らかな誤注と考えられるものが少なくなく、そのいくつかは錢謙益自身が誤注と認定している[20]。

次に、［C］杜詩の配列についても、錢謙益自身が「注杜詩略例」において以下のように述べる。

今據呉若本、識其大略、某巻爲天寶未亂作、某巻爲居秦州、居成都、居夔州作。其紊亂失次者、略爲詮訂。

いま呉若本によって、その（杜甫生涯の事跡に従った詩の配列の）大概を知ることができる。或る巻では、天寶年間の、安禄山の乱がまだ起きていない時期の作とされ、或る巻では、秦州にいた時期の作、成都にいた時期の作、夔州にいた時期の作とされる。呉若本における杜詩の編年配列が、乱れていて正しい編年がなされていない場合は、よく解明したうえで訂正した。

前述したように、呉若本系統の『宋本杜工部集』第二本は、王洙・王琪本系統の第一本と同じく、杜詩を古体・近体に分けそれぞれを年代順に配列する、という体裁をとる。『宋本杜工部集』はこの第一本と第二本をつなぎ合わせて一つのテキストとなっているが、それで杜詩の収録に重複が見られず、第一本と第二本をつなぎ合わせても杜詩の配列に破綻がないことから、呉若本は杜詩の編年配列についてはおそらく王洙・王琪本をそのまま踏襲したものと考えられる。呉若本系統の『宋本杜工部集』第二本では、収録する杜詩の制作時期を巻頭に明記しており、それは右の銭のことばと一致する。

『銭注杜詩』もまた、杜詩を古体・近体に分けそれぞれを年代順に配列する、という体裁を踏襲し、さらに詩を収める巻一から十八までは、各巻の巻頭に、例えば「天寶未亂時幷陷賊中作」などと、その巻所収の詩の制作時期を明記している。これは、銭謙益は呉若本における杜詩の配列や編年を踏襲したことがわかるが、「其紊亂失次者、略爲詮訂」と述べるように訂正を加えている。今、その例として、杜甫「行次昭陵」を挙げよう。銭謙益はこの詩を安禄山の乱勃発後の作と見なして『銭注杜詩』巻十に配置するが、『宋本杜工部集』巻十（第二本に相当する）にはこの詩は見られない。両書とも、巻十巻頭に「避賊至鳳翔、及收復京師在諫省、出華州轉至秦州作」とある。すなわち、巻十には、安禄山の乱勃発後の作が収める巻である。一方、『宋本杜工部集』巻九（第一本に相当する）に「行次昭陵」を収録し、杜甫最初期の近体詩として配列している。巻九は第一本に相当するするため、呉若本系統のテキストではないが、前述したように、呉若本は杜詩の編年配列については王洙・王琪本をそのまま踏襲したものと考えられるので、この例からも、銭謙益は杜詩の配列・編年について必ずしもすべて呉若本に従っているわけでないことがわかる。

曾祥波「『銭注杜詩』成書淵源考――従編次角度論『銭注杜詩』與呉若本之關係――」(21)は、『銭注杜詩』と『宋本杜工部集』の両書すべてを比較対照し、一千四百余首の杜詩のうち、『銭注杜詩』と『宋本杜工部集』で編年・配列が一致しない詩は四百余首あることを指摘している。この曾論文の調査結果によれば、［C］杜詩の配列については銭謙益はかなりの改編を施していることがわかる。

以上、［A］［B］［C］の三点から見ても、『錢注杜詩』は呉若本の原貌をそのまま伝えるものではない。言い換えれば、錢謙益は、呉若本を『錢注杜詩』の底本としているものの、錢謙益自身の考えに基づいた改刪を加えているのである。

ただし、「最爲近古」として呉若本を最重要視する姿勢は一貫しており、この姿勢は、錢謙益自身が誤りと認定している呉若本注を削除せずに『錢注杜詩』に収録していることにも現れている。つまり、呉若本には杜甫の自注と他者の手になる注とが混在しており、後者のなかに明らかな誤注があったとしても、それも元来は呉若本のなかで杜甫の自注と同じようなかたちで存在していたのであるから、錢謙益は削除することを憚った、と推測されるのである。

杜集の編纂史（22）から考えれば、北宋期に王洙・王琪本『杜工部集』が成立して杜集の基本的なかたちが生まれ、南宋期には、郭知達編『杜工部詩集注』、蔡夢弼會箋『杜工部草堂詩箋』など、杜甫詩集全書への注釈が出現した。南宋初期の「呉若本」は、「杜詩と杜甫の自注に、他者の手になる断片的な注が追加された」という体裁からいっても、杜甫詩集全書への注釈に至るまでの過渡的存在であった、と位置づけることができる。

錢謙益は呉若本を珍重するがゆえに、呉若本の体裁を保存することを試み、そして、それに自己の箋注を加えるかたちで『錢注杜詩』を著した。しかし、前述のとおり、呉若本は、「過渡的」な性格を持ついささか複雑なテキストである。しかも、『錢注杜詩』は、呉若本に改刪を加えているために、その複雑さはさらに増加する。

「呉若本」が完全なかたちで現在に伝わらず、『宋本杜工部集』第二本以上、『錢注杜詩』は、「呉若本」の全貌を考察するうえで最も重要な文献である。しかし、本節で検証したように、『錢注杜詩』の内容を呉若本のそれとして鵜呑みにすることはできない。

『錢注杜詩』の問題点

本章の最後に、『宋本杜工部集』の、『錢注杜詩』および呉若本との関わりにおいて注目すべき問題二点を以下に紹介し、若干の検討を加えたい。

〔問題一〕

錢謙益が行った「呉若本」の注文処理――杜甫の自注と他者の注との峻別――について、謝思煒「『宋本杜工部集』注文考辨」(23)がきわめて有益な検証を行っている。謝論文は、まず、「『宋本杜工部集』第一本（重刻王洙・王琪本）に見える注文はすべて杜甫の自注である」との見解を示したうえで、『宋本杜工部集』第二本（呉若本系統）に見える注文についても、杜甫の自注と第二本において加えられた他者の注を分別し、後者をすべて明示している(24)。

謝論文は、また、『宋本杜工部集』第一本に見える注文で、『錢注杜詩』が「呉若本注」として引用するもの――すなわち、錢謙益が杜甫の自注ではなく、他者の注と見なしたもの――についても、それらがすべて杜甫の自注であることを論証している。そのなかには、錢謙益が誤注と明記している「呉若本注」も含まれている（注（20）参照）。謝論文は、錢謙益が内容的に不適切と判断した注文までも、詳細な考証によってそれが杜甫の自注であること、つまり、その杜詩を読むうえで不可欠なもの、と認定しているのである。

例えば、『宋本杜工部集』巻九「崔氏東山草堂」には双行注「王維時被張通儒禁在東山北寺、有所歎惜、故云」がある。これに対し、『錢注杜詩』巻九「崔氏東山草堂」では「呉若本注云、王維時在被張通儒禁在東山北寺、有所歎惜、故云」となっている。これはすなわち、銭謙益が「王維時……」の双行注を杜甫の自注ではなく、後人がつけた注が呉若本に留められたものと見なしていることのあらわれである。しかしながら、『宋本杜工部集』巻九は王洙・王琪本の系統であるから、謝論文の見解に従えば杜甫の自注ということになる。

そもそも、この杜甫「崔氏東山草堂」は制作時期について議論のある詩である。『宋本杜工部集』はこの詩を巻九の「故武衞將軍挽詞三首」「九日藍田崔氏莊」の後に置く。さらにその後には「對雪」「月夜」「遣興」「元日」「春望」と配置されている。『錢注杜詩』も同じく巻九に配置し、「故武衞將軍挽詞三首」「官定後戲贈」「九日藍田崔氏莊」の後に置く。さらにその後には「對雪」「月夜」「遣興」「元日」「春望」が続く。『錢注杜詩』巻九には巻首に「天寶未亂及陷賊中作」と記す。「官定後戲贈」には題下に「時免河西尉、爲右衞卒府兵曹」と自注があり、『錢注杜詩』の「少陵先生年譜」はこの詩を天寶十四載（七五五）に編年する。翌十四載には安禄山が叛き、都長安は陥落、霊武の粛宗即位で年号も「至德」に改まる。杜甫はこの時に安禄山の賊軍に拘束され都長安に連行され、至德二載（七五七）の春、「春望」を作る。——このような経緯を踏まえると、『宋本杜工部集』『錢注杜詩』はともに、「九日藍田崔氏莊」と「崔氏東山草堂」を、杜甫が都長安に連行された後、すなわち至德元載（七五六）の秋の作と見なしていることになる。特に『錢注杜詩』は「九日藍田崔氏莊」の題下に「自此已以後詩十三首、没賊時作」という双行注がある。その一方、清、仇兆鰲『杜詩詳注』巻六は南宋・黄鶴の杜詩注に従って、「九日藍田崔氏莊」と「崔氏東山草堂」を乾元元年（七五八）秋の作と見なす。その時杜甫はすでに左拾遺から華州司功參軍に左遷されていた。その根拠として仇注は、賊軍に捕らえられていた杜甫が京城から遠く離れた藍田に行くことは不可能であったこと、長安・洛陽の両京が賊軍に占領され中国全土が騒乱状態にあるなかで「興来今日尽君歡」（「九日藍田崔氏莊」第二句）と歓楽を詠っているのは理に合わないこと、などを挙げる。

『宋本杜工部集』「崔氏東山草堂」にある双行注「王維時被張通儒禁在東山北寺、有所歎惜、故云」は、安禄山の賊軍に捕らえられた王維（当時、給事中の職にあった）が洛陽に連行され、賊将、張通儒によって「東山北寺」に拘禁されたことを言っている。『明皇雑録』「補遺」には、王維が拘禁された場所は洛陽の「菩提寺」とあるので、「東山北寺」とは「菩提寺」のことであろう。「崔氏東山草堂」の尾聯には、

何爲西荘王給事　　何爲《なんす》れぞ 西荘の王給事
柴門空閉鏁松筠　　柴門 空しく閉《とざ》して 松筠 鏁《とざ》すや

とあり、藍田の崔氏の別荘（「東山草堂」）の西に、王維の輞川荘があり、その輞川荘は主人の王維がいないため、柴門を閉ざして松や竹も見られないことを言う。なぜ輞川荘に主人の王維がいないのか、それは『宋本杜工部集』「崔氏東山草堂」にある双行注にあるように、王維が賊軍によって洛陽にまで連行されていたからである。「崔氏東山草堂」を至徳元載秋の、賊軍によって長安に連行された後の作と見なすならば、詩本文と双行注は正しく対応していることがわかる。しかしながら、『銭注杜詩』は本詩を巻九に置いて賊軍によって占領された長安にいた時期の作としながらも、「王維時……」の双行注は杜甫の自注ではなく、呉若本の注と見なしている。

　この二詩について仇兆鰲『詳注』は『宋本杜工部集』『銭注杜詩』の編年を否定し、都長安が賊軍より奪還された、杜甫左拾遺時期の作とする。それに対して、謝論文は、概略、以下のように反駁する――杜甫は長安で賊軍の拘束を受けてはおらず、京城外の曲江にも行っており（七言古詩「哀江頭」はその時の作）、最終的には長安から鳳翔に逃れている。杜甫の身分は当時全く高くはなく周囲にも彼の身分が認識されることはなかった。「九日藍田

崔氏荘」の１「興来今日尽君歓」、７「明年此會知誰健」と詠っているのも自由気ままさの表れではなく、全土が騒乱状態にあるなかで偶然にも知己と出会うことができたのだから、一時の感興を尽くすことは当然のことである、と（以上、概略）。そして謝論文は、「崔氏東山草堂」を収める『宋本杜工部集』巻九が第一本に属することから、「『宋本杜工部集』第一本（重刻王洙・王琪本）に見える注文はすべて杜甫の自注である」との原則に従って、この「王維時被…」もまた杜甫の自注と見なしている。本稿はこの謝思煒論文の見解に従う。

このように、銭謙益による杜甫の自注か否かの峻別作業についても異論が提起されており、『銭注杜詩』に見える杜甫の自注と呉若本注については、個別的な吟味を加える必要がある。特に、『宋本杜工部集』巻一「兵車行」には題下に双行注「古樂府云、不聞耶娘哭子聲、但聞黄河流水一濺」がある。これに対して『銭注杜詩』巻一には「呉若本云、古樂府云、不聞耶娘哭子聲、但聞黄河流水一濺」とあるので、銭謙益は杜甫の自注ではなく、呉若本の注と見なしているのである。ただ、『宋本杜工部集』巻一は第一本に屬するから、謝論文に従えば、「古樂府云、……」もまた杜甫の自注ということになる。この問題については、第二部第一章「『兵車行』と古樂府」において詳しく検討した。

〔問題二〕

清、朱鶴齡〔輯注〕『杜工部詩集』（康熙九年〔一六七〇〕刻）(25)巻十三では、杜甫「詠懐古跡五首」の題下に、「呉本作『詠懐一章』『古跡四首』」なる注文がある。つまり、朱鶴齡は、「呉本は『詠懐古跡五首』を五首の連章組詩ではなく、『詠懐一章』『古跡四首』に分けて配置している」と注記しているのである。この「呉本」が呉若本であるとしたら、呉若本を底本とした『銭注杜詩』の「詠懐古跡五首」（巻十五）にも同じ言及があるはずである。

ところが、『銭注杜詩』巻十五には朱鶴齢の指摘するような文字はない。果たして、呉若本は「詠懐一章」「古跡四首」と作っていたのであろうか。

そもそも、『銭注杜詩』と朱鶴齢の『杜工部詩集』が成立するには、以下のような経緯がある。――銭謙益は、明朝滅亡後、未完成であった自分の杜注の原稿を朱鶴齢に託してその完成を依頼した。しかし、朱が完成させた杜注本は、銭の説を否定するなど、銭にとって満足のゆくものでなく、その結果、両者の関係は決裂し、それぞれ別に自分の杜注を刊行することとなった――。そして、朱鶴齢は杜注を完成させる過程において、銭の所有する呉若本を閲覧している(26)のである。実際に、朱鶴齢の『杜工部詩集』に引用される「呉若本注」は『銭注杜詩』のそれと一致する(27)。したがって、「詠懐古跡五首」についても、「呉本」が呉若本であるとしたら、朱鶴齢が注記するとおり、呉若本が「詠懐一章」「古跡四首」に作っている可能性が高いと考えられる。

では、[1]なぜ、『銭注杜詩』では「詠懐一章」「古跡四首」に作らないのであろうか、あるいは、[2]なぜ、「呉若本作『詠懐一章』『古跡四首』」といった注記を加えていないのであろうか。

まず、[1]について。前述したように、『銭注杜詩』は呉若本に改刪を加えており、それは、[A]文字の異同、[B]注文、[C]杜詩の配列、の三方面に及んでいる。これらの事実に基づいて、「呉若本が『詠懐一章』『古跡四首』に作っていた杜詩五首を、『銭注杜詩』は他本に従って『詠懐古跡五首』に改めた」と推測することは、――この場合、[A][C]の両方を含む、いささか特殊な改刪の例となるものの――決して不自然なことではあるまい。

次に、[2]については、[A]銭謙益が注記を意図的に記さなかった、あるいは、[B]銭謙益の注記が刊刻される際に脱落した、の二つの可能性が想定されるが、筆者は[A]の可能性のほうが高いと考える。

銭謙益は、「秋興八首」「諸将五首」など、杜甫夔州時代の連章組詩について、各組詩の全体的構成に留意して解釈すべきことを平生の主張としていた(28)。つまり、各組詩に有機的な一体性・全体性を見いだそうとする態度を持っていたのである。そして、銭謙益自身も、膨大な数の連章組詩を創作している(29)。したがって、「詠懐古跡五首」についても、銭謙益は、呉若本では「詠懐一章」「古跡四首」に作っていたこの杜詩五首を、「五首からなる連章組詩」として構造的に読もうとしていた、と推測することができよう。だからこそ、銭謙益は呉若本に従わず、「呉若本作『詠懐一章』『古跡四首』」といった注記もあえて記さなかったのではないか。

「詠懐古跡五首」には第一首と他の四首との間に内容的な断絶が認められることが、松原朗「杜甫『詠懐古跡』詩考——古跡の意味するものについて——」(30)によって指摘されている。これは、清の浦起龍が、朱鶴齢の「呉本作『詠懐一章』『古跡四首』」という注記に基づいて唱えた説である。すなわち、第一首は純然たる「詠懐」であり、「古跡」とは関係ない(31)。呉若本が「詠懐古跡五首」を「詠懐一章」「古跡四首」に作るように、もとは別々の詩であったものが、後に誤って一つの合わせられたのだ、と。

松原論文は、第一首以外の他の四首も互いに異質な作品の集合であること、このような相違はむしろ杜甫の意図するところであったこと、そして、「詠懐古跡五首」には異質な作品同士を横断する明確な主題が貫かれていること、等を指摘することによって、「詠懐古跡五首」の内容的断絶を解決している。

その一方で、浦起龍の指摘するように、宋代に杜集が編纂される際に、この内容的な断絶に起因して、「詠懐古跡五首」を「詠懐一章」「古跡四首」に作る杜集が存在したと想定する(32)のも決して不可能なことではあるまい。そして、呉若本はその系統に属する一本であったと考えられるのである。

呉若本は『銭注杜詩』における最も重要な文献である。しかし、右に検討したように、呉若本は「詠懐古跡五首」を「詠懐一章」「古跡四首」に作っていた可能性が高い。もし、そうとするならば、銭謙益はそれに従わず、しかも、注記すら記さなかったことになる。この想定される事実は、「詠懐古跡五首」を連章組詩として構造的に読もうとする銭謙益の意欲が、呉若本の持つ書誌的事実を超えていたことを表しているのではなかろうか。

注

(1) 続古逸叢書第四十七種。なお、『續古逸叢書』は縮刷本が一九九四年に江蘇廣陵古籍刻印社より出版されている。
(2) 叢書集成初編本。
(3) 「滂喜齋」は、清末の蔵書家、潘祖蔭の蔵書室。なお、潘祖蔭『滂喜齋藏書記』巻三「集部」に「北宋刻杜工部集二十巻」とあり、これが当該書に相当するのであろう(『清人書目題跋叢刊』第三巻所収、中華書局、一九九〇年)。
(4) 「北京圖書館蔵本」については、『北京圖書館古籍善本書目』(書目文献出版社、一九八六年)に「杜工部集二十巻補遺一巻、唐杜甫撰、清初錢曾述古堂影宋抄本」とある。銭曾(一六二九―一七〇一)は清初の蔵書家。「述古堂」はその蔵書室。なお、『宋本杜工部集』巻頭に載せる、王洙「杜工部集記」第一〜二葉も北京圖書館蔵本から補ったものである。
(5) 『文學遺産』増刊第十三輯所収、一九六二年。
(6) 黒川洋一『杜甫の研究』所収、東洋學叢書、創文社、一九七七年。初出は一九六八年。
(7) 安藤俊六『杜甫研究』所収、風間書房、一九九六年。
(8) 「完」の缺筆は欽宗(趙桓、一一二五―一一二七在位)の諱「桓」を避けたもの。「構」は高宗(趙構、一一二七―一一六二年在位)の諱名。
(9) 張元濟の跋文に云う、「又刻工前一本有洪茂、張逢、史彦、張由、余青、呉圭、洪先、張謹、牛實、劉乙、宋道、徐彦、施章、田中、張清、呂堅、王伸、方誠、駱昇、葛從、朱贇、蔡等、就余所寓目之宋槧校之、與衢州本『三國志・魏書』紹興本、『管子』紹興本、『臨川先生文集』同者一人、與南宋初補刊本『禮記鄭注』同者三人、與南宋本『爾雅』同者四人、與紹興明州本『徐公文集』同者五人、與南宋本『陶淵明集』同者七人、與紹興明州本『六臣注文選』同者八人、與南宋初年刊

『資治通鑑目録』同者十二人、與紹興茶鹽司本『資治通鑑』同者十七人、於是確定爲紹興初年之浙本無疑。」。

（10）巻二十（＝第一本）の巻末に、王琪の「後記」を載せることも、（張氏は明言していないが）第一本を重刻王洙・王琪本と特定する要因になったのであろうか。

（11）北京圖書館［編］『中國古代版刻圖録』では第一本を南宋初期に呉中（現在の江蘇省蘇州市一帯）で重刻した王洙・王琪本と推定している（周采泉［編］『杜集書録』上巻による。上海古籍出版社、一九八六年）。

（12）序文は一九二九年のもの。『杜詩引得』所収、上海古籍出版社、一九八五年。

（13）曹樹銘『杜集叢校』所収。中華書局香港分局、一九七二年。

（14）『江漢論壇』一九八二年第六期所収。

（15）『杜甫研究学刊』一九九〇年第四期（総二十六期）所収。のち、蔡錦芳『杜詩版本及作品研究』（上海大学出版社、二〇〇七年）に収録。蔡論文も鄧紹基論文と同じく、『宋本杜工部集』第一本を重刻王洙・王琪本と見なしたうえで、論を進めている。

（16）『古詩考索』所収、南京大學古典文獻研究所専刊、上海古籍出版社、一九八四年。

（17）また、注（17）所掲の蔡錦芳「呉若本與『銭注杜詩』」でも、呉若「後記」で明示する異文の標記の方法（「凡稱『樊』者、樊晃小集也。稱『晉』者、開運二年官書也――」）が、蔡夢弼［會箋］『杜工部草堂詩箋』（同書は南宋、嘉泰四年〈一二〇四〉の自序を収める）の「識語」に踏襲されていることから、『杜工部草堂詩箋』も呉若本を参考にした可能性が高い、と述べている。

（18）たとえば、杜甫「洗兵馬」（『銭注杜詩』巻二）の「紫禁正耐烟花繞」では、「禁」字について「呉本作『駕』」と記されている。また、杜甫「送重表姪王　評事使南海」（『銭注杜詩』巻八）の「我之曾祖姑」では、「祖」字について「呉作『老』」と記されている。

（19）筆者が披見し得たのは、早稲田大学図書館蔵本。

（20）たとえば、杜甫「麗人行」（『銭注杜詩』巻一）「衱」：呉若本注、「『禮記』注、『交領也』」。『爾雅』、「『衱』謂之『裾』」。郭璞云、「衣後

裾也」。趙云、「謂之腰、則裾腰耳。以珠綴之、故云『珠壓腰衱』」

杜甫「奉同郭給事湯東靈湫作」（『錢注杜詩』巻二）「曠原」：呉若本注、「原、崑崙東北脚名也」。『穆天子傳』、「自群玉之山以西、至於西王母之邦、三千里、自西王母之邦、北至于曠原之野、飛鳥之所解其羽、千有九百里、宗周至于大曠原、萬四千里」。

杜甫「過郭代公故宅」（『錢注杜詩』巻五）箋曰、（省略）呉若本注云、「明皇與劉幽求平韋庶人之亂、正在神龍後、元振常有功其間而史失之、微此詩無以見」。不知元振爲宗楚客等所嫉、出之安西、幾爲所陷。楚客等被誅、始得徵還、何從與平韋后之亂。此拘詩而不考之過也。

杜甫「草堂」（『錢注杜詩』巻五）（錢箋前略）而呉若本、于「布衣」「專城」之下注云、「即楊子琳、柏貞節之徒」。是時嚴武已没、公下峡適楚。何嘗復歸草堂哉。注家唯黄鶴能辨之。

杜甫「贈李白」（『錢注杜詩』巻九）「飛揚跋扈」：呉若本注、「賀六渾論侯景專制河南十四年、有飛揚跋扈之意」。按太白性倜儻、好縱横術、魏顥稱其眸子炯然、

哆如餓虎、少任俠、手刃數人。故公以「飛揚跋扈」目之。猶云平生飛動意也。舊注俱大謬。

杜甫「寄董卿嘉榮十韻」（『錢注杜詩』巻十三）「君牙」：呉若本注云、「此邢君牙也」「本傳」云、「田神功爲兗鄆節度使、使君牙將屯兵時防秋」。神功鎭時、在代宗初、故曰「京師今晏朝」是時君牙尚微、在神功麾下、乃名斥之。按此詩言「君牙帳」者、謂「君之牙帳」也。雪嶺・繩橋、皆防西之地。邢君牙領防秋兵入鎭好時、又扈從代宗幸陝、與此詩絶不相渉。若但以君牙二字、曲説附會耳。

(21)『中國典籍與文化』二〇一五年第三期。

(22)宋代の杜集の編纂史については以下の論考が参考になる。

許總「宋代杜詩輯注源流述略」（『杜詩學發微』所収、南京出版社、一九八九。なお、『杜詩學發微』の日本語訳に、加藤国安訳・注『杜甫論の新構想—受容史の視座から—』〔研文出版、一九九六〕がある）。

吉川幸次郎〔訳〕『杜甫I』「あとがき」（世界古典文学全集二十九、筑摩書房、一九七二年）。

(23)『中國歴史文獻研究集刊』第五集所収（中國歴史文獻研究會〔編〕、岳麓書社、一九八五年）。のち、謝思煒『唐宋詩學論集』

（商務印書館、二〇〇三年）に収録。

(24)『宋本杜工部集』巻十一「蜀相」の「介甫云、—」、同「梅雨」の「『西』一作—」、同「絶句漫與九首」其八の「一作『雉子』—」、巻十二「江畔獨歩尋花七絶句」其六の「東坡嘗—」、巻十三「百舌」の「『周公』時訓曰、—」

(25) いま影印本が「杜詩又叢」に第四册として収録されている。中文出版社、一九七七年。

(26) 朱鶴齡の『杜工部詩集』巻頭に載せる朱の自識に、「乙未（＝清、順治十二年〈一六五五〉）、館先生（＝錢謙益）家塾、出以就正、先生見而許可、遂檢所箋呉若本及九家注、命之合鈔」とある。

(27) 朱注巻十三「憶鄭南玭」の題下注に「呉若注、玭疑作玼、音泚、玉色鮮潔也」とあり、これは『錢注杜詩』巻十六「憶鄭南玭」の「玭」の注に「呉若本注、玭疑作玼、音泚、玉色鮮潔也」と一致する。

(28) たとえば、錢謙益は、『讀杜小箋』巻下「諸將五首」において、「公（＝杜甫）詩凡長篇累章、皆鋪陳排比、首尾照應」と述べている。（『牧齋初學集』巻一百八所収、上海古籍出版社、一九八六年）。

(29) 長谷部剛「錢謙益における杜甫『秋興八首』の受容と展開——『連章組詩』の視點——」（『中國詩文論叢』第十五集所収、一九九六年）参照。

(30)『人文科学年報』第二十一輯所収、専修大学、一九九二年。

(31) 此「詠懷」也、與「跡」無渉、與下四首、亦無關會（浦起龍『讀杜心解』巻四之二、中華書局、一九八一年）。

(32) 愚則謂此題四字（＝「詠懷古跡」）、本兩題也、或同時所作、譌合爲一耳（浦起龍『讀杜心解』巻四之二）。

第二部　各論

第一章　杜甫「兵車行」と古樂府

一

現存する杜甫の詩文集のなかで、續古逸叢書本『宋本杜工部集』は、北宋の「王洙・王琪本」の原貌を残す極めて貴重なテキストである。杜甫前半期の代表的作品である「兵車行」は巻一に収められ、その題下には双行の夾注が以下のごとく記されている。

古樂府云、不聞耶娘哭子聲、但聞黄河流水一濺濺。
古樂府に云う、「耶娘《ちちはは》が子との別れに泣く聲は聞こえず、ただ黄河の水がひたすらしぶきを上げて流れて行く音を聞くばかり」と。

『宋本杜工部集』は基本的には本文のみの無注本の体裁を取っており、双行の夾注として記される数多くの注文は文字の異同を記したものを除くとすべて杜甫の自注のように見える。しかしながら、或る部分には後人が付加したと明らかに判断されるものも混入しており、夾注が果たして杜甫の自注なのかそうでないのか峻別する必要がある。

本稿はまず、この「古樂府云、……」が杜甫の自注か否かについて検証し、続けてこの「古樂府」の由来について検討を加えたい。

二

『宋本杜工部集』は二種類の杜甫の詩文集（第一本と第二本）をつなぎあわせて一本としたものである（〔表〕参照）。「兵車行」を収める巻一は、二種類の杜集のうち、第一本の「王洙・王琪本」の系統に属する。

「王洙・王琪本」とは、北宋、寶元二年（一〇三九）に王洙が編集した『杜工部集』二十巻を、北宋、嘉祐四年（一〇五九）に王琪がさらに校訂した上で刊行した本。現在、この本の完本は傳わらず、この『宋本杜工部集』第一本もまた「王洙・王琪本」そのものではなく、南宋の紹興年間に浙江で重刻された

〔表〕『宋本杜工部集』（宋：宋刻部分／影：影写部分）

巻数→	①	②	③	④	⑤	⑥	⑦	⑧	⑨	⑩	⑪	⑫	⑬	⑭	⑮	⑯
第一本 「王洙・王琪本」系	影	影	影	影	影	影	影	影	影						影	影
第二本 「呉若本」系										宋	宋	宋	影	影		

巻①

第 1 - 2 葉　：北京図書館蔵本より補った部分

第 3 - 5 葉　：宋刻第一本

第 6-24 葉　：宋刻の王洙本を毛晉が劉臣に影写させ、それを毛扆が王爲玉に影写させた部分。

「兵車行」は第 8 葉

	⑰	⑱	⑲	⑳	補遺
第一本	宋	宋	宋	宋	宋
第二本					

〔その他〕

［ i ］巻⑫の第 21 葉後半は北京図書館蔵本より補った部分。

［ ii ］巻⑲の第 1-2 葉は北京図書館蔵本より補った部分。

［iii］補遺の第 7-8 葉は北京図書館蔵本より補った部分。

［iv］巻⑬⑭は毛扆が王爲玉に影写させた部分であるが、第二本に相当する。

ものと考証されている。

第二本（「呉若本」系統）は、王安石・黄庭堅・蘇軾など北宋人の評語を記載するなど、夾注に杜甫の自注ではないものが混入している(1)ことを容易に看取できる（「王洙・王琪本」および「呉若本」について詳しくは、第一部第五章「『宋本杜工部集』の成立」を参照されたい）。

では、第一本（「王洙・王琪本」系統）はどうであろうか。

謝思煒「『宋本杜工部集』注文考辨」(2)は、この問題について総合的・全体的に考証した、管見の限りでは唯一の研究である。謝論文はまず第一本夾注の内容を以下のように分類する。

①制作時期の注記
②詩と関係のある人物・事件の注記（杜甫本人の行動・交友の注記、及び時事の注記を含む）
③当時当地の特殊な風俗・呼称の注記
④詩語の典故の注記
⑤或る字の方言音あるいは特殊な読音の注記

そして、考証の結果、「第一本（「王洙・王琪本」系統）の夾注はすべて杜甫の自注と考えられる」旨の見解を提出する。謝論文の見解に従えば、『宋本杜工部集』の夾注は、第二本には後人が付加したものが含まれるものの、第一本にはそれが無く、すべて杜甫の自注ということになる。

「兵車行」は『宋本杜工部集』第一本の「王洙・王琪本」の系統に属するから、その題下の夾注「古樂府云、……」もまた杜甫の自注ということになる。そして、謝論文の分類の④「詩語の典故の注記」に属すると考えられよう（後述）。

ただし、正確に言えば、「兵車行」が含まれる巻一の第六葉以下は宋刻ではない（「兵車行」は第八葉）。『宋本杜工部集』所収の毛扆の跋文には概略以下のように記されている。――同本の所有者であった毛扆（一六四〇～一七一三）は、かつて毛扆の父、「汲古閣」毛晉（一五九八～一六五九）が、他者より借りた宋刻の王洙本『杜工部集』を劉臣なる者に影写させたテキストを譲り受けた。のちに宋刻の『杜工部集』残本を書賈から入手したところ、その『杜工部集』残本は、父から譲り受けた影写本の原本であることを知った。そこで、宋刻の『杜工部集』残本以外の部分は、『杜工部集』影写本をさらに甥の王爲玉に影写させ補った――。このような経緯から、『宋本杜工部集』巻一第八葉の「兵車行」は宋刻ではなく、宋刻の影写本をさらに影写した部分に相当することがわかるが、巻一が第一本（「王洙・王琪本」系統）であることは『宋本杜工部集』を影印・刊行した張元濟の跋文から明らかであるので、『宋本杜工部集』巻一「兵車行」の夾注「古楽府云、……」は杜甫の自注である蓋然性が極めて高い、と判断する。

この判断を補強するものとして『分門集註杜工部詩』(3)がある。『分門集註杜工部詩』巻十四には「兵車行」詩本文（第三句）「耶娘妻子走相送」の下に双行の夾注として以下のごとくある。

彦輔曰、杜元注云、古樂府云、不聞耶娘哭子聲、但聞黄河之水流濺濺。

「彦輔」は王得臣の字。北宋期、杜詩に注釈を加えた人物（4）である。王得臣は、「杜元注」すなわち杜甫の自注としてこの「古樂府云、……」を引用している。『宋本杜工部集』と、王得臣の語を引く『分門集註杜工部詩』では、兩者の閒に文字の異同があるものの、「古樂府云、……」は同一の歌辞であると考えられる。王得臣が「杜元注」と明記している以上、「古樂府云、……」は杜甫の自注と確認される。

三

杜甫自注所引の「古樂府云、……」は、いったいどのような由来を持つものであろうか。

現存する「古樂府」或いは「樂府古辭」――ともに作者名の明らかでない古い楽府詩を指して言う――のなかに、この「古樂府」そのままの句は見当らない。

この「古樂府」との関連性が指摘されるものに「木蘭詩」がある。

「木蘭詩」（5）は全六十二句からなる物語詩で、「木蘭」という名の女性が年老いた父に代わり男装して出征し軍功を挙げて凱旋したという内容を持つ。広く人口に膾炙した名詩であり、漢魏六朝詩歌のアンソロジーでは必ずといっていいほど採録される。そしてその際、「北朝の歌謡で作者不詳」とされる（6）ことが多い。

「木蘭詩」の第二十三～四句は、杜甫「兵車行」自注「古樂府」と極めてよく似ている。

不聞爺孃喚女聲、但聞黄河流水鳴濺濺。
爺孃《ちちはは》が女《むすめ》を呼ぶ声は聞こえず、ただ黄河の流れが水しぶきの音を鳴らすのを聞くばかり。

これについて、蕭滌非「従杜甫・白居易・元稹詩看『木蘭詩』的時代」(7)は、杜甫「兵車行」自注で引用されているのは「木蘭詩」である(8)と指摘する。すなわち、蕭滌非論文は「古樂府」が「木蘭詩」である(9)ことを主張しているのである。古くは黄庭堅によって同様の言及(10)がなされている。

「木蘭詩」が北朝の歌謡とする前提に立てば、確かに、漢魏六朝の樂府歌謡を自己の詩歌創作に活用することの多かった杜甫が「木蘭詩」についても自作の「兵車行」に採り入れた、とも考えられる。蕭滌非論文の主旨もまた、「木蘭詩」が北朝の歌謡であるとの前提に立っている。

しかし、蕭滌非論文の見解は、特に以下の三点に即して再検討する必要があると考える。

①「木蘭詩」の主人公は女性であり、だから「木蘭詩」第二十三句は「不聞爺孃喚女聲」となっている。杜甫の自注では「不聞耶娘哭子聲」と、「女《むすめ》」ではなく「子《こ》」となっている。この違いはなぜ生まれたのか。

②杜甫は自注でなぜ「木蘭詩」でなく「古樂府」と記したのか。

③杜甫はなぜ自注「古樂府云、不聞耶娘哭子聲、但聞黄河流水一濺濺(あるいは「但聞黄河之水流濺濺」)」を施したのか。

四

まず、①の問題、すなわち杜甫自注「不聞耶娘哭子聲」と木蘭詩「不聞爺孃喚女聲」の異同の問題を、「木蘭詩」の形成との関わりから考えてみたい。

「木蘭詩」の成立年代については、上は漢代、下は唐代と、かねてより様々な説が提出されており、諸説紛々たる情況にある(11)。「木蘭詩」は釋智匠『古今樂録』に「木蘭、不知名」とある(12)ことから、杜甫が「兵車行」を製作した唐代より前にその歌辞が存在した可能性が極めて高い。また、内容的にも、詩中の地名が北魏・太武帝(四二三～四五二在位)における柔然征伐と合致することから、南北朝分裂期の北方を舞台とすることもすでに指摘されている(13)。ところが、現在目にすることができる「木蘭詩」歌辞全文は、〔注〕(5)に列挙するように、『古文苑』・『樂府詩集』・『文苑英華』など宋代になって始めて著録されているのである。現行の「木蘭詩」と同一のテキストを果たして杜甫が目にしていたかどうか、確証はないのである。

「木蘭詩」のごとき作者不詳の物語詩は、「焦仲卿妻(孔雀東南飛)」と同じく、長期間の口承伝承と広範囲の流伝を経て最終的には文人によって写定されたものであり、その過程で多くの改作や増補が行われている、と考える(14)のが最も現実に近いであろう。

「木蘭詩」冒頭の第一～六句は「木蘭詩」の形成過程を最も具体的に示している点で注目に値する。この部分は「折楊柳枝歌」の歌辞を採り入れたと考えられる。

以下に「木蘭詩」と「折楊柳枝歌」の当該部分を示す。

「木蘭詩」

「折楊柳枝歌」(全四首)

第二首

1 門前一株棗

2 歳歳不知老

1 唧唧復唧唧
2 木蘭當戸織
3 不聞機杼聲
4 唯聞女歎息
6 問女何所憶
7 女亦無所思
8 女亦無所憶
9 昨夜見軍帖
10 可汗大點兵
11 軍書十二卷
12 卷卷有爺名
13 阿爺無大兒
14 木蘭無長兄

---

3 阿婆不嫁女
4 那得孫兒抱

第三首

5 敕敕何力力
6 女子臨窗織
7 不聞機杼聲
8 只聞女歎息

第四首

9 問女何所思
10 問女何所憶
11 阿婆許嫁女
12 今年無消息

はぁとため息をつき、そしてまたため息、木蘭は戸口に向かって機織りをしている。機の音は聞こえず、ただ彼女のため息を聞くばかり。「娘さん、お尋ねしますが、いったい何を思っているのですか」「娘さん、お尋ねしますが、いったい何を思い出しているのですか」「私は何を思うのでも、何を思い出すのでもありません。昨夜、徴兵名簿を見たら、国王は大いに兵を召し出され、名簿十二巻には、どの巻にもお父さんの名前がありました。お父さんには代わりに兵隊になる長男がいません。私には兄がいないのです。

門の前に一本の棗の木があり、毎年（実をつけ）老いることをしらない。お母さん、娘を嫁がせなかったら、どうして孫を抱くことができようか。

はぁとため息をつき、女が窗に向かって機織りをしている。機の音は聞こえず、ただ彼女のため息を聞くばかり。

「娘さん、お尋ねしますが、いったい何を思っているのですか」「娘さん、お尋ねしますが、いったい何を思い出しているのですか」「お母さんは私が嫁ぐことを許してくれましたが、今年になって先方から何の知らせもありません」

「折楊柳枝歌」は、『樂府詩集』巻二十五「横吹曲辭」五「梁鼓角横吹曲」に収められ、五言四句を一首とし全四首から成る。第二首以下は一続きの内容と考えられる。

「木蘭詩」第三～六句は「折楊柳枝歌」第七～十句とほぼ同じ表現である。問題となるのは、「木蘭詩」第一・二句である。第一句「喞喞復喞喞」及び「折楊柳枝歌」第五句「敕敕何力力」は、ともに詩中の主人公が嘆息するさまを表現する⒂ものである。第二句については、「當戸織」が「折楊柳枝歌」第六句の「臨窗織」とほぼ同じ動作を表現するものであり、異なるのは、その動作の主体が「木蘭」という固有名詞になっている点だけである。

すなわち、「木蘭詩」の第一～六句は、「折楊柳枝歌」五～十句の表現をほぼそのまま借用し、詩中の主人公を「女子」から固有名詞「木蘭」に入れ替えただけなのである。それによって、詩中の主人公は、嫁ぎ先のないことを嘆く「女子」から、家に成人の男子無く年老いた父が出征しなければならないことを嘆く「木蘭」へと置き換えられたのである。

「木蘭詩」が既成の歌辞を自らのなかに取り入れたと考えられる箇所は、右の第一～六句だけではない。他にも複数の箇所で既成の歌辞を自らのなかに取り入れたと考えられることが先行研究によって指摘されている(16)。つまり、現行の「木蘭詩」は、或る一定の時期に或る特定の個人によって創作されたのではなく、長期間の口承傳承と広範囲の流傳の過程で、既成の歌辞を自らのなかに取り入れるなど、多くの改作や増補が行われて「形成」されたものなのである。

これと同じことが、「木蘭詩」第二三～四句「不聞爺孃喚女聲、但聞黄河流水鳴濺濺」と杜甫「兵車行」の自注「古樂府云、……」にも当てはまる。

「木蘭詩」
23 不聞爺孃喚女聲
24 但聞黄河流水鳴濺濺

「兵車行」自注所引「古樂府」
不聞耶娘哭子聲
但聞黄河流水一濺濺
(但聞黄河之水流濺濺)

ここで注目すべきは、「木蘭詩」の「喚女」と、「兵車行」自注所引「古樂府」の「哭子」との異同である。「木蘭詩」は「古樂府」の「哭子」を「喚女」に入れ替えることによって、「爺孃《ちちはは》が女《むすめ》を呼ぶ聲は聞こえない」という意に変え、「木蘭」物語の文脈に適合させたものと考えられる。

このように、「木蘭詩」は、「折楊柳枝歌」や、「兵車行」自注所引「古樂府」など、既成の歌辞を自らのなかに取り入れて形成していったものと考えられる。この立場に立てば、「兵車行」自注で引用されている「古樂府」が「木蘭詩」であるとする蕭滌非論文の見解は否定されることになる。杜甫が「木蘭詩」の歌辞を用いたのではなく、「木蘭詩」が杜甫自注所引の「古樂府」の歌辞を用いたのである。

五

次に②「杜甫は自注でなぜ『木蘭詩』でなく『古樂府』と記したのか」という問題について、杜甫「兵車行」と先行作品との関わりから考えてみたい。

唐・玄宗の天寶十載（七五一）、鮮于仲通が南詔を討ち士卒の死者は六万を数えた。楊國忠はこの失敗を糊塗すべく新たな征伐を挙行しようとして、長安・洛陽の兩京、および河南・河北で兵を募ったものの、それに応ずる者はいなかった。楊國忠は御史を遣わし、道で人を捕らえては強制的に兵士とした。兵士たちは恨みを抱きつつ出征し、それを見送る家族の哭声は至るところで野をふるわせたという（『資治通鑑』巻二一六による）。

杜甫がこの事実に即して詩を作るとき、彼は「……行」という漢代樂府の立題方法を踏襲して「兵車行」と新しく題を立てた。「兵車行」は漢代樂府の立題方法を踏襲する以上、漢代樂府の発想や表現を強く意識して製作されている(17)。さらには、『詩經』(18)、そして、漢代樂府を模擬するかたちで製作された陳琳「飲馬長城窟行」(19)をも踏まえる。このことは多くの論者によってすでに指摘されていたことである。

しかし、改めて先行作品との関係を調査してみると、杜甫「兵車行」は、『詩經』・漢代樂府・陳琳詩だけでなく、「紫騮馬歌辭」・「企喩歌」など、『樂府詩集』に「梁鼓角横吹曲」として収められる歌辭群とも密接な関係を持つことが判明した。これは、宋代以來の杜詩解釈史・研究史のなかでもあまり注視されていなかったことである。
まず、「兵車行」と「紫騮馬歌辭」の当該部分を示す。

「兵車行」

7 道傍過者問行人
8 行人但云點行頻
9 或従十五北防河
10 便至四十西營田
11 去時里正與裹頭
12 歸來頭白還戍邊

道の傍らを通り過ぎる者が兵士に尋ねる。兵士はただ言う、「頻りに徴兵があるのです」と。或る者は、十五の年から北で黄河の守りにつき、そのまま四十歳になってもまだ西で屯田兵となっている。出征の時、里長が彼に頭巾をつけてあげたのだが、故郷に帰る時には頭はまっ白で、それでもまた辺境の守りにつかなければならない。

「紫騮馬歌辭」（全六首）第三首

1 十五従軍征
2 八十始得歸
3 道逢郷里人
4 家中有阿誰

十五の年で従軍し、八十歳になってやっと故郷に帰ってきた。道で故郷の人に会い、「私の家には誰が暮らしていますか」と尋ねる。

（第四首以下は注（25）に掲げた）

右下に掲げた「紫騮馬歌辭」は、「梁鼓角横吹曲」に収められる。五言四句を一首として計六首から成り、第三首以下の十六句は一続きの内容となっている。

十五歳で徴兵された兵士が年老いて帰郷する、という場面設定、そして、兵士と道行く者との問答体、という二つの点からみて、「兵車行」は、「梁鼓角横吹曲・紫騮馬歌辭」第三首を踏まえる(20)ことは明白であろう。

次に、「兵車行」と「企喩歌」の当該部分を示す。

「兵車行」

31 君不見 青海頭
32 古來白骨無人收

ご覧なさい、青海のほとりでは、（戦場で野ざらしになった）白骨を拾う人もいない。

「企喩歌」（全四首）第四首

1 男兒可憐蟲
2 出門懷死憂
3 尸喪狹谷中
4 白骨無人收

男は本当にあわれな虫けら。一たび我家の門を出れば、いつ死ぬかもしれない憂いを抱いている。（死んだら）遺骸は狭谷の中に葬られ、（やがて）白骨（となり、それ）を拾う人もいない。

右下に掲げた「企喩歌」は、「梁鼓角横吹曲」に収められる。五言四句を一首として計四首からなる。「兵車行」第三十二句「古來白骨無人收」が、「企喩歌」第四首の第四句「白骨無人收」を踏まえる(21)ことは明白であろう。

このように、杜甫「兵車行」は、「梁鼓角横吹曲」と密接な関係を持つことが確認される。

そして、注目すべきは「紫騮馬歌辭」・「企喩歌」についての『樂府詩集』の解題である。まず、「紫騮馬歌辭」。

「紫騮馬歌辭」解題：『古今樂録』曰、「『十五從軍征』以下是古詩。」

『樂府詩集』は「紫騮馬歌辭」について『古今樂録』を引用する。『古今樂録』は、「紫騮馬歌辭」第三首（「十五從軍征」）以下が「古詩」であると言う。

次に「企喩歌」。

「企喩歌」解題：『古今樂録』曰、「（――省略――）最後『男兒可憐蟲』一曲是苻融詩、本云『深山解谷口、把骨無人收』」。

「企喩歌」についても『古今樂録』が引用される。「企喩歌」第四首が苻融の詩と言う(22)。そしてさらに、

深山解谷口、把骨無人收

奥深い山は谷川の入り口で二つに分かれ、そこに散らばる白骨を拾う人もない。

という、「企喩歌」が基づく表現があることが指摘されている。この「把骨無人收」については中華書局編輯部點校本『樂府詩集』に「把、當作白」と校語が記されるので、本論文でも以下は「白骨無人收」とする。

ところで、この二つの現象はいったい何を意味しているのであろうか。以下、段落を改めて検討したい。

六

「梁鼓角横吹曲」について、『樂府詩集』は「『古今樂録』有『梁鼓角横吹曲』、多敍慕容垂及姚泓時戰陣之事」（巻二十一「横吹曲辭」一解題）と述べる。歌辞の多くが、後燕の慕容垂や後秦の姚泓の時代、北方が北魏によって統一される（四三九）前の戦乱の時代（五胡十六國の時代）を背景としている、との指摘である。「梁鼓角横吹曲」が北方を舞台としながらも、南朝「梁」の字を含むのは、これらが北方から南方に伝わり記録されたためである(23)。

「梁鼓角横吹曲」には、五胡十六國の時代よりも早期のものと思われる歌辞が混入している(24)。『古今樂録』で「古詩」とされる、「紫騮馬歌辭」第三首（「十五従軍征」）以下もその一例である。「十五従軍征」は以前より樂府研究者の注目するところであった。例えば、清、朱乾『樂府正義』は、この「十五従軍征」は漢代の相和曲「十五」の古辞と推測する(25)。

次に、「企喩歌」第四首については、その表現が基づくまた別の表現（「深山解谷口、白骨無人收」）が『古今樂録』に記録されている。つまり、「白骨無人收」は、「梁鼓角横吹曲」の範疇には属さない、それよりも古い表現だったのである。

杜甫「兵車行」は「梁鼓角横吹曲」と密接な関係を持つ。しかしながら、「十五従軍征」は「古詩」であること、「企喩歌」にはそれに先立つ「白骨無人收」という古い表現が存在すること、この二点から考えると、杜甫は「梁鼓角横吹曲」そのものを典拠としたのではなく、「梁鼓角横吹曲」に採り入れられる以前の「十五従軍征」・「白骨無人收」を典據としたのではないか、と推測される。

杜甫の自注「古樂府云、不聞耶娘哭子聲、但聞黃河流水一濺濺」は、「十五從軍征」・「白骨無人收」と關連づけて考察すべきである。

「古樂府」の「不聞耶娘哭子聲」は、おそらく、出征する息子(26)を父母が泣きながら見送る場面を詠じたものであろう。「十五從軍征」・「白骨無人收」と同じく戰乱の時代を背景として作られたものと推測される。

後漢末以來、中國では戰乱が続き、それを背景として多くの戰乱詩及び離別詩が作られた。陳琳「飲馬長城窟行」(27)や王粲「七哀詩」など、建安七子の作品はその代表的なものであり、両詩の存在からも、当時、戰乱は詩歌の主題として重要な位置を占めていたことがわかる。「十五從軍征」以下十六句からなる物語詩や、「深山解谷口、白骨無人收」、そして杜甫自注所引の「古樂府」もまた、その内容からみて、具体的な成立時期・背景までは特定できないが、おそらくは後漢末より始まり、三国分裂、西晉の滅亡など、止むことなく続いた戰乱を背景として作られた歌辭、あるいは歌辭の断片であろう。

ここで、三で提出した②「杜甫は自注でなぜ『木蘭詩』でなく『古樂府』と記したのか」という問題を想起されたい。以上の検討を經れば、杜甫がなぜ「木蘭詩」ではなく「古樂府」と記したのか、理解できよう。杜甫が自注で引用した「古樂府」は「木蘭詩」ではなく、やはり「古樂府」である。換言すれば、「古樂府」と題するものに收斂される歌辭、と判断されるのである。

七

では、この「古樂府」は、具体的に如何なるものを指しているのであろうか。

顯慶元年（六五六）に完成した『隋書』の「經籍志」には『古樂府』なる一巻の書が著録されている(28)。また、呉兢（六七〇～七四九）が『古樂府』なる十巻の書を編纂していたことが、晁公武『郡齋讀書志』に記されている。この二種の『古樂府』はすでに佚書となっている。

だが、虞世南（五五八～六三八）『北堂書鈔』・歐陽詢（五五七～六四一）『藝文類聚』・李善（六一〇頃～六九〇）の『文選』注などには、「古樂府……」と引用される例が散見する。それらによって、初唐期において「古樂府」と稱されるものが如何なるものであったのか、概観することができる。『文選』李善注には引書索引(29)があるので、李善注に引用される「古樂府」が如何なるものであるのか通覧してみたい。

『文選』李善注(30)

［i］巻十四　鮑照「舞鶴賦」（「雖邯鄲其敢倫」句の李善注）：古樂府曰、黄金爲君門、白璧爲君堂、上有雙樽酒、使作邯鄲倡。（↑「相逢狹路間」古辭の第七～十句〔『玉臺新詠』巻一所収〕）

［ii］巻十六　潘岳「懷舊賦」（「墳壘壘而接壟」句の李善注）：古樂府詩曰、還望故鄉、鬱何壘壘。（↑魏文帝「善哉行」第七～八句〔『文選』巻二十七所収〕）

［iii］巻十六　潘岳「河陽縣作二首」其一（「頌如槁石火、瞥若截道飈」句の李善注）：古樂府詩曰、鑿石見火

能幾時。（↑佚詩）

［iv］巻三十　謝朓「和王主簿怨情」（「相逢詠蘼蕪」句の李善注）：古樂府詩曰、上山採蘼蕪、下山逢故夫。（↑「古詩八首」其一「上山採蘼蕪」〔『玉臺新詠』巻一所収〕）

［v］巻二十　王粲「公讌詩」（「今日不極懽、含情欲待誰」句の李善注）：古樂府歌曰、今日尚不樂、當復待何時。（↑佚詩。似た表現が「西門行」に「今日不作樂、當待何時」とある〔『樂府詩集』巻三十七所収〕）

［vi］巻二十九「古詩十九首」其一（「相去日已遠、衣帶日已緩」句の李善注）：古樂府歌曰、離家日趍遠、衣帶日趍緩。（↑「古歌」〔〔明〕馮惟訥［輯］『古詩紀』巻七所収〕）

［vii］巻三十　沈約「三月三日率爾成篇」（「金瓶汎羽卮」句の李善注）：古樂府詞曰、金瓶素綆汲寒漿。（↑「拂舞歌詩五篇」其五「淮南王篇」〔『宋書』巻二十二「樂志」四所収〕）

〔他に、李善注には「古樂府日出東南隅行」などの引用もあるが、省略〕

注目すべきは［iii］・［v］・［vi］である。これらは、樂府題が失われて『文選李善注』に断片的にしか残っていない歌辞である。おそらく初唐期には『古樂府』と題する書が存在し(31)、李善は『文選』注を撰する際にはそれを利用し得たのであろう。

杜甫自注所引「古樂府」もまた［iii］・［v］・［vi］と同類と考えられる。杜甫が「兵車行」を制作した盛唐期にも、後漢末以来の戦乱のなかで生まれた歌辞は複数が残存していたに違いない。それが、杜甫自注所引「古樂府」、そして、「十五從軍征」以下十六句からなる物語詩、「深山解谷口、白骨無人收」であると判断されるのである。

その後、杜甫のころには保存されていた歌辞群は多くが散佚した。しかし、「古樂府云、不聞耶娘哭子聲、但聞黄河流水一濺濺」については、杜甫が自注として書き記したので、樂府題も失われ、しかも断片としてではあるが、『宋本杜工部集』によって現在まで伝えられることとなった、と考えられる。また、「十五従軍征」・「深山解谷口、白骨無人收」については、釋智匠『古今樂録』に記録されたために『樂府詩集』の「梁鼓角横吹曲」のなかに留められることになった、と考えられる。

八

最後に、三で提出した③について考察する。杜甫はなぜ「古樂府云、……」なる自注を施したのであろうか。これは「兵車行」制作の意図とも関わる重要な問題である。

まず考えられるのは、「兵車行」第三句「耶娘妻子走相送」の「耶娘」について典拠を示した、ということである。すなわち、白話的（口語的・俗語的）色彩を濃厚に持つ「耶娘」が実は「古樂府」にも用いられた来歴のある語である(32)ことを杜甫自ら弁明した、と考えられるのである。

「兵車行」は、通説では天寶十年（七五一）、杜甫四十歳の作と編年される(33)。この時期、杜甫は都長安にあって困窮していた(34)。天寶六年に元結らとともに応じた制科を李林甫によって落されて(35)以来、無位無官の彼は貴顕の邸宅に出入し詩を奉贈(36)しては高位高官に引き立てられることを願った。「兵車行」はこのような仕官運動期の作品である。したがって、出征兵士の労苦を詠った「兵車行」もまた、諷喩詩を製作することによって貴顕・文人に認められ、それを仕官の手掛かりとしよう(37)とする意図から製作されたと判断される。であるからこそ、「兵車行」中に白話的色彩を濃厚に持つ「耶娘」を敢えて用いることに対しては、「古樂府」という古典に拠りどころを求めた旨の説明が必要であったと考えられる(38)。「耶娘」の使用という「冒険」に杜甫は「古樂府」という「保証」を用意していたのである。

そしてさらに注目すべきは、『宋本杜工部集』では、「古樂府云、……」なる自注が詩題「兵車行」の下に、すなわち「題下注」として、記されている(39)ことである。通常、題下注は詩の主題の提示、あるいは製作動機・意図の表明として機能する。白居易の「新樂府」諸篇の題下注——例えば第九首「新豐折臂翁　戒邊功也」——を想起すればその機能は容易に理解されよう。

六で示したように、「古樂府云、不聞耶娘哭子聲、但聞黃河流水一濺濺」は、出征する息子を父母が泣きながら見送る場面を詠じたものと推測される。止むことない戦争が一般人民を塗炭の苦しみに陥れているさまが看取できる歌辞である。「兵車行」は、その詩全篇の内容からみて、杜甫自身が知り得た時事問題に沿うかたちでこの「古樂府」を敷衍させたものと考えられるのである。つまり、「古樂府云、……」は「兵車行」を貫通する主題として機能していると判断される。杜甫「兵車行」はこの「古樂府」に基づいて制作されたのである。

杜甫「兵車行」は新しく題を立てて製作された「新題樂府」(40)である。古樂府の題をそのまま踏襲した「擬古樂府」ではない。しかし、「……行」という漢代樂府の立題方法を踏襲している以上、そこに漢代樂府の精神や伝統を継承しようとする意図がある(41)ことは確かであろう。また、詩中第十四句に「武皇開邊意未已」・第十五句に「君不聞漢家山東二百州」とあるごとく、「兵車行」は時代を漢代に假託している。この二點、漢代樂府の継承、時代を漢代に仮託、を読者に理解させる上でも、自注「古樂府」は有効に機能していると言えよう。

九

「兵車行」は杜甫を社会詩人として位置づける意味でも、彼の前半期の代表的作品と言える。それに伴って従来数多くの論者によって様々な言及が為されてきた。杜甫の批判精神、「詩史」としての史実との対応関係、『詩經』・漢代樂府・陳琳「飲馬長城窟行」といった先行作品との関わり、元稹・白居易らの「新樂府」への影響、など。その一方で、自注「古樂府」及び「十五從軍征」・「白骨無人收」については、この三者の関連性と重要性が従来論じられることはなかった。今回の検討を経て、現在では由來不詳となっている古い歌辞群が、「古樂府」として、杜甫「兵車行」の主題や表現に決定的な影響を与えていることが明らかになった。

しかしながら、初唐・盛唐期に「古樂府」なるものがどのように存在していたのか、また、どのように位置づけられていたのか、まだ不明な点も多い。初唐・盛唐期における「古樂府」の実態が判明しなければ、元稹・白居易ら「新樂府」の本質的な解明も不可能であろう。今後の課題としたい。

注

（1）例えば、
『宋本杜工部集』巻十一「蜀相」：介甫云、「映堦隔葉」一聯、非止詠孔明而託意在其中。（「介甫」は王安石の字）。
同右巻十一「南鄰」：魯直作艇、航方舟也。（「魯直」は黄庭堅の字）
同右巻十二「江畔獨歩尋花七絶句」其六：東坡云嘗云、齊魯大臣二人而史失其名。「黄四娘」何人、乃託杜詩而不朽也、世間幸不幸、類如此。

（2）『中國歷史文獻研究集刊』第五集所収（中國歷史文獻研究會［編］、岳麓書社、一九八五年）。のち、謝思煒『唐宋詩學論集』（商務印書館、二〇〇三年）に収録。

（3）撰者・編者・刻者ともに不明。南宋、寧宗期（一一九五〜一二二四）の刊刻と推定される。『四部叢刊正編』所収。

（4）王得臣は『和註杜子美詩』四十九巻を撰した。同書は現在伝わらないが、自序が『分門集註杜工部詩』に収められる。自序は、北宋、政和三年（一一一三）の年号を記す。

（5）「木蘭詩」を収録する主要な総集は、下記の四種。

［i］［北宋］郭茂倩［編］『樂府詩集』巻二十五「横吹曲辭」五「梁鼓角横吹曲」。『樂府詩集』はこの「木蘭詩」を「木蘭詩二首　古辭」の第一首として載せる。中華書局、一九九一年。

［ii］『古文苑』巻九。『古文苑』は撰者不詳。唐代にすでに成立していたと伝えられるが、北宋人の偽編と疑われる（劉躍進『中古文學文獻學』、江蘇古籍出版社、一九九七年）。今回は『四部叢刊正編』所収のテキスト（二十一巻本）に拠った。『四部叢刊正編』所収のテキストは、［南宋］章樵が増補・注釋を加え、紹定五年（一二三二）の章樵の自序を冠するもの。『古文苑』は「不聞爺孃喚女聲」を「不聞耶孃喚女聲」に作る。これについて、章樵は「耶、以遮切。今作爺、俗呼父爲爺」と注する。

［iii］［北宋］李昉ほか『文苑英華』巻三三三。今回は隆慶元年（一五六七）刻本の影印本に據った。隆慶本は『文苑英華』唯一の全本。なお、『文苑英華』は「木蘭詩」を韋元甫の作とする。

［iv］馮惟訥『古詩紀』巻九十六。嘉靖三十九年（一五六〇）序刊本（一九六一年京都大學中國語文研究室複製）。

（6）例えば、日本語版では、松枝茂夫『中國名詩選』中（岩波文庫、一九八四年）。現代中國語版では、王運熙・王國安『漢魏六朝樂府詩評注』（齊魯書社、二〇〇〇年）。

（7）『杜甫研究（修訂本）』所収、齊魯書社、一九八〇年。初出：一九五四年。

（8）他（引用者注、杜甫）自己注明用「木蘭詩」的一處、是他的「兵車行」。

（9）杜甫爲什麼稱「木蘭詩」爲「樂府」呢。這是因爲「木蘭詩」原是「梁鼓角横吹曲」中的一曲、屬於樂府範疇。爲什麼又稱「古」呢。這就是説、他認爲「木蘭詩」是唐代以前的作品。

(10) 黄庭堅（字は魯直）の指摘は、［南宋］趙次公の杜注に引用される。
趙云、此詩直道其事、氣質類古樂府。故多使俗語。如「耶娘」字、俗書作「爺嬢」、而此詩用「耶娘」字、蓋「木蘭歌」有「不聞耶娘喚女聲」。黄魯直「跋木蘭歌後」云、杜子美「兵車行」引此詩。推「耶娘」字所出、以知古人用字、其與俗書不同、皆有所本。（［南宋］郭知達『九家集注杜詩』巻一、『杜詩引得』排印本。これは［清］嘉慶年間刻本を校点排印したもの。洪業ほか『杜詩引得』、上海古籍出版社、一九八五年）

(11) 注（5）所掲の劉躍進『中古文學文獻學』二五五～二五九頁において、「木蘭詩」の成立に関わる従来の研究が要領よく整理されている。同書は諸説を、・漢代創作説、・三國創作説、・北朝創作説、・南朝～初唐間写定説、・隋代創作説、・唐代創作説、の六種類に整理する。

(12)『古今樂録』の「木蘭、不知名」は、『樂府詩集』巻二十五「木蘭詩二首　古辭」の解題として引用される。『古今樂録』は、王應麟『玉海』巻一〇五「音樂」の項に『『中興書目』、『古今樂録』十三巻、陳廢帝光大二年、僧智匠撰、起漢迄陳」とあることから、陳、廢帝の光大二年（五六八）に成立したことがわかる。

(13) 余冠英『樂府詩選』、人民文學出版社、一九九七年。

(14) 曹道衡・沈玉成『南北朝文學史』（人民文學出版社、一九九一年）、及び曹道衡「關於樂府民歌的産生和寫定」（『漢魏六朝文學論文集』所收、廣西師範大學出版社、一九九九年）は、「木蘭詩」の成立・形成に関して、この立場をとる。

(15)［注］（5）［iii］所掲の『文苑英華』は「木蘭詩」第一句を「唧唧何力力」に作り、「折楊柳枝歌」との近似性はより高くなる。

(16)「木蘭詩」のなかで既成の歌辞を自らのなかに取り入れたと指摘されるものには、以下のものがある。
・第三十一～四句「朔氣傳金柝、寒光照鐵衣、將軍百戰死、壯士十年歸」は、措辞の彫琢、巧みな対句表現、などから、南朝梁陳以降の詩歌のスタイルであると考えられる（［注］（14）所掲『南北朝文學史』四六八頁の指摘）。
・第五十九～六十二句「雄兔脚撲朔、雌兔眼迷離、雙兔傍地走、安能辨我是雄雌」は、おそらく元来は別の歌謡であったと考えられる（『南北朝文學史』四六四頁の指摘）。

(17) 例えば、仇兆鰲『杜詩詳注』巻二は、「兵車行」が典故とする漢代樂府として左下のものを挙げる。

［ⅰ］「兵車行」
7 道傍過者問行人

「相逢行」古辭
18 觀者盈道傍

［ⅱ］「兵車行」
17 縱有健婦把鋤犂
18 禾生隴畝無東西

「隴西行」古辭
31 健婦持門戸
32 一勝一丈夫

［ⅲ］「兵車行」
34 天陰雨濕聲啾啾

「雞鳴」古辭
17 鳴聲何啾啾

(18)「兵車行」冒頭第一句は、『詩經』を踏まえる。

「兵車行」
1 車轔轔
馬蕭蕭

『詩經』秦風「車鄰」
1 有車轔轔
『詩經』小雅「車攻」
1 蕭蕭馬鳴

(19)［魏］陳琳「飲馬長城窟行」は『玉臺新詠』巻一所收。

「兵車行」
27 信知生男惡
28 反是生女好
29 生女猶是嫁比鄰
30 生男埋沒隨百草

「飲馬長城窟行」陳琳
21 生男愼莫擧
22 生女哺用脯

陳琳の「飲馬長城窟行」は、右のように杜甫「兵車行」の典故となっている以外にも、労役や兵役に駆りだされる民衆の嘆きを、役人との問答や夫婦間の手紙のかたちで表現していること、「君獨不見」という表現を用いること、などの二点から見ても、杜甫「兵車行」への強い影響が認められる。

(20) 杜甫「兵車行」が「十五從軍征」を踏まえることについては、近年まで指摘されることがなかった。坂口三樹「古來 白骨人の收むる無し――杜甫『兵車行』」(『月刊しにか』二〇〇三年六月號、大修館書店)が、「第九・十句の對句は、「紫騮馬歌辭」(宋・郭茂倩『樂府詩集』巻二十五「梁鼓角横吹曲」)に見える「十五にして軍に從いて征《ゆ》き、八十にして始めて歸るを得たり」の句に學んだものかと思われる。」と述べるのが、管見の限りでは両者の関係について言及した唯一のものである。
　また、「十五從軍征」より始まる、この物語詩については、杜甫「無家別」(「三吏三別」の一)がこの詩の影響を受けているとの指摘が、注(13)所掲の余冠英『樂府詩選』によってなされている。「無家別」の製作年代は「兵車行」より後であることから、「兵車行」で部分的にこの物語詩を用いた杜甫が、その後、この詩の主題や発想を詩全篇に用いたのが「無家別」である、と考えるべきであろう。

(21) このことについては、仇兆鰲『杜詩詳注』がすでに指摘している。

(22) 苻融(?~三八三)は前秦の皇帝苻堅の弟。肥水の戦いで戦死した。文武兼備であった。『晉書』巻一一四に伝がある。注(6)所掲の『漢魏六朝樂府詩評注』は、この詩が苻堅の作であるかは疑わしいと述べる。

(23) 王運熙「梁鼓角横吹曲雜談」參照。『樂府詩述論』所収、上海古籍出版社、一九九六年。初出:一九九五年。

(24) 詳しくは、右注所掲の王運熙「梁鼓角横吹曲雜談」、及び以下の論考を參照されたい。
・松家裕子「梁の樂府と北方」、『興膳教授退官記念 中國文學論集』所収、汲古書院、二〇〇〇年。
・曹道衡「關於北朝樂府民歌」、『中古文學史論文集』所收、中華書局、一九八六年。

(25) [清] 朱乾『樂府正義』巻五「相和歌辭・相和・十五　魏文帝」の解題に下記のごとくある。
　古辭有「十五從軍征」詩、疑即此「十五」、而魏文擬之也。(乾隆五十四年〔一七八九〕刊本影印本。京都大學漢籍善本叢書、同朋舎出版、一九八〇年)
『宋書』巻十九「樂志」一に「凡樂章古詞、今之存者、並漢世街陌謠謳、『江南可采蓮』『烏生』『十五』『白頭吟』之屬、

是也」とあり、漢代に「十五」なる樂府詩があったことがわかるが、『宋書』巻二十一「樂志」三「相和」は、魏文帝曹丕の歌詞を収めるのみである。

しかしながら、「十五従軍征」が果たして漢代の相和歌「十五」の古辞であるのか、という問題についてはさらなる検証が必要である。例えば、『樂府詩集』は「十五従軍征」を「横吹曲」に収める。漢代の「十五」は相和歌であるから、まずこの点で齟齬が見られる。朱乾の見解の適否については暫く措くこととする。

ところで、「十五従軍征」が樂府古辞である可能性を示すものとして、[劉宋]鮑照「(代)東武吟」(『文選』巻二十八所収)の存在がある。「十五従軍征」の発想や表現は、鮑照の詩にも影響を与えていると考えられる。

「紫騮馬歌辭」

第三首

1 十五從軍征
2 八十始得歸
3 道逢郷里人
4 家中有阿誰

第四首

5 遙看是君家
6 松柏冢纍纍
7 兔從狗竇入
8 雉從梁上飛

第五首

「(代)東武吟」 鮑照

↓
17 少壯辭家去
↓
18 窮老還入門

年若きころに家を辞し、
貧乏な老人になって家に帰ってきた

↓
20 倚杖牧雞寰

杖によりながら、鶏と豚を飼う。

9 中庭生旅穀
10 井上生旅葵
11 舂穀持作飯
12 採葵持作羹

第六首

13 羹飯一時熟
14 不知貽阿誰
15 出門東向看
16 涙落沾我衣

↓19 腰鎌刈葵藿
　鎌を腰に差して冬葵と藿を刈り、

〔上段「紫騮馬歌辭」通釋〕十五の年で従軍し、八十歳になってやっと故郷に帰ってきた。道で故郷の人に会い、「私の家には誰が暮らしていますか」と尋ねる。（問われた人は答えた、）「遠くに見えるのがあなたの家です。松柏の繁るお墓がたくさん連なっています」と。犬の出入り口に野ウサギが入りゆき、屋根の梁からキジが飛んできた。中庭には野生の穀物が生い茂り、井戸の上には野生の冬葵が生い茂る。その穀物を臼でついてご飯を作り、その冬葵を摘んであつものを作った。あつものもご飯もすぐに煮上がったが、いったい誰に食べさせたらいいのだろう。門を出て東の方角を見ると、涙が流れて私の衣を濡らす。

(26)「息子」としたのは、通常、出征するのは成人した男子であり、「子」は「息子」と解釈すべきだからである。

(27) 陳琳「飲馬長城窟行」は、旧来、秦の長城建築の苦労をうたったものと理解されているが、この詩の主題が必ずしも秦の長城建築に限定されるものではないことが、副島一郎「孟姜女物語・陳琳『飲馬長城窟行』・長城詩」によって指摘されている（注（24）所掲『興膳教授退官記念 中國文學論集』所收）。

(28)『隋書』巻三十五「經籍志」四「集　總集」。興膳宏・川合康三『隋書經籍志詳攷』（汲古書院、一九九六年）は、この『古樂府』について「撰者未詳」とする。

(29) 富永一登『文選李善注引書索引』、研文出版、一九九六年。
(30) 胡克家の『重雕宋淳熙本李善注文選』、いわゆる「胡刻本」に拠る。
(31) 横田輝俊「文選李善注所引古楽府攷考」（『支那學研究』特輯號、一九五四年）は、『文選』李善注所引「古樂府」の三字は書名であろうと推測する。横田論文は、李善注に、「古樂府詩曰、……」、「古樂府歌曰、……」、「古樂府詞曰、……」と、「古樂府」の下に「詩」「歌」「詞」の字が記されていることについて、以下のように述べる。

［引用者注、書籍である］「古樂府」中における、か丶る區分を、そのまま襲用したものかと思はれる。

しかしながら、「詩」「歌」「詞」の區分については、「胡刻本」以外の李善注のテキスト（版本）では異同もあり、さらなる検証が必要である。攷を俟つ。
(32)「耶娘（爺孃）」は唐代においては白話的（口語的・俗語的）色彩を濃厚に持つ語であったようである。なぜならば、文言系の文献史料にその用例を見いだすことが甚だ困難だからである。唐代の用例として以下の二例を捜しえた。
［i］敦煌曲子詞「鵲踏枝」：仰告三光垂涙滴、教他耶娘、甚處傳書覓。

［ii］白居易「新樂府」第九首「新豐折臂翁　戒邊功也」：村南村北哭聲哀、兒別爺娘夫別妻。

次に、「耶娘（爺孃）」を切り離し、「耶（爺）」が「ちち」、「娘（孃）」が「はは」の意で用いられる用例として、検索し得た限りで最も早期のものをそれぞれ以下に挙げる。

［iii］「耶《ちち》（爺）」→［東晉］王羲之「雜帖」（『全晉文』巻二十三）：二十七日告姜。汝母子佳不。力不一一。耶告。

［iv］「娘《はは》（孃）」→［唐］李延壽『南史』巻四十四「竟陵文宣王子良傳」：武帝爲贛縣時、與裴后不諧、遣人船送后還都、已登路、子良時年小、在庭前不悦。帝謂曰、「汝何不讀書。」子良曰、「孃今何處、何用讀書。」帝異之、即召后還縣。
(33) 例えば、錢謙益「少陵先生年譜」（『錢注杜詩』所収）。
(34)『新唐書』巻二〇一「杜甫傳」に「擧進士不中第、困長安」とある。
(35) 元結「喩友」に拠る（『元次山文集』巻八、『四部叢刊正編』所収）。
(36)『宋本杜工部集』巻一（古體詩）および巻九（近體詩）にこの時期の諸作品が収められ、「奉贈……」・「贈……」「投贈……」・「敬贈……」・「奉寄……」などの詩題を持つものが少なくない。

(37) 唐代の科挙をめぐっては「省巻」・「行巻」の風習があった。「省巻」とは進士科の試験の前に主試官に納める詩文のこと。「行巻」とは高官や貴人たちに獻呈する詩文のこと。程千帆『唐代進士行巻與文學』二「行巻之風的由來」は、前者「省巻」の風習については、天寶元年（七四二）、禮部侍郎・韋陟によって始められたこと、後者「行巻」の風習については、進士科の試験に雑文を加えることが制度化された永隆二年（六八一）から安史の乱勃発（七五五）の間に発生したことを指摘する（上海古籍出版社、一九八〇年。日本語訳：『唐代の科挙と文学』、松岡榮志・町田隆吉［訳］、凱風社、一九八六年）。

諷喩詩「兵車行」の制作もまた「省巻」・「行巻」の風習と無縁ではないだろう。

(38) 錢志熙「樂府古辭的經典的價值——魏晉至唐代文人樂府詩的發展——」に拠ると、作者名の明らかでない古い樂府詩（古樂府・樂府古辭）は唐代において経典的な価値を持つものとされた（『文學評論』一九九八年第二期所収）。この意味でも、「古樂府云、不聞耶娘哭子聲、但聞黃河流水一濺濺」が「木蘭詩」第二十三～四句であるとする蕭滌非論文の見解は否定されることになろう。「木蘭」の物語は民間の語りものとして杜甫の時代にも盛んに上演されていたであろう。その「木蘭」物語のなかでしか見られない歌辭を、杜甫が「古樂府」として引用するとは考えられないのである。

さらに、「古樂府」が「木蘭詩」ではないと判断する根拠として、杜甫「兵車行」と「木蘭詩」との主題上の相違を挙げることができる。「兵車行」が戦争の悲惨さを訴える諷喩詩として反戦（厭戦）的感情が濃厚であるのに對して、「木蘭詩」は木蘭が出征し軍功を挙げて凱旋したという、英雄譚的色彩の強い内容となっている。したがって、この点からも杜甫が「兵車行」自注に「木蘭詩」の措辞を引用した可能性は極めて低いと判断される。ただ、「木蘭」物語の唐代における流伝については依然として不明な点も多い。特に、杜甫を始めとして元稹や白居易ら唐詩人に、「木蘭」物語およびその歌辭が如何なるものとして存在していたのか、という點については、さらなる究明が必要と考えている。別に稿を改めて論じたい。

(39) むろん、『宋本杜工部集』の「兵車行」に題下注があるからといって、それが杜甫自ら記した題下注と即断することはできない。しかも、第二節に記したように、「兵車行」が含まれる『宋本杜工部集』巻一の第六葉以下は宋刻ではない。しかし、巻一の第六葉以下も、北宋期に編纂され杜集の祖型となった王洙本の系統である点を考慮に入れ、本稿ではひとまず以下のように判断する。杜甫の詩文集では原型の段階から、詩題「兵車行」の下に「古樂府云、……」なる自注が記されていた、と。

(40)「新題樂府」という名稱は、葛曉音「論杜甫的新題樂府」に従った。『詩國高潮與盛唐文化』所収、北京大學出版社、一九九八年。初出：一九九五年。

(41) 右注所掲の葛曉音「論杜甫的新題樂府」は、(杜甫が「兵車行」を作った) 天寶年間後期に復古的な風潮が流行していたことを指摘する。

〔追記〕

本論文は、二〇〇三年十月四日、筑波大学で開催された日本中國學會第五十五回大会の第二(古典文学)部会における口頭発表「杜甫『兵車行』と北朝民間樂府」を、改題した上で文章化し、『日本中國學報』第五十六集(二〇〇四年)に掲載されたものである。

口頭発表の際には司会の富永一登氏をはじめ多くの方々から貴重な御指教を賜った。また、論文執筆の際には査読委員の方々から重要な御指摘を戴いた。ここに記して謝意を表したい。

第二章　杜甫「江南逢李龜年」の唐代における流伝について

一

岐王宅裏尋常見
崔九堂前幾度聞
正是江南好風景
落花時節又逢君

岐王さまのお屋敷でいつもあなたをお見かけし、
崔九どのの大広間の前ではあなたの歌を何度も聞いたものだ。
いままさしく、ここ江南はすばらしい風景の地。
この地で、しかも花の散りゆく時節に、あなたにもう一度お会いするとは。

杜甫の七言絶句「江南逢李龜年」（『錢注杜詩』巻十七）は、彼が没する年、大暦五年（七七〇）の晩春、潭州（現在の湖南省長沙）での作とされる(1)。華やかかりし開元年間、まだ少年であった杜甫は、皇族や貴顕の邸宅で玄宗の寵愛も厚かった名歌手、李龜年の歌唱を耳にした。その後、安禄山の乱勃発を契機として南方を流寓することになった杜甫は、同じく流寓の身であった李龜年と潭州の地で再会する。遙か南方の地で約四十年の時を隔て再会した奇遇もさることながら、七言絶句という短小な詩型で杜甫の生涯を凝縮し得ている点で、「江南逢李龜年」は杜甫の伝記論や杜詩の選集には必ずと言っていいほど採録・言及されており、広く人口に膾炙している。

ところが、「江南逢李龜年」は、右に記すがごとき「名詩の鑑賞」のレベルにとどまらず、検討すべき問題を多く内包している。「江南逢李龜年」は宋代以來の杜詩解釈史において、①解釈、②編年、③杜甫の真作か否か――など、多方面にわたって、多くの議論を引き起こしてきた七絶なのである。

もっとも、「江南逢李龜年」の持つ懸案事項については、すでに、松浦友久［編］『校注唐詩解釈辞典』杜甫「江南逢李龜年」の項（植木久行［執筆］）(2)において、そのほとんどが整理・解明されている。したがって、本詩の理解には前掲書を参照することが必須であり、その中に主要な議論はほぼ尽されているといっても過言ではない。

しかしながら、筆者は今回、「江南逢李龜年」の唐代における流伝について興味深い事実を発見した。従来の杜詩解釈史においても触れられていない問題であり、以下に詳述したい。

二

前述の、③杜甫の真作か否か、については、［南宋］胡仔（一一〇八？～一一六八？）『苕溪漁隱叢話前集』(3)巻十四が、杜甫の作ではないとの見解を提出しており、管見の限りでは③の問題における最も早期の発言である。

277　苕溪漁隱曰、「(―省略―)『江南逢李龜年』云、『岐王宅裏尋常見、崔九堂前幾度聞、正是江南好風景、落花時節又逢君。』此詩非子美作、岐王開元十四年薨、崔滌亦卒於開元中、是時子美方十五歳、天寶後子美未嘗至江南。(―省略―)」

『苕溪漁隱叢話前集』が「江南逢李龜年」が杜甫の作ではないと主張する根拠は以下の［A］［B］の二点である。

［A］詩中の「岐王」、すなわち恵文太子李範は開元十四年（七二六）の没。「崔九」、すなわち崔滌（九は排行）も開元年間（正確には十四年）[4]に没している。開元十四年には杜甫（字は子美）はわずか十五歳である（から皇族や貴顕の邸宅に出入りして李龜年の歌唱を耳にしたとは考えられない）こと。

［B］詩中に「江南」とあるが、杜甫は（開元年間、彼が二十歳前後の数年間、呉越の地、すなわち長江下流南部の地域「江南」に遊んだことがあるものの）天寶年間より後には「江南」に至っていないこと。

胡仔の説［A］［B］については、以下のごとき論駁（［a］［b］）が準備されている。

［a］聞一多「少陵先生年譜會箋」[5]「開元十三年」の説：

少年杜甫が李龜年の歌唱を聴いたのは、首都長安ではなく、東都（東京）洛陽にある岐王李範や崔滌の邸宅であった。杜甫の生地である河南鞏縣は洛陽から近かった。また、彼が幼少期養われた叔母「萬年縣君京兆杜氏」の家は、洛陽の建春門内の仁風里にあった（以上、要約）[6]。

さらに、杜甫は「壯遊」（『錢注杜詩』巻七）の詩で「往昔十四五、出遊翰墨場。斯文崔魏徒、以我似班揚」と述べるように、十四五の年には文人の世界で頭角を現し、崔尚・魏啓心といった文人から自分は班固・揚雄に似ていると賞賛されたことを述懐している。つまり、少年期にすでに名士・貴顕と交際し（ていたのだから、岐王李範や崔滌など皇族や貴顕の邸宅に出入りして李龜年の歌唱を耳にし）ていたはずである（以上、要約）。

［b］［清］銭謙益［箋注］『銭注杜詩』巻十七の説：

詩中の「江南」は、長江下流南部の地域を指すのではなく、（杜甫が最晩年に至った）潭州を指す（以上、要約）(7)。

このように、「江南逢李龜年」は杜甫の作ではないとする胡仔の説に対しては論駁が可能であり、現在では本詩を杜甫の作と考える方が大勢を占めている。とりわけ、［A］の「杜甫が李龜年の歌唱を耳にしたのは岐王李範と崔滌の洛陽の邸宅である」とする見解は、一九三〇年に聞一多が提出して以来、一九五一年に馮至が『杜甫伝』(8)において採用したためもあってか、現在では通説となっている。

しかし、その一方で、「江南逢李龜年」が杜甫の作ではないと主張する論者は、［南宋］胡仔に始まり二十世紀後半(9)に至るまで出現しているのである。

ここで留意すべきは、その最も早期の［南宋］胡仔は、杜詩の編纂や校定、そして注釈が開始された宋代に、この発言を為したということである。杜集の編纂史(10)を考えると、北宋期に王洙・王琪本『杜工部集』が成立して杜集の基本的なかたちが生まれ、南宋期には、郭知達［編］『杜工部詩集注』、蔡夢弼［會箋］『杜工部草堂詩箋』など、杜甫詩集全書への注釈が出現した。

胡仔は南宋初期の人であるから、まさしく現行の杜集の基礎的なかたちが形成されつつあった時期であった。胡仔は整理されつつあった杜甫の詩文集への強い関心のなかで、自著の詩話『苕溪漁隱叢話前集』にこの説を書き記した、と判断される。

では、なぜ、杜甫の詩文集が整理されつつあった南宋初期という、極めて早い時期に、――換言すれば、複数の杜詩学者の検証を経ることもなく――「江南逢李龜年」が杜甫の作ではないとする説が提出されたのであろうか。以下（三）で検討したい。

三

〔唐〕鄭處誨〔撰〕『明皇雑録』巻下(11)には「江南逢李龜年」をめぐる逸話（エピソード）が収められている（引用文中の〔C〕〔D〕および〔ママ〕は引用者が補ったもの）。

18 〔C〕唐開元中、樂工李龜年、彭年、鶴年兄弟三人、皆有才學盛名。彭年善舞、鶴年、龜年能歌、尤妙製渭川、特承顧遇。於東都大起第宅、僭侈之制、踰於公侯。宅在東都通遠里、中堂制度甲於都下。今裴晉公移於定鼎門外別墅、號緑野堂。〔D〕其後龜年流落江南、每遭良辰勝景、常爲人歌數闋、座中聞之、莫不掩泣罷酒。則杜甫嘗贈詩所謂、「岐王宅里尋常見、崔九堂前幾度聞。正値〔ママ〕江南好風景、落花時節又逢君。」崔九堂、殿中監滌、中書令湜之第也。

『明皇雑録』の記述は内容的に二段に分けることができる。

〔C〕（「唐開元中」から「緑野堂」まで）：開元年間、樂工の李氏三兄弟の才能は盛名を馳せた。李龜年には彭年・鶴年という二人の弟がいた。彭年は舞いに、鶴年は龜年と同じく歌唱に優れていた。龜年は玄宗や皇族・貴顕の寵愛を受け、「東都」洛陽の通遠坊に構えた彼の邸宅は、王侯をしのぐ豪華さであった。［D］（「其後」から「中書令湜之第也」まで）：その後（安禄山の乱を経て）、江南を漂泊することになった亀年は、佳辰や名勝に臨んでは嘗ての美声を披露し、それを聞く者で涙を流さぬ者はいなかった。杜甫の詩「江南逢李亀年」はそのことを詠ったものである。詩中の「崔九堂」とは、殿中監の崔滌と中書令の崔湜兄弟の邸宅である。

鄭處誨（?～八六七）は、大和八年（八三四）の進士。『明皇雜録』は大和から開成（八三六～八四〇）への改元期に彼が祕書省校書郎であった時に撰述されたと推定されている(12)。その後、［唐］范攄『雲溪友議』巻中「雲中命」(13)にも右の［D］部が採られている。

現存の杜甫の詩歌千四百餘篇は、――三においてすでに述べたごとく――宋代になって整理されたものであり、唐代に記録されたものが現在にも伝えられた例は極めて少ない(14)。その意味で、『明皇雜録』に記録された「江南逢李亀年」は非常に貴重な例である。

しかし、『明皇雜録』（及び『雲溪友議』）に記録されたからこそ、「江南逢李亀年」は杜甫の作ではないと疑われた、とも言えるのである。

『明皇雜録』は主に［唐］玄宗一代の雜事を記した筆記史料であり、その多くは「異聞瑣事」に屬する。安禄山の乱を経た約四十年後、洛陽から遙か遠く離れた南方で李亀年と再会したという、「江南逢李亀年」をめぐる逸話は伝奇的要素が濃厚であり、「異聞瑣事」と呼ぶにふさわしい。杜集の整理、そして（年譜の制作・杜詩の編年など）杜甫の傳記研究が本格化した宋代に、この逸話が果たして史実か否か、検討されたのも至極当然のことであろう。

さらに無視できないのが、『明皇雜録』は杜甫の終焉説話も記しているということである。

40　杜甫後漂寓湘潭閒、旅於衡州耒陽縣、頗爲令長所厭。甫投詩於宰、宰遂致牛炙白酒、甫飲過多、一夕而卒。集中猶有贈聶耒陽詩也（『明皇雜録補遺』）。

杜甫は湖南の耒陽縣で縣令の聶某から贈られた牛肉と白酒の飲食し過ぎで死んだという、いわゆる杜甫飫死説は、この『明皇雜録』が初出であり、新・舊唐兩書の杜甫傳にも採られる。この飫死説もまた伝奇的要素が濃厚であり、宋代における杜甫の伝記研究ではその真偽が検討の対象となっている。胡仔『苕溪漁隱叢話前集』巻十四もまたこれに言及する。

280　『學林新編』云、「（――省略――）近世有小説『麗情集』者、首叙子美因食致牛肉白酒而卒、此無據妄説不足信。（――省略――）」

『苕溪漁隱叢話前集』は、［南宋］王觀國［撰］『學林新編』をそのまま引用する。『學林新編』は、［北宋］張良房［編］『麗情集』（佚書）が収める杜甫飫死説を根拠の無いものとして否定するが、この杜甫飫死説はそもそも［唐］鄭處誨の『明皇雜録』が初出である。

このように、胡仔は『明皇雜録』所載の杜甫をめぐる二つの逸話――①杜甫は李龜年と再会して「江南逢李龜年」を作った、②杜甫は牛肉と白酒の飲食し過ぎで死んだ——の史実性をともに否定しているのである。この二つの逸話は、伝奇性が濃厚であるが故に、唐代の筆記史料『明皇雜録』に記録され、杜集の整理・杜甫の伝記研究が本格化した宋代には、伝奇性が濃厚であるが故に、王觀國および胡仔によってその史実性が否定されることとなったのである。

四

この四では、前掲の『明皇雜録』18、とくに［D］部について、問題点［E］［F］を挙げて具体的に検討する。

［E］『明皇雜録』では、「江南逢李龜年」第三句が「正値江南好風景」となっており、『宋本杜工部集』巻十七など、宋代に整理された杜集（杜甫の詩文集）の多くが「正是江南好風景」であるのと異なっている。

［F］『明皇雜録』では、「江南逢李龜年」の引用後に、

崔九堂、殿中監滌、中書令湜之第也。

という一文が加えられており、『宋本杜工部集』の双行の夾注、

崔九、即殿中監滌也。中書令湜之弟也。

と表現及び内容が極めてよく似ている。

『宋本杜工部集』は、二種類の杜甫の詩文集（第一本と第二本）をつなぎあわせて一本としたものである。第一

本は、後のさまざまな杜集の祖本である王洙・王琪本の系統に属するテキストであり、第二本は、南宋の呉若本の系統に属するテキストであるである。「江南逢李龜年」を収める巻十七は、——完本ではなくその缺落部分を清代の影写で補っている『宋本杜工部集』のなかでも——王洙・王琪本系統（第一本）の宋刻部分に相当するので、現存最古のテキストの系統と位置づけられる（本書二一八頁「〔表〕『宋本杜工部集』」参照）。

『宋本杜工部集』と『明皇雜録』とを対照させながら、まず［E］について考えてみよう。唐代の『明皇雜録』で「値」に作っているということは、唐代では「江南逢李龜年」は『宋本杜工部集』とは違うテキストが流伝していた（＝伝写されていた）と考えられるのである（『雲溪友議』もまた「値」に作る。［注］（13）參照）。

次に［F］について。『宋本杜工部集』には多く双行の夾注を含んでおり、それらが杜甫の自注なのか、後人の附加したものなのか、峻別する必要がある。謝思煒「『宋本杜工部集』注文考辨」(15)は、「『宋本杜工部集』第一本の注文はすべて杜甫の自注と考えられる」旨の見解を提出している。謝思煒論文に従えば、（第一本に相当する）「江南逢李龜年」の双行の夾注「崔九、即殿中監滌也。中書令湜之弟也」は杜甫の自注ということになる。また、『宋本杜工部集』以外の比較的早期の杜集でも、この「崔九、即殿中——」とほぼ同一の表現が「公自注」として引用されている(16)ので、「崔九、即殿中——」が杜甫の自注である蓋然性は極めて高いと考えられる。

そして、「崔九、即殿中——」が杜甫の自注である蓋然性をさらに高めるものとして、『明皇雜録』の記述がある。

『明皇雜録』では、

崔九堂、殿中監滌、中書令湜之第也。

（杜詩の「崔九堂」とは殿中監の崔滌と中書令の崔湜兄弟の邸宅である）

となっている。これは明らかに、鄭處誨が杜甫の自注、

崔九、即殿中監滌也。中書令湜之弟也。

（「崔九」とは殿中監の崔滌のことである。崔滌は中書令である崔湜の弟である）

を言い換えて、自著『明皇雑録』のなかに取り入れたものと判断される。

『明皇雑録』は、前掲（二）のごとく、李龜年が「東都」洛陽に大邸宅を立てたことを記す（「於東都大起第宅」）。鄭處誨は、その後の顛末として龜年の流落を記し、さらに杜詩「江南逢李龜年」を引用する。「江南逢李龜年」にはもともと「崔九、即殿中――」なる自注が附されていたため、「江南逢李龜年」を引用する際、鄭處誨はそれを省くことなく、しかも前半部の文脈と合致するように「中書令湜之弟」を「中書令湜之第」と言い換えた(17)と考えられるのである。

前述したたように、杜詩のなかで唐代に記録されたものが現在にも伝えられた例は極めて少ない。その中で、「江南逢李龜年」は作られた約七十年後に『明皇雑録』に記録されている。つまり、本詩は、杜詩の収集・整理が盛んに行われた宋代になって始めて発見されたのではなく、杜甫没後のわずか七十年後の中唐末期には、杜甫の作として流伝し（＝伝写され）ており、しかも、その際には「崔九、即殿中監滌也。中書令湜之弟也」なる杜甫の自注が附されていた、と推測される。この推測の根拠となるのが、『明皇雑録』の最後の一文「崔九堂、殿中監滌、中書令湜之第也」である。

『宋本杜工部集』の双行の夾注「崔九、即殿中――」は、杜甫の自注として没後わずか七十年後の中唐末期には詩本文とともに流伝していたのであり、後人の附加したものではないと判断されるのである(18)。

五

『明皇雜録』所載の二つの逸話——①杜甫は李龜年と再会して「江南逢李龜年」を作った。②杜甫は牛肉と白酒の飲食し過ぎで死んだ——は、［南宋］胡仔によってその史実性が否定された。ところが、現在、前者①についてては史実として認める方が大勢を占めている。その一方で、後者②はやはり事実ではなく伝説に過ぎないとされる(19)。

②については、この伝説が生まれたもととなった杜甫の五言古詩「聶耒陽、以僕阻水、書致酒肉、療飢荒江、詩得代懐、興盡本韻。至縣呈聶令。陸路去方田驛四十里、舟行一日、時屬江漲泊於方田」(『杜工部集』巻八所収)の詩題及び本文を検討し、杜甫が牛肉と白酒の飲食し過ぎで死んだことを証明するものが無いとの結論が出されている(20)。

①は②の逆である。一度、［南宋］胡仔によって「江南逢李龜年」は杜甫の作ではない、とされながらも、宋代以來の杜詩解釈史のなかでは杜甫の作として認める方が大勢を占めている。それは——聞一多に代表される——精緻な考証の結果である。

中國古典詩歌を解釈する際、双行の夾注に注目することは——それが作者の自注なのか峻別することも含めて——極めて重要な作業である(21)。とりわけ『宋本杜工部集』の双行の夾（＝注文）には、探究すべき価値を持つものが少なくない。本書第二部第一章「杜甫『兵車行』と古樂府」では、『宋本杜工部集』巻一「兵車行」の題下の自注「古楽府云、……」について、その来源を探求し、さらに「木蘭詩」との関係、「兵車行」制作の動機・背景にまで検討を加えた。そして本章では、「江南逢李龜年」の自注に注目することによって、本詩の唐代における流伝のありかたを明らかにした。

注

(1) 四川省文史研究館［編］『杜甫年譜』（四川人民出版社、一九五八年）。

(2) 大修館書店、一九八八年。

(3) 呉文治［主編］『宋詩話全編』四「胡仔詩話」（蔡雲祥・田志剛［校点］）三六七七頁、江蘇古籍出版社、一九九八年。

(4) 『舊唐書』巻七十四「崔仁師傳附崔滌傳」参照。

(5) 聞一多『唐詩雜論』（傅璇琮［導讀］、蓬萊閣叢書、上海古籍出版社、一九九八年。初出：一九三〇年）所収。聞一多「少陵先生年譜會箋」が、岐王李範や崔滌の邸宅が洛陽にあると判断した根拠は以下の通り。

［1］［清］徐松『唐兩京城坊攷』巻五「東京・尚善坊」には岐王李範の邸宅が洛陽の尚善坊にあったことが記録されていること。

［2］張説「滎陽夫人鄭氏墓誌」に「終于雒（＝洛）陽之遵化里」とあり、鄭氏は崔滌と彼の兄崔湜の母であることから、崔滌の邸宅もまた洛陽にあったと考えられること（『唐兩京城坊攷』巻五「東京・道化坊」参照。「道化坊」は「遵化坊」とも言う）。

(6) 杜甫「唐故萬年縣君京兆杜氏墓誌」（『錢注杜詩』巻二十所収）参照。なお、「唐故萬年縣君京兆杜氏墓誌」については、さらに佐藤浩一「杜甫における『義姑』京兆杜氏――「萬年縣君京兆杜氏」に即して」（『中國文學研究』第二十六期所収、二〇〇〇年十二月）を参照されたい。同論文は『杜甫研究學刊』二〇〇二年第四期〈總第七十四期〉に中国語版が掲載されている。

(7) 錢謙益『錢注杜詩』が「江南」の語で潭州を指すと主張する根拠は以下の通り：

［1］『史記』巻六「秦始皇本紀」に「二十五年、（――省略――）王翦遂定荊江南、（――省略――）」とあり、ここでは「江南」が洞庭湖南の湘水一帯を指している。『錢注杜詩』は［1］以外にも、［2］『史記』「項羽本紀」に「徙義帝于江南」とある

こと、また［3］『楚辭章句』に「襄王遷都屈原于江南、在江湘之間」とあることを指摘する。しかし、現行の『史記』『楚辭章句』に、『錢注杜詩』所引の［2］・［3］の一文と一致するものを見いだすことはできない。錢謙益の引用の誤りであろうか。

（8）日本語訳：『杜甫――詩と生涯』（橋川時雄［訳］、筑摩書房、一九五五年）。

（9）「江南逢李龜年」が杜甫の作ではないと主張する論者は、二十世紀後半にも出現している。
［1］李汝倫「『江南逢李龜年』非杜詩辨」、『杜詩論稿』所収、廣東人民出版社、一九八三年。

［2］吳企明「杜甫詩辨僞札記」三「江南逢李龜年」、『唐音質疑録』所収、上海古籍出版社、一九八五年。

（10）宋代の杜集の編纂史については以下の論考が参考になる。
許總「宋代杜詩輯注源流述略」（『杜詩學發微』所収、南京出版社、一九八九。なお、『杜詩學發微』の日本語訳に、加藤国安訳・注『杜甫論の新構想―受容史の視座から―』［研文出版、一九九六］がある）。

吉川幸次郎［訳］『杜甫Ⅱ』「あとがき」（世界古典文学全集二十九、筑摩書房、一九七二年）。

（11）田廷柱［點校］『明皇雜録　東觀奏記』、唐宋史料筆記叢刊、中華書局、一九九四年。同書は守山閣叢書本を底本とする。

（12）右注所掲書の「點校説明」参照。

（13）明皇幸岷山、百官皆竄辱、積屍滿中原、士族隨車駕也。伶官、張野狐觱栗、雷海清琵琶、李龜年唱歌、公孫大娘舞劍。初、上自擊羯鼓、而不好彈琴、言其不俊也。又寧王吹簫、薛王彈琵琶、皆至精妙、共爲樂焉。唯李龜年奔迫江潭、杜甫以詩贈之曰、「岐王宅裏尋常見、崔九堂前幾度聞。正値江南好風景、落花時節又逢君。」龜年曾於湘中採訪使筵上唱、「紅豆生南國、秋來發幾枝。贈君多綵纈、此物最相思。」（以下省略。傍線は引用者。引用文は中國文學參考資料小叢書本に據る。古典文學出版社、一九五七年四月）。
『雲溪友議』の著者、范攄は生没年不詳。乾符年間（八七四～八九七）に在世していた*ことから、鄭處誨（?～八六七）より後の人であり、『雲溪友議』の成書時期も『明皇雜録』より後と判断される。

*　周祖譔［主編］『中國文學家大辭典　唐五代巻』「范攄」の項（陳尚君［執筆］）参照、中華書局、一九九二年。

（14）注（9）所掲の吳企明「杜甫詩辨僞札記」は、『明皇雜録』が『雲溪友議』から「江南逢李龜年」をめぐる逸話を採った旨述べているが、これは誤り。

(15)『中國歴史文獻研究集刊』第五集所収（中國歴史文獻研究會［編］、岳麓書社、一九八五年）。のち、謝思煒『唐宋詩學論集』（商務印書館、二〇〇三年）に収録。

(16) 宋代の杜甫詩注本のなかで、「江南逢李龜年」に杜甫の自注が附されているテキストは以下の通り：
［1］『王状元集百家注編年杜陵詩史』巻三十一：洙曰、公自注云、即殿中監滌、中書令湜之弟。（『王状元集百家注編年杜陵詩史』の原刻は、［南宋］隆興・淳熙〈一一六三～一一八九〉の間と考えられる。影民國二年〈一九一三〉貴池劉氏玉海堂影宋刊本。『杜詩又叢刊』所収）。
［2］『分門集註杜工部詩』巻十六：洙曰、公自注云、即殿中監滌、中書令湜之弟。（『分門集註杜工部詩』は撰者・編者・刻者ともに不明。［南宋］寧宗期（一一九五～一二二四）の刊刻と推定される。『四部叢刊正編』所収）。

(17) 蛇足ではあるが、鄭處誨は「江南逢李龜年」に附された注文を極力活かそうと考えたのであろうか、その結果、『明皇雜録』の最後の一文「崔九堂、――」はいささか文意が乱れたものとなっている。「殿中監（の崔）滌」は弟、「中書令（の崔）湜」は兄であるから、本来は「中書令湜」こそ「殿中監滌」の前に置くべきである。しかも、この文の主語「崔九堂（崔滌のお座敷）」と、述語後半部「中書令湜之第（中書令の崔湜の邸宅）」とは呼応関係にない。

(18)［清］銭謙益［箋注］『杜工部集』（通稱『銭注杜詩』）は、南宋の呉若本の全貌を知ることができる貴重なテキストである。『銭注杜詩』巻十七は「崔九」に注して、下記のごとく言う（傍線は引用者）。

呉若本注云、崔九、即殿中監滌也。中書令湜之弟也。『舊書』、湜弟滌、素與玄宗款密、用爲祕書監、出入禁中、與諸王侍宴、不讓席而坐、或在寧王之上、後賜名澄、開元十四年卒。

これは、呉若本に「崔九、即殿中監滌也。中書令湜之弟也」なる双行の夾注があることについて、銭謙益が「杜甫の自注ではなく後人の注が呉若本に取り入れられたもの」と判断した結果である。呉若本と杜甫の自注との関係については、本書第一部第五章「『宋本杜工部集』の成立」を参照。また、この銭謙益の判断が多く誤りを含むことについては、注（15）所掲の謝思煒論文を参照されたい。また、黒川洋一［編］『杜甫詩選』（岩波文庫、一九九一年）三七四頁に以下のようにある。

杜甫の自注とされるものに崔滌をいうとあるが、崔滌も杜甫が十五歳のときに亡くなっているので信じがたい。おそらくは後人の付加したものと思われる。この崔九は別人を指すと考えるべきであろう。この黒川説（崔九は崔滌ではない。「崔九、即殿中監滌也。……」は杜甫の自注ではない）は、本論文の主旨に従えば誤りということになる。

(19) 杜甫は大暦五年（七七〇）冬、潭州から岳陽に向かう舟のなかで病死した、とするのが通説となっている。傅璇琮［主編］・陶敏［ほか著］『唐五代文學編年史』中唐巻「七七〇　唐代宗大暦五年　庚戌」の條を参照（遼海出版社、一九九八年十二月）。また、杜甫飫死説の発生とその展開については、松浦友久『李白傳記論――客寓の詩想――』三九八～四〇五頁「杜甫・李賀における終焉説話」を参照（研文出版、一九九四年）。

(20) 蕭滌非「論杜甫不飫死於耒陽」、『杜甫研究（修訂本）』所収、一九八〇年。

(21) 例えば、宋本李白集に見られる双行の夾注について論じたものとして、松浦友久「宋本『李太白文集』の題下注について――王琦本との關連を中心に――」（『中國文學研究』第二十一期、早稲田大學中國文學會、一九九五年）がある。

第三章　『諸名家評本銭牧齋註杜詩』所載李因篤音注について

一

杜甫の詩文集の注釈として、清、銭謙益［箋注］の『杜工部集』二十巻（通称『銭注杜詩』）は極めて重要な書である。しかし、乾隆年間に清朝によって銭謙益の著作はすべて禁書とされた(1)ため、『銭注杜詩』は、康熙六年（一六六七）の初刻以後、重印や翻刻が忌避されたまま清末に至ることになる。そして、清末の宣統年間になってようやく『銭注杜詩』の翻刻本が数種類、出現する。そのなかの一つに『諸名家評本銭牧齋註杜詩』がある。

『諸名家評本銭牧齋註杜詩』は、宣統三年（一九一一）、上海の時中書局が『銭注杜詩』を翻刻したもの。本書は、その書名が示すとおり、書眉に、明の遺民や清初の名家、あわせて十八人の杜詩評が掲載されている。その書眉では、「呉云、…。」・「李云、…。」と、諸家の姓が記されるのみであるが、編者の袁康は巻首に「考定輯評諸家姓字」と題し、採録した諸名家の姓名を明示している。そこには、張自烈・張爾岐・兪汝爲・韓子蘧・申涵光・盧世漼・陳廷敬・王士祿・王士禎・朱彝尊・查愼行・潘耒・盧元昌・宋犖・邵子湘・黄生などの名が列挙されるが、採録した杜詩評のうち、半数以上を占めるのが、「呉云、……。」・「李云、……。」として引用されるものであり、この「呉云、……。」については、袁康は呉農祥としているものの、「李云、…。」については、「『李』疑爲天生先生因篤、或容齋先生天馥」と、李因篤（字は天生）なのか、李天馥（容齋と號す）なのか、断定を避けている。袁康は「考定輯評諸家姓字」の最後に、「案、以上諸家原書均未采列、余於別本坿入」と述べているから、おそらく、袁康の據ったところの「別本」ですでに「李云、……。」となっていたのであろう。それで袁康は「李」の特定を避けたと考えられる。

『諸名家評本錢牧齋註杜詩』（以下『諸名家評本』と略記）は、清末に翻刻された数種類の『錢注杜詩』のなかで、版本としての良さ(2)もあってか、広く読まれたようである。たとえば、現代中国で高等学校（大学またはそれと同等の学校をいう）文科の統一教材に指定されている、王力［主編］『古代漢語』では、唐詩の平仄を解説した箇所に次のようにある。

杜甫「寄贈王十將軍承俊」前六句、「將軍膽氣雄。臂懸兩角弓。纏結青驄馬。出入錦城中。時危未授鉞。勢屈難爲功」。錢謙益引李（因篤?）云、「『臂』字宜平而仄、應於第三字還之、且無粘聯、拗體也。集中只此一首、人藉口不得。」(3)

「『臂』字宜平而仄…人藉口不得」は、『諸名家評本』巻十一「寄贈王十將軍承俊」の書眉にある「李云、…。」の一條を引用したものである。李のことばの大意は以下のようになる。――杜甫の五言律詩「寄贈王十將軍承俊」の第二句「臂《仄》懸《平》兩《仄》角《仄》弓《平》」では、第一字「臂」が平聲でなければならないのに仄聲となっている。（第一字が仄聲であるならば）第三字を平聲にしなければならない（しかし、第三字「兩」は仄聲である(4)）。また、この詩は粘法を守られておらず、拗体である。（このような拗体の詩は）杜甫の詩集にはこの一首しか無く、詩を作る者はこの一首を口実にして（このような拗体の詩を作って）はいけない。――

ただ、『古代漢語』が「錢謙益引李（因篤?）云」というのは誤りである。「李云、…。」の一條を『諸名家評本』

の書眉に掲載したのは、前述の通り、清初の錢謙益ではなく清末の袁康である。そもそも、李因篤（一六三一〜一六九二）は錢謙益（一五八二〜一六六四）より後の人であるから、錢謙益が自分の杜詩注に李因篤のことばを引用するとは考えられないのである。『古代漢語』で「李（因篤？）」と疑問符を附しているのは、『諸名家評本』の「考定輯評諸家姓字」に従い、特定を避けているのであろう。

本論文では、まず、『諸名家評本』の「李云、…。」が李因篤（字は天生）なのか、李天馥（容齋と號す）なのか、その特定を試みたい。そしてさらに、「李云、……。」のいくつかが杜詩音注に相当し、杜詩の詩律を論じているので、この「李云、……。」の内容を具体的に検討することによって、この「李云、……。」が持つ詩律学史上の意義を明らかにしたい。

二

「李云、……。」の「李」は李因篤なのか、それとも李天馥なのか——ここではこのことについて述べる。

まず結論から言えば、『諸名家評本』の「李云、……。」の「李」は李因篤と特定して間違いないであろう。なぜならば、『諸名家評本』の「李云、……。」は、清、劉濬［輯］『杜詩集評』に引用される「李云、…。」の評語とほぼ一致し、『杜詩集評』では、「李云、…。」の「李」は李因篤と特定されているからである。劉濬の『杜詩集評』十五巻(5)は、王士祿・王士禎・錢燦・朱彝尊・李因篤・潘耒・查愼行・何焯・宋犖・陸嘉淑・申涵光・兪瑒・呉農祥・許昂霄・許燦らの杜詩評を集めたもので、嘉慶九年（一八〇四）の刊。

編者、劉濬の自序には以下のようにある（傍点は引用者によるもの）。

國初名輩若王氏士祿・士正・朱氏彝尊・李氏因篤・呉氏農祥・査氏愼行、以能詩名一世、諸先生皆有杜詩評本、當時不授梓、流傳者少。嘉興許晦堂（許燦）先生淹博好學、酷愛藏書、乃鉤求而盡得之。余於許氏爲葭莩親、因得借歸録而藏之。

この自序から、王士祿・王士禎・李因篤・朱彝尊・呉農祥・査愼行ら清初の諸家の杜詩評は、刊刻されることなく流伝されることが少なかったことがわかる。

『杜詩集評』は李因篤の名を明記し、それよりほぼ百年後の『諸名家評本』では「李云、……。」の特定を避けている。また、両者の間には、「李云、…。」として引用される評語にも若干の異同がある。したがって、『杜詩集評』と『諸名家評本』はそれぞれ拠ったテキストが異なっていたのであろう。

以下、李因篤がいかなる人物なのか、略述したい(6)。

李因篤（明、崇禎四年〈一六三一〉～清、康熙三十一年〈一六九二〉）、字は天生（または孔徳・子徳）、中南山人と號した。陝西富平の人。明の諸生。明朝滅亡後の一時期、代州知州であった陳上年（字は祺公）の幕下にあり、傅山・顧炎武・屈大均らと交を結ぶ。とりわけ、康熙二年（一六六三）に顧炎武と出会ったことは彼の人生において決定的な出来事であった。この邂逅以降、李因篤は顧炎武と音韻についての討論を重ねる。康熙六年、李因篤は顧炎武とともに、陳上年を刊行者として『廣韻』を重刻する。そして、この『廣韻』原本を所有していたのは李因篤なのである(7)。（当時通行していた）百六韻の「平水韻」ではなく、二百六韻の『廣韻』よって、「今音（中古音）」を究明すべく、李は顧とともに、『廣韻』の重刻に尽力したのであった。また、顧炎武『音學五書』(8)

の編集に深く関わった。特に、同書のなかの『音論』三巻には李因篤の名が頻見する。

康熙七年（一六六八）、顧炎武が黄培の筆禍事件に連座し濟南の獄に下された時、李因篤はその釈放のために奔走し京師にまで至っている。康熙十七年（一六七八）、李因篤は、内閣學士、李天馥らによって博學鴻儒科に推され、母の老病や家貧を理由に辞退するものの、ついにはそれに應じ、翌年、翰林院検討を授けられ『明史』編修を命ぜられる。このことについて顧炎武は李因篤を激しく非難した⑼。李は月を逾えずして母の老病を理由に三度上疏して帰郷を請い、康熙帝自らこれを許した。晩年は關中書院・朝陽書院などで学を講じた。

彼の詩は杜詩を宗とし、詩集に『受祺堂詩集』三十五巻がある。著作としてはほかに『受祺堂文集』四巻・續刻四巻・『古今韻攷』四巻・『儀小經』一巻・『漢詩音注』五巻などがあり、なかでも（後出する）『古今韻攷』四巻は、『古今韻攷』は、顧炎武『音學五書』の内容を略述し、さらにその欠を補うものである。

このように、李因篤は顧炎武とともに音韻學の研鑽に勉めた人物である。そして、注目すべきことは、『諸名家評本』の「李云、……。」の評語のなかに、杜詩の詩律の運用や押韻の実態について言及するものが散見し、しかも、それらは李因篤の音韻に関する学説と、或るものは一致し、或るものは密接な関連を持っている、ということである。このこともまた、『諸名家評本』の「李云、……。」を李因篤と特定する根拠となるのであり、詳しくは以下（三）で述べることととする。

三

前に述べたように、『諸名家評本』に見られる「李云、……。」「呉云、……。」は全体の半数以上を占めているから、「李云、……。」、すなわち、李因篤の評語は膨大な量にのぼる。そして、李の杜詩評を通覧してわかるのは、その大部分が、体裁・内容の両面から見ても、(南宋末の劉辰翁を嚆矢とする(10))伝統的な「評点(評語と批点)」の範疇を出ることがない、ということである。

しかし、李の杜詩評のなかにも注目すべきものがある。杜甫の五言古詩「聶耒陽、以僕阻水、書致酒肉、療飢荒江、詩得代懐、興盡本韻。至縣、呈聶令。陸路去方田驛四十里、舟行一日、時屬江漲泊於于方田」について、李は次のように言う。

李云、「興盡本韻」者、蓋篇中所押之字皆『廣韻』三十小部。唐制二十九篠・三十小通用。而此首專用小韻不及篠韻、故云然。由是推之、可知劉平水併省之誤。…(以下略)…(11)

杜甫「聶耒陽、以僕阻水…」の押韻について李の見解が述べられている。その大意は次のようになる。——詩題中の「興盡本韻」とは、詩興が、「本韻」、すなわち『廣韻』上聲三十小の範囲内だけの押韻で尽くされた、という意。唐代、官によって制定された韻(官韻)では、上聲二十九篠と三十小とは同用(通用)した(12)。しかし、この詩では、「渺・紹・表・小・淼・旐・矯・醥・趙・擾・少・沼」と、三十小だけで押韻していて、二十九篠には及んでいない。このことから、平水の劉淵が二十九篠と三十小を合併して十七篠とした(13)こと（＝「平水韻」の分韻）は誤りであることがわかる。——

李因篤のころ、世では百六韻の「平水韻」が沈約『四聲譜』以来の伝統的な韻と考えられていた。李因篤は自ら得たところの『廣韻』（注（7）参照）を顧炎武とともに覆刻し、『廣韻』こそが「今音（中古音）」を代表する書である(14)ことを示した。右に挙げた、『諸名家評本』の「李云、…」の一條は、内容的に『廣韻』覆刻と密接に関係していて、清初の音韻学史における李因篤の業績を想像させるに足るものとなっている。

さらに以下に示す『諸名家評本』の李の評語は、杜詩音注と云うべきものである。

上平聲二十文と二十一欣（殷）について

・杜甫「奉贈鮮于京兆二十韻」（『諸名家評本』巻九）：李云、「斤」字在殷韻。韻窄。唐人多通眞、非出也。

・杜甫「贈王二十四侍御契四十韻」（『諸名家評本』巻十三）李云、……「筋」字・「勤」字、倶在殷韻。此並與眞・諄・臻韻合。知殷韻唐人以其部窄、多與眞通。不與文通也。

これもまた、杜詩の押韻の実態から、『廣韻』における同用獨用の規定が正しいかどうかを検討したものである。「奉贈鮮于京兆二十韻」では「斤」が、「贈王二十四侍御契四十韻」では「筋」「勤」が、韻字として用いられている(15)。「斤」「筋」「勤」は『廣韻』上平聲二十一欣（殷）(16)に属するが、二十一欣（殷）に属する字は少ない（「韻窄」）。そのために、唐人は多く十七眞と通用（同用）する。十七眞は十八諄・十九臻と同用するから、「奉贈鮮于京兆二十韻」と「贈王二十四侍御契四十韻」ではともに、押韻字として、十七眞・十八諄・十九臻・二十一欣（殷）が用いられている。つまり、二十一欣（殷）が用いられていても、これは出韻にはならない。そしてまた、二十一欣（殷）は（『廣韻』の目録では二十文と同用となっているが、）二十文とは通用（同用）しない。——以上が李の見解である。

この見解は、以下に引く顧炎武『音論』のそれと全く一致する。

按唐時二十一殷雖云獨用、而字少韻窄、無獨用成篇者、往往於眞韻中、間一用之。如杜甫「崔氏東山艸堂」詩用「芹」字、獨孤及「送韋明府」「答李滁州」二詩用「勤」字、是也。然絶無通文者。而二十文獨用、則又絶無通殷者。合爲一韻、始自景祐。去聲問焮亦然。惟上聲吻隱、『廣韻』目録註有「同用」字、説見下條。(17)

顧炎武は、唐代には二十一欣（殷）が十七眞と多く通用することを、杜甫「崔氏東山草堂」（『諸名家評本』巻九）や獨孤及の詩で例証し、続けて、唐代では二十文が獨用したことを主張する。さらに、顧炎武は、（上平聲二十文に相配する）去聲二十三問と（上平聲二十一欣〈殷〉に相配する）去聲二十四焮もまた同じだと言う。『諸名家評本』で李は、二十一欣（殷）・十七眞通用の例として、「奉贈鮮于京兆二十韻」「贈王二十四侍御契四十韻」を挙げているから、李の指摘は、まさしく顧炎武の考証を補うものとなっている。

「惟上聲吻隱、『廣韻』目録註有『同用』字、説見下條」については、『音論』に以下のようにある。

今本目録十八吻下註云、「隱同用」、其巻中十八吻十九隱、又各自爲部、不相連屬、而其下各註云「獨用」。

友人富平李子徳因篤以爲目録誤。…（以下略）…[18]

李や顧の発掘した『廣韻』（＝今本）の目録では、上聲十八吻・十九隱が同用となっている。しかし、（上平聲二十文と、上平聲二十一欣〈殷〉が同用しないように、）（上平聲二十文に相配する）上聲十八吻と、（上平聲二十一欣〈殷〉に相配する）十九隱もまた、同用することはない。これについて、李因篤は『廣韻』の目録が誤っている、と指摘したのである。

顧炎武と李因篤は、『廣韻』重刻の際に、『廣韻』目録に注記された同用獨用の規定が唐代の規定を実際に伝えているかどうか、議論を重ねたのであろう。[19]そして、その痕跡は、顧炎武『音論』だけでなく、『諸名家評本』の李のことばにも見ることができる。特に、顧炎武の「二十文獨用」説は、戴震の「攷定『廣韻』獨用同用四聲表」[20]にも採り入れられた、大変有名なものである[21]。しかし、『諸名家評本』の李のことばにも、それに関連する見解が認められる以上、「二十文獨用」説を、顧炎武ひとりの功績に帰するのではなく、やはり、李因篤との議論を通じて生まれたものと考えるべきではなかろうか。

上平聲十三佳韻と下平聲麻韻の通用ついて

次に取り上げるのは、杜詩における佳韻と麻韻の通用（通押）である。

・杜甫「喜晴」（『諸名家評本』巻二）：李云、「佳」字不與麻韻通。公此詩及「泛舟登瀼西」之作、用「佳」「崖」「柴」「涯」字皆出韻。

・杜甫「柴門」（『諸名家評本』巻六）：李云、按『廣韻』九麻中亦無「涯」字而唐人近體多用之。

杜甫の五言古詩「喜晴」は、第二句末を「佳」、第八句末を「涯」で押韻する。同じく五言古詩「柴門」は、第二句末を「崖」、第四句末を「柴」、第二十句末を「佳」、第二十二句末を「涯」で押韻する。「佳・涯・崖・柴・涯」は上平聲十三佳に属するから、両詩とも上平聲十三佳が下平聲九麻に混じって押韻されていることになる(22)。

李は「喜晴」において、「佳」は下平聲九麻と通用しない、この「喜晴」詩と、「泛舟登瀼西」に始まる「柴門」詩は、「佳」以外にも、（上平聲十三佳に属する）「崖」「柴」「涯」が用いられており、これは出韻である、と言う。その一方で、李は「柴門」においては、唐人は近体詩で上平聲十三佳と下平聲九麻を多く通用させている、と述べる。このように、一方では、佳韻と麻韻は通用しない、と言い、もう一方では、佳韻と麻韻は通用する、と言っているのだから、李の見解は矛盾していると言わざるを得ない。

李が「唐人近體多用之」と述べる通り、上平聲十三佳と下平聲九麻とが通用する例は、杜甫やその他の唐宋詩人の近体詩においても見いだすことができる(23)。しかし、「喜晴」と「柴門」における矛盾した見解に象徴されるように、この現象について、李は合理的な解釈を提出することはできなかったようだ。李因篤の『古今音攷』巻三「集唐人古詩通用韻」(24)には、「平聲・五歌六麻爲一部」の条に双行注として、「杜『喜晴』用『佳』字。『柴門』二十一韻麻韻用『柴』『佳』二字又『崖』字」とある。「五歌六麻爲一部」の下に麻韻と佳韻との通用の例を挙げているのだから、『古今韻攷』では、この現象を例外として処理していることがわかる。

杜詩における佳韻と麻韻の通用は、韻書の規定に拘わずに、杜甫自身（七一二～七七〇）の実際の発音に拠った結果ではないか、という可能性を想定し得る。慧琳の『一切經音義』（七八四～八〇七撰述）は、撰述当時の都長安の字音（いわゆる秦音）を表す貴重な材料であるが、その反切を調査した結果、当時の長安音では佳韻と麻韻が合流していたと推測されている(25)。もちろん、杜甫自身の実際の発音と、慧琳『一切經音義』にみられる秦音は全く同じものではないであろうから、以上述べた見解は一つの可能性を示したにすぎない。また、上平聲十三佳に属するすべての字が下平聲九麻と通用するわけではなく、「佳」「崖」「柴」「涯」などの字に限られている(26)ことも問題を複雑にしている。

もちろん、清朝初期の段階で李因篤にとってそのようなことは知りようもないことである。前述の『諸名家評本』における矛盾した見解は、上平聲十三佳韻と下平聲麻韻の通用について、李が解釈に苦しんだことの現れであると考えられはしないだろうか。ともあれ、管見のかぎりでは、李因篤こそ最も早い時期に佳韻と麻韻の通用という現象について言及した人物であると考えられる。

以上、例を挙げて説明したように、『諸名家評本』の「李云、……。」のなかには、杜詩の押韻の実態に言及した資料が僅かながら存在し、しかも、それが顧炎武『音論』や李因篤『古今韻攷』と、内容上、密接なかかわりを持っていることがわかる。この事実は、『諸名家評本』の「李云、……。」が李因篤の評語であると特定するに足る根拠となるであろう。

そして、『諸名家評本』の「李云、……。」には、このような、押韻の実態に言及したもの以外にも、詩律の運用を解説したものや、音注を施したものが、――その総数は少なく内容は体系的ではないが――存在する(27)。李因篤は、漢代の詩歌に音注・評語を加えた、『漢詩音註』(28)なる書をのこしている。この点からいえば、『諸名家評本』の「李云、……。」に見られる、杜詩の詩律の運用や押韻の実態について言及した資料は、まさしく李因篤の

「杜詩音注」と名付けることができよう。

四

『諸名家評本』所載の「李云、……。」という評語で、杜詩の詩律の運用や押韻の実態についての言及のなかには、杜詩の「四聲遞用」に関するものがある。

この杜詩の「四聲遞用」については、まず清初の朱彝尊の書簡「寄査徳尹編修書」を以下に引く。

蒙竊聞諸昔者吾友富平李天生之論矣。少陵自詡晩節漸於詩律細、曷言乎細。凡五七言近體、唐賢落韻共一紐者不連用、夫人而然。至於一三五七句用仄字、上去入三聲、少陵必隔別用之、莫有疊出者、他人不爾也。(29)

朱彝尊はここで、李天生、すなわち李因篤のことばを引いている。——杜甫は「晩節漸於詩律細」(30)と自ら誇ったが、何について「細」と言っているのであろうか。およそ、五七言の近体詩では、唐の優れた詩人は非押韻句に同じ聲母を続けて用いることはないし、多くの人もそうである。しかし、(平聲で押韻するとき、)第一・三・五・七句(31)の句末(=非押韻字)に仄聲(上去入)を用いることに関しては、杜甫は上聲・去聲・入聲の同一声調を必ず隔て用い、同一聲調が続けて現れることがない。(このような詩律の細やかな運用は、杜甫だけができることであって、)他の者はそうではない。——李のことばの大意はこのようになる。

朱彝尊は、李のことばを引用した後、杜甫の七言律詩のなかで、ただ八首のみ李因篤のことばと合わない例を挙げる(32)。しかし、朱は続けて、「他のテキストには文字の異同があり、それに従えば、李因篤のことばと合うことになる」旨を述べ、文末では「天生之獨見、善不可沒也」と、李因篤の発見を高く評価している。

李の発見は、後世に「四聲遞用」(33)と呼ばれるものに相当する。仇兆鰲［注］『杜詩詳注』にも以下のようにある。

李天生曰、少陵七律百六十首、惟四首疊用仄字、如「江村」詩、連用「局」「物」二字、考他本「多病所須惟藥物」作「幸有故人分祿米」、於「局」字不疊矣。「江上値水」詩、連用「興」「釣」二字。考黃鶴本、「老去詩篇渾漫興」作「老去詩篇渾漫與」、於「釣」字不疊矣。「秋興」詩連用「月」「黒」字、考黃鶴本、「織女機絲虛夜月」作「織女機絲虛月夜」、於「黒」字不疊矣。可見「晩節漸於詩律細」。凡上尾、仄聲原不相犯也(34)。

李因篤は、杜甫の七言律詩百六十首（実際は百五十一首）のうち、ただ四首のみに仄聲の同一声調が続けて用いられている、と言い、その四首を挙げる。そして、この四首も他のテキストに拠れば、同一声調の重出にはならないことを指摘している。

これは、前に掲げた朱彝尊の調査結果である八首と一致しない。ともあれ、簡明勇『杜甫七律研究與箋注』(35)に拠れば、杜甫の七律百五十一首のうち、四聲遞用が行われているものは五十六首、約三分の一に過ぎず、のこり九十五首では仄聲の同一声調が続けて現れている。したがって、李因篤の言うような「莫有疊出者」では決してないのである。五言の近体詩においても実態は同じである。

しかしながら、約三分の一の七律で四聲遞用が行われているという事実は、決して偶然の所産ではあるまい。やはり、杜甫が意識的にそれを運用した、と考えられるのである。また、杜甫の絶筆と考えられている(36)五言排律「風疾舟中伏枕書懐三十六韻、奉呈湖南親友」(『諸名家評本』巻十七)では、三十六韻という長篇であるにもかかわらず、非押韻字に仄声の同一声調が続けて現れることはない(37)。これなどは、四聲遞用のもっとも完成された作品と見なすことができよう。

ところで、非押韻字に仄声の同一声調が続けて現れることを、前に掲げた仇兆鰲『杜詩詳注』所引の李因篤の発言では「上尾」と言っているが、これは本来は「鶴膝」と呼ぶべきである。六朝期の聲律論において、「鶴膝」の病とは、五言詩で第五字と第十五字とが同一声調であることである(38)。ちなみに「上尾」の病とは、五言詩で第五字(非押韻字)と第十字(押韻字)とが同一声調であること。

杜甫の時代、すなわち、盛唐期には、平仄律からなる近体詩の韻律形式はすでに完成した状態にあった(39)。しかし、李因篤の指摘するように、杜詩において、ある程度、「鶴膝」(李因篤の「上尾」)が忌避されていることは、平上去入の四聲からなる、六朝新体詩的韻律意識が、部分的に残存していたことの現れであると考えられる。この点で、李による杜詩の四聲遞用の発見は、詩律学史上、極めて大きな意義を持っていよう。

ところが、『諸名家評本』の「李云、……」には、この四聲遞用についての言及があまり見られず、今回、わずか一条のみ捜し得た。

・杜甫「見王監兵馬使説、近山有白黑二鷹、羅者久取、竟未能得。王以爲毛骨有異他鷹、恐臘後春生騫飛避暖、勁翮思秋之甚、眇不可見。請余賦詩」其二(『諸名家評本』巻十六)：李云、正入與上作變換。

この七言律詩では、第一・三・五・七句の句末（＝非押韻字）が「有（上聲）・塞（入聲）・巧（上聲）・日（入聲）」となっており、上聲と入聲が交互に現れている。「正入與上作變換」とはこのことを言っているのであろう。本詩はまさしく四聲遞用の詩であり、「鶴膝」（仇兆鰲『杜詩詳注』所引の李因篤の発言では「上尾」）の病を避けている。

前の「三」で述べたとおり、李因篤は、顧炎武とともに『廣韻』における同用獨用の規定が果たして唐代の規定をそのまま伝えているかどうか、検討を加えた人物である。そのために、彼は杜詩の押韻の実態を詳細に調査した。そして、その調査結果の痕跡が、『諸名家評本』の「李云、……」に残存しているのであった。

ここで想像されるのは、李因篤が杜詩の四聲遞用を発見したのは、杜詩の押韻の実態を詳細に調査した、その副次的な産物ではないか、ということである。李は杜詩の押韻を逐一調査するなかで、非押韻字にもまた、ある一定の規則があることに気付いた。それが「四聲遞用」だったのであろう。

『諸名家評本』の「李云、…」で、杜詩の「四聲遞用」とかかわるものは、今回捜査したかぎりでは、前掲した「李云、正入與上作變換」のわずか一条のみである。しかしながら、『諸名家評本』以外の資料——朱彝尊「寄査徳尹編修書」など——に見られる、李因篤の「杜詩四聲遞用」説との関連から考えると、この一条もまた大きな意義も持っていると判断される。

五

『諸名家評本』の「李云、…」の「李」が李因篤であることは間違いあるまい。李因篤の音韻学上の業績、すなわち、①『廣韻』の発見と覆刻、②顧炎武『音學五書』編集への協力、③専著『古今韻攷』——この三点と密接に関連する内容が、『諸名家評本』の「李云、…」のなかに含まれているからである。

李因篤は顧炎武とともに、『廣韻』を中心に据えて「今音（中古音）」のありさまを明らかにしようとした(40)。その作業の一つとして、李・顧の二人は、杜詩を資料として多く活用しつつ、『廣韻』目録にある同用獨用の規定について検討を加えた。その功績は専ら顧炎武ひとりに帰せられることがほとんどである。しかし、この作業の痕跡が、『諸名家評本』の「李云、…」に、杜詩の詩律の運用や押韻の実態についての発言として残存する以上、この李因篤の杜詩評語にみられる音注もまた、軽視されるべきものではない。

今回は主として、李因篤の杜詩音注が詩律学史において有する意義について論じた。しかし、李因篤にとって、杜詩が単なる音韻学上の資料でしかなかった、というわけではない。『諸名家評本』に見られる、李因篤が杜詩に加えた評語は、膨大な量にのぼり、音注部分はその中のごく一部にすぎないのである。李因篤の評語を通覧すると、そこには李の杜詩への酷愛が如実に看取される。その内容の具体的な検討については、今後に機会を譲りたい。

注

（1）『清史列傳』巻七十九「貳臣傳乙」錢謙益。および、姚観光輯『清代禁燬書目四種』應繳違礙書籍各種名目（〈王雲五主編〉萬有文庫第二集七、商務印書館、一九三七）。

（2）周采泉『杜集書録』上册一五一頁（上海古籍出版社、一九八六年）に「按、上列五種翻印本、以時中書局石印本爲最佳。」とある。

（3）王力［主編］『古代漢語（修訂本）』第四册一五二二頁の段下注（中華書局、一九八一年）。なお、『諸名家評本』では、「應於第三字還之」の後に「此未還」の三字がある。

（4）したがって、第二句は「孤平」を犯していることになる。

（5）『杜詩叢刊』第四輯所収。

（6）李因篤の傳記については、『清代人物傳稿』上編第五巻「李因篤」（趙侃［執筆］、中華書局、一九八八）を多く参考にした。

（7）顧炎武・李因篤らが康煕六年に重刻した『廣韻』には、陳上年の序があり、そこには以下のようにある。

呉郡顧徵君炎武…（中略）…又出其所攜善本、相與繙閲、惜此書存者無幾、即顧本得借留、同學關中李處士因篤偶見之京師舊肆、遂購以歸之、乃割奉若干、屬淮上張文學弨重付剞劂、公諸海内焉。

また、呉懐清［編］『關中三李年譜・天生先生年譜』（『關中叢書』所収、いま『叢書集成續編』第二五六册所収）には、康煕六年の条に、

是年六月陳祺公重刻先生所得『廣韻』於淮上。

とあり、さらに双行注として、

『山志』（王弘［撰］）、李子徳嘗得『廣韻』舊本、顧亭林言之陳祺公、託張力臣淮陰、此唐人所用之韻也。

とある。

この重刻本『廣韻』は、梓に付した書肆の名（符山堂）から「符山堂本」と呼ばれる（今回、稿をなすに当たり、早稲田大学中央図書館所蔵の符山堂本を披見し得た）。符山堂本には巻首に正字として、「上谷陳上年祺公・呉郡顧炎武寧人・關中李因篤天生・淮陰張弨力臣」の名が列挙される。

なお、李因篤の得たところの「『廣韻』舊本」とは、明の内庫の板刻（いわゆる「明内府本」）であることが、澤存堂本『廣韻』の朱彝尊の序から知られる。「明内府本」と「符山堂本」の関係については、朴現圭・朴貞玉『廣韻版本考』（學海出版社、一九八六年）を参照。

(8)『音韻學叢書』四〜九所収。なお、このなかの『音論』には訳注がある。「清代経学の研究」班「顧炎武『音論』訳注」（『東方学報（京都）』第五十一冊、一九七九年）。

(9) 顧炎武の書簡集『蒋山傭殘稿』巻二「答李子徳（接讀來詩……）」参照。いま、華忱之［點校］『顧亭林詩文集』（中華書局、一九八三）に拠る。

(10) 元、大徳七年（一三〇三）に刊刻された『集千家注批點杜工部詩集』二十巻は、南宋の劉辰翁（字は會孟）が杜詩に評点（評語と批点）を加えたものを、元の高崇蘭（字は楚芳）が編集した、もっとも早い時期の評点本。この評点本は元から明にかけて多くの翻刻が生まれ、非常に流行した。いま、『杜詩叢刊』第一輯が明代の翻刻本を収める。

(11)『諸名家評本』巻八。

(12)『音論』巻上「唐宋韻譜異同・『廣韻』」に「而小字注云『獨用』『同用』、則唐人之巧令也。」とあり、さらに双行注として「唐人謂之官韻、李肇『國史補』、宋濟老於文場、嘗試賦、誤失官韻」とある。

(13) 南宋の淳祐年間（一二四一〜一二五二）、劉淵なる人物が平水（現在の山西省平陽縣）で作ったのが百七韻の「平水韻」とされる。李因篤のころはそう信じられていたようだが、のちに、錢大昕の考証により、「百七韻を平水の劉淵がつくった」という事実は疑問視されている（錢大昕『潛研堂文集』巻二十七「跋平水新刊韻略」および、『十駕齋養新録』巻五「平水韻」）。のちに、百七韻は上聲二十五拯が二十四迥に合流し百六韻となった。

(14)『音論』巻上「韻書之始」に「則知書之見存於今者、惟『廣韻』最古、今取以爲據云」とある。

(15)「奉贈鮮于京兆二十韻」：人（眞）・倫（諄）・臣（眞）・塵（眞）・身（眞）・淪（諄）・斤（欣〈殷〉）・親（眞）・新（眞）・巡（諄）・陳（眞）・賓（眞）・詵（臻）・筠（諄）・宸（眞）・伸（眞）・鈞（諄）・辛（眞）・辰（眞）・津（眞）。
「贈王二十四侍御契四十韻」：身（眞）・塵（眞）・春（諄）・巾（眞）・淪（諄）・鶉（諄）・頻（眞）・神（眞）・辛（眞）・秦（眞）・綸（諄）・親（眞）・臣（眞）・馴（諄）・新（眞）・眞（眞）・貧（眞）・筠（諄）・辰（眞）・勻（諄）・銀（眞）・蘋

（眞）・人（眞）・旬（諄）・鄰（眞）・賓（眞）・珍（眞）・闉（眞）・脣（諄）・榛（臻）・濱（眞）・筋（欣〈殷〉）・蓴（諄）・輪（諄）・勤（欣〈殷〉）・晨（眞）・淳（諄）・麟（眞）・伸（眞）・陳（眞）。

(16) 殷韻は、宋代、宣祖（太祖の父）の諱「弘殷」を避けて欣韻とされた。

(17)『音論』巻上「唐宋韻譜異同・『禮部韻略』」の「『廣韻』上平聲二十文獨用、二十一殷獨用、今二十文與欣通」双行注。

(18)『音論』巻上「唐宋韻譜異同・『禮部韻略』」の「『廣韻』上聲十八吻獨用、十九隱獨用」双行注。

(19) 符山堂本『廣韻』巻三「上聲」の目録には、欄外に「李因篤曰、十八吻・十九隱、又各自爲部、不相連屬、而其下各註云『獨用』。此目録乃云『同用』、誤」とある。

(20)『聲韻攷』巻二（『音韻學叢書』十二）所収。

(21) 馬宗霍『音韻學通論』巻四「唐人用韻考」（商務印書館、一九三一）では、戴叔倫「江干」（『全唐詩』巻二七三所収）が、「紛（文）・雲（文）・勤（欣〈殷〉）・裙（文）」と、二十文と二十一欣〈殷〉が同用される例を挙げて、顧炎武の「二十文獨用」説を「顧氏失考」と否定している。

(22)「喜晴」：佳（佳）・華（麻）・花（麻）・涯（佳）・蛇（麻）・賒（麻）・家（麻）・麻（麻）・瓜（麻）・瑕（麻）・沙（麻）・斜（麻）・査（麻）・嗟（麻）。

「柴門」：崖（佳）・柴（佳）・呀（麻）・家（麻）・鎁（麻）・車（麻）・査（麻）・斜（麻）・蛇（麻）・麻（麻）・沙（麻）・奢（麻）・花（麻）・嗟（麻）・佳（佳）・涯（佳）・遮（麻）・華（麻）・誇（麻）・差（麻）・霞（麻）。

(23) 上平聲十三佳と下平聲九麻が通用する例として、杜甫の近体詩では、「杜位宅守歳」（五言律詩、『諸名家評本』巻九）、「江畔獨歩尋花七絶句」其三（七言絶句、同書巻十二）、「春歸」（五言排律、同書巻十三）、「暮春題瀼西新賃草屋五首」其四（五言律詩、同書巻十四）などがある（向島成美「杜甫詩の用韻について」〈『国文学漢文学論叢』十九、東京教育大学文学部、一九七四〉による）。

また、王力『漢語詩律學（增訂本）』（上海教育出版社、一九八八）六七頁では、歐陽脩「三日赴宴口占」、劉禹錫「送蘄州李郎中赴任」などの例を挙げる。

(24)『音韻學叢書』十所収。

(25) 張世禄「杜甫與詩韻」(『張世禄語言學論文集』、學林出版社、一九八四〈初出一九六二〉) は、黄淬伯『慧琳一切經音義反切考』(中央研究院歴史語言研究所専刊之六、一九三一) に據ってこのことを述べる。

(26) 注(23) 所掲の『漢語詩律學』は、佳韻と麻韻の通押について、「但除『佳』字外、佳韻其他的字未見有與麻通押者。由此看來、也許『佳』字本是分屬兩韻、麻與佳是否應認爲鄰韻、頗成問題」と述べる。『漢語詩律學』は「但除『佳』字外、佳韻其他的字未見有與麻通押者」と述べるが、本稿で指摘したように、「佳」字以外にも「崖」「柴」「涯」などの字も麻韻と通押する

(27) ①詩律の運用を解説したもの。

・杜甫「寄贈王十將軍承俊」(『諸名家評本』巻十一) →本論文一所掲。

・杜甫「江畔獨歩尋花七絶句」其六 (『諸名家評本』巻十二):李云、拗處却極自然。

②音注を施したもの。

・杜甫「大雲寺贊公房四首」其三 (『諸名家評本』巻一):李云、殷、上聲。

・杜甫「九日」(『諸名家評本』巻十二):李云、……路難之難平聲。

・「初冬」(『諸名家評本』巻十三):李云、窄字有作穿字者。穿去聲。

(28) 『叢書集成續編』第二五六册所収。

(29) 「寄査徳尹編修書」(『曝書亭集』巻三十三、四部叢刊所収)。なお、「査徳尹」は査嗣瑮(字は徳尹。査愼行の弟)。

(30) 「遣悶戯呈路十九曹長」(『諸名家評本』巻十八)。

(31) 第一句が押韻する場合は、第三・五・七句末の三箇所に仄聲字が用いられることとなる。

(32) 『諸名家評本』巻九「鄭駙馬宅宴洞中」。巻十一「江村」。巻十五「秋興八首」其七。巻十一「江上値水如海勢、聊短述」。巻十「題鄭縣亭子」。巻十「至日遣興、奉寄北省舊閣老兩院故人二首」其一。巻十一「卜居」。巻十二「秋盡」。

(33) 王力『漢語詩律學』第一章第十一節「上尾」は、[清] 董文渙『聲調四譜圖説』に拠り、「四聲遞用」に二種類あることを述べる。一つは、①「一句のなかに平上去入の四聲がすべて備わっているもの」。もう一つは、②「(平聲で押韻するとき) 第一・三・五・七句の句末(=非押韻字)に、上聲・去聲・入聲の同一声調を続けて用いないこと」。本稿で取り上げる「四聲

遞用」は、もちろん後者（②）である。
（34）仇兆鰲［注］『杜詩詳注』巻一「鄭駙馬宅宴洞中」。なお、この李因篤の発言は『諸名家評本』には見られない。
（35）五洲出版社（臺北）、一九七三年。
（36）蕭滌非［選注］『杜甫詩選注』（人民文學出版社、一九九二年）。
（37）毛慶「『晚節漸於詩律細』詳辨―兼論後期杜詩格律之精妙」（『杜甫研究學刊』一九九三年第四期）の指摘。
（38）空海［撰］『文鏡秘府論』西巻「文二十八種病」参照（『弘法大師　空海全集』第五巻、興膳宏［訳注・解説］、筑摩書房、一九八六年。または、盧盛江［校考］『文鏡秘府論彙校彙考（修訂本）』中册八八四頁「上尾」・九二五頁「鶴膝」、中華書局、二〇一五年）。
（39）長谷部剛「杜甫詩律小考（上）――杜甫前半期の五言律詩を中心に」（『中国詩文論叢』第十七集、一九九八）参照。
（40）さらに顧炎武は「今音（中古音）」を基礎に置いて「古音（上古音）」の研究へ向かったのである。説文会［編］・賴惟勤［監修］『説文入門』（大修館書店、一九八三年）二二三～二四八頁参照。

初出一覧

第一部第一章「唐代における杜甫詩集の集成と流伝」
「關西大學文學論集」第六十巻第四号、二〇一一年。原題「唐代における杜甫詩集の集成と流伝（一）」

第二章「『宋本杜工部集』・『文苑英華』所収杜甫詩文の異同について」
「關西大學文學論集」第六十一巻第三号、二〇一一年。原題「唐代における杜甫詩集の集成と流伝（二）」

第三章「『文苑英華』からみた唐代における杜甫詩集の集成と流伝」
「關西大學文學論集」第六十一巻第四号、二〇一二年。原題「唐代における杜甫詩集の集成と流伝（三）」

第四章「宋代における杜甫詩集の集成と流伝」
「關西大學文學論集」第六十三巻第二号、二〇一三年。原題「宋代における杜甫詩集の集成と流伝（一）」

第五章「『宋本杜工部集』の成立」
「中國詩文論叢」第十六集、中國詩文研究會、一九九七年。原題：「『宋本杜工部集』をめぐる諸問題――附、『錢注杜詩』と呉若本について――」
中国語訳：「簡論『宋本杜工部集』中的幾個問題――附關于《錢注杜詩》和呉若本――」、李寅生［訳］、「杜甫研究學刊」總第六十二期、四川省杜甫研究會・成都杜甫草堂博物館、一九九九年。

第二部第一章「杜甫「兵車行」と古樂府」
「日本中國學會報」五十六集、二〇〇四年。原題：「杜甫「兵車行」と古樂府」

第二章「杜甫「江南逢李龜年」の唐代における流伝について」
「中國文學研究」第二十九号、早稲田大學中國文學會、二〇〇三年。

第三章「『諸名家評本錢牧齋註杜詩』所載李因篤音注について」
「中國詩文論叢」第十八集、中國詩文研究會、一九九九年。原題：「李因篤の杜詩評語にみられる音注について―
―詩律學史における意義―」

あとがき

本書に収める論考のなかで最も早く発表したものは、第一部第五章「『宋本杜工部集』の成立」（一九九七年、原題「『宋本杜工部集』をめぐる諸問題—附、『銭注杜詩』と呉若本について」—）である。この論考は、『宋本杜工部集』の成書過程を考察する以外に、『宋本杜工部集』と〔清〕銭謙益『銭注杜詩』との関連を詳述する内容となっている。この論考からわかるように、私はこの時期、銭謙益の杜詩注釈を中心とした杜甫詩学に最も強い関心を抱いていた。

私は早稲田大学第一文学部中国文学専修在学時期に始まり同大大学院修士課程・博士後期課程に至るまで一貫して松浦友久先生の指導を受けた。学部卒業論文では、銭謙益が晩年、杜甫「秋興八首」に次韻した一〇四首からなる組詩「後秋興」を扱い、大学院修士論文では「『銭注杜詩』の成立—杜詩学的アプローチによる銭謙益研究—」というテーマで『銭注杜詩』の成書過程と銭謙益の注杜方法を分析した。一九九七年の始めにこの修士論文を提出し、口頭試問を終えたあと、松浦先生から電話があった。先生はまずは私の修士論文を褒めてくださったものの、その一方では、もし今後も中国古典詩歌の研究を続けるならば、杜詩の解釈史よりも杜甫の詩歌そのものを研究の対象としなければならないことを私に諭された。

博士後期課程に進んでからは、師の教えに従い、杜甫の詩歌そのものを研究の対象とすべく、研究方向の軌道修正をして新たな勉強を始めた。その際に私は、中国古典詩の集大成である杜甫の詩歌にせまるために、まず「樂府」というジャンルに焦点を絞ることを決めた。そして、杜甫以前の樂府詩、すなわち漢代から六朝期の樂府詩を少しずつ読み始める一方、六朝樂府に関する日本・中国の研究者の論考を幅広く渉猟し精読することに努めた。そのなかで、佐藤大志氏（現、広島大学教育学部教授）の「六朝楽府詩の展開と楽府題」（『日本中國學會報』第四九集、一九九七年）は最も啓発性に富む興味深い論考であり、一読ののちすぐに佐藤氏に連絡を取り氏の他の論考の送付を依頼した。ここから佐藤氏との研究上の付き合いが始まり、初めて会面したのは、二〇〇〇年秋、東京大学本郷キャンパスで開催された日本中國學會第五十二回大会において私が研究発表をしたときのことであった。私のこの研究発表の際には釜谷武志・神戸大学文学部教授に司会を務めていただいた。

二〇〇二年春、鹿児島県立短期大学文学科専任講師として着任した時、私は釜谷先生が『宋書』樂志を読む研究会を組織されたことを知り、その研究会メンバーであった佐藤氏を通じて釜谷先生の研究会に参加することができた。いま思い返しても、この時に釜谷先生の研究会に加わることができたのは、間違いなく私の研究人生において極めて大きな分岐点（ターニング・ポイント）であった。私を研究会に加えてくださった釜谷先生、私のぶしつけな希望を取り次いでくださった佐藤大志氏には衷心より感謝し申し上げる次第である。

このころ私は、杜甫の代表的作品とも言える樂府詩「兵車行」の、その詩題下にある「古樂府云、不聞耶娘哭子聲、但聞黄河流水一濺濺」という杜甫の自注が、いったいどこから出たものなのかと疑問を抱いた。そして、この小さな一条に注目するだけでも、唐―五代―宋にかけて杜甫詩文集が編集されていく過程が看取できることに気付いた。この一条は、『宋本杜工部集』と『錢注杜詩』では異なる扱いを受けており、そこに、杜甫詩文集が形成される過程での、複雑な様相の一端が窺えるからである。

私はこの問題についての私見を二〇〇三年に筑波大学で開催された日本中國學會第五十五回大会に発表し、さらにその口頭発表の内容を原稿化して「日本中國學會報」に投稿し掲載された。この論文「杜甫『兵車行』と古樂府」は、二〇〇五年度の日本中國學會賞（文学・語学部門）を受賞した。この論文で学会賞を得た私の感慨はひとしおであった。なぜならば、「杜甫の詩歌そのものを研究の対象とするように」との師の教えに従って始めた、漢魏六朝期から唐代の杜甫に至る樂府詩の研究と、修士論文制作期からの杜甫詩文集の形成に関する研究が、この「杜甫『兵車行』と古樂府」においてはじめて結びついたからである。ただ惜しむらくは、その三年前の二〇〇二年の秋、恩師、松浦友久先生は泉下の人となられ、学会賞受賞を先生に報告できなかったことである。

私は二〇〇七年、関西大学文学部に移ったが、そのころ、佐藤大志氏の主宰する『隋書』音樂志を読む研究会で、山寺三知・國學院大学北海道短期大学部教授と出会った。山寺三知氏は令夫人の美紀子女史とともに中国音楽文化研究に優れた見識を持ち、私は研究会で山寺氏から多くの啓発を受けた。そのなかで最も重要なことは、隋唐の樂府詩を読む際には隋唐音楽の知識が不可欠であること、そして、隋唐音楽研究としては日本の東洋音楽学者・林謙三の『隋唐燕楽調研究』があること――この二点であった。結果として、二〇一七年の春、山寺三知氏と共編訳というかたちで『林謙三『隋唐燕楽調研究』とその周辺』を関西大学出版部より刊行することができた。これももとをたどれば樂府詩研究をめぐり佐藤大志氏と出会ったことに始まり、すべてはそこからつむぎ出された縁である。

このように、私は三十代から四十代にかけて、六朝・隋唐の樂府詩と音楽との関係についての研究を続けたが、その一方で、「杜甫詩文集の定本たる『宋本杜工部集』がどのように成立されたのか」、そして「『宋本杜工部集』以前に杜甫の詩文集はどのように流伝し編集されたのか」という問題についてまとまった論考を為す必要性を感じていた。それには、ちょうどそのころ、静永健・九州大学人文科学研究院教授が「『文苑英華』所収の杜甫詩文について」（二〇〇九年）を発表されたことも大いに影響している。白居易研究の先鋭的研究者たる静永氏の論考は、白居易の杜詩受容についてこれまでになかった新しい視点を導入することから出発して、唐から北宋にかけての杜甫詩文集の編集の過程を、微視的かつ巨視的に捉えていて、私は極めて強い刺激を受けた。そこで私はまず「唐代における杜甫詩集の集成と流伝（一）」（二〇一一年）を発表した。これを発表した年、すなわち二〇一一年の四月から翌年三月までの一年間、私は幸いにも関西大学在外研究員制度によってアメリカのハーバード大学東アジア言語文明学部に訪問研究員として滞在する機会を得た。ハーバード大学の受け入れ教員は、唐代文学研究の世界的権威、Stephen Owen 教授であった。私は在外研究に出発する前に「唐代における杜甫詩集の集成と流伝（一）」を Owen 教授に国際郵便で送っていたのであるが、アメリカ到着後、ハーバード大学の教授の研究室を訪問した際、教授は「君は私と同じことに関心を持っているようだな」と言って、「*A Tang Version of Du Fu: The Tangshi Leixuan.* 唐詩類選」と「*The Manuscript Legacy of the Tang: The Case of Literature*」（ともに二〇〇七年）を私に下賜された。Owen 教授の論考――とくに前者――は、私の「『宋本杜工部集』以前に杜甫の詩文集はどのように流伝し編集されたのか」という研究課題と密接に関わるものであり、私はアメリカ滞在中、教授の論考に多くを学びながら「唐代における杜甫詩集の集成と流伝」の（二）と（三）を書くことができた。そして、在外研究から関西大学に復命したのちに「宋代における杜甫詩集の集成と流伝（一）」（二〇一三年）を発表し、これで私の杜甫研究に関する論考をまとめ一冊の本として出版する環境が整ったのである。

このたび本書『杜甫詩文集の形成に関する文献学的研究』を刊行するにあたり、私はこれまでの自分の研究の過程を振り返ると、直接的にせよ間接的にせよ、多くの先学・諸賢から有り難い学恩を受けてきたことを実感せずにはいられない。すでに右に記した恩師・先生・学兄に加え、中国の学術界の先生方からも貴重なご指導とご助言を受けてきたことをここに記したい。盧盛江・南開大学文学院教授のご高配によって二〇一〇年同大学で開催された中国唐代文学学会年会に参加して以来、中国の研究者と交流する機会が増えたことは、私の研究人生にとって最大の喜びである。中国唐代文学学会を通じて、呉相洲・廣州大学人文学院教授、杜曉勤・北京大学中文系教授、陳偉強・香港浸會大學中國語言文學系教授、陳煒舜・香港中文大学中國語言及文學系副教授と知り合うことができた。陳煒舜先生からは香港にて張健教授をご紹介いただいた。張健教授は『滄浪詩話校箋』の著者として知られるが、この『滄浪詩話』こそ、唐―五代―宋にかけて杜甫詩文集が編集されていく過程を探究するうえで重要な資料であり、本書にも張健教授の『滄浪詩話校箋』は最大限活用されている（本書一六九頁）。また、ともに松浦友久先生の指導のもと学んだ佐藤浩一・東海大学外国語教育センター准教授は、杜甫研究の専門家として常に私に刺激と教示を与えてくれている。二〇一〇年の中国唐代文学学会年会の場において、畏友、佐藤君からの紹介で私は蔣寅・華南師範大学文学院教授と面識を持つことができた。それに先立つ七年前、蔣寅先生は「清初李因篤詩學新論」（「南京師大學報（社会科学版）」二〇〇三年一月）において、私の「『諸名家評本錢牧齊註杜詩』所載李因篤音注について」（本書所収）を引用した上で「日本學者長谷部剛……敏鋭地注意到李因篤對杜詩聲韻學和唐代詩韻研究的貢獻」と評価してくださっている。私がこの「『諸名家評本錢牧齊註杜詩』所載李因篤音注について」を書いたのは二十代のときであり、それが蔣寅先生の評価を得たのであるから、このこと（とくに「敏鋭」の一語）が若い私にとってどれだけ励みになったことか、これをお読みの諸賢は容易に想像につくことであろう。

また、本書の関西大学出版部からの出版にあたっては、井上泰山・関西大学文学部教授、森部豊・同教授より推薦文を賜った。ここに多大なる感謝の意を記したい。そして、関西大学出版部より本書刊行の機会をいただいたことに、私は感激の念を禁じ得ない。特に出版部・保呂篤志氏からは、前著『林謙三『隋唐燕楽調研究』とその周辺』につづけて本書の編集の任に当たってくださり、大変お世話になった。記して謝意を表する次第である。

最後に、これまで私の伴侶として常に私の研究生活を支えてくれた妻、明子にも心からの感謝を記し、本書の「あとがき」を書く筆を擱くこととする。

長谷部　剛

西暦二〇一九年三月三十日記

【著者紹介】

長谷部剛（はせべ　つよし）

関西大学文学部教授。専門は中国古典文学。

【主な著作】
『『隋書』音楽志訳注』（共著、和泉書院）
『中国詩跡事典』（共著、研文出版）
『林謙三『隋唐燕楽調研究』とその周辺』（共編訳、関西大学出版部）
「日本詩歌集錦『和漢朗詠集』与初唐詩流伝情況」（『中文学術前沿』第9輯）
「古代日本楽府詩管窺」（『楽府学』第17輯）他

杜甫詩文集の形成に関する文献学的研究

2019年3月30日　発行

著　者　長谷部　剛

発行所　関　西　大　学　出　版　部
〒564-8680 大阪府吹田市山手町3-3-35
電話 06-6368-1121　FAX 06-6389-5162

印刷所　協　和　印　刷　株　式　会　社
〒615-0052 京都市右京区西院清水町13

ISBN 978-4-87354-694-0　C3098